眠狂四郎虚無日誌　下

柴田錬三郎

集英社文庫

目次

眠狂四郎虚無日誌　下巻

無刀試合

一

空は、雲ひとつなく晴れていたが、風があった。その風に乗って、紙鳶《たこ》が唸《うな》りをあげて、舞っている。

正月二日。

江戸をはなれること十五里——中仙道の往還上も、初春の景色が、ひろがっている。

熊ケ谷《くまがや》宿を彼方《かなた》にのぞんで、まっすぐに松の並木がつづく街道を、店印屋号を記した弓張提灯《ゆみはりぢょうちん》を高くかかげた初荷の車を、新しい印袢天《しるしばんてん》をつけた丁稚《でっち》が曳《ひ》いて行く。鳥追いや獅子《しし》舞いが、年始の礼にまわる人々にまじって、歩いて行く。

年に一度、黒羽二重の紋付小袖《こそで》に麻裃《あさがみしも》をつけ、腰には蒔絵《まきえ》の印籠《いんろう》を携《さ》げた町人たちは、この日ばかりは、さむらいのように胸を張っているのであった。

こうした風景の中で、黒の着流しに、ふところ手の眠狂四郎の姿が、いかにも、浮世のしきたりにそびらを向けたすね者であることを、かえって、目立たせている。

後方に馬蹄《ばてい》の音が、起った。

忍《おし》藩松平家家中の乗馬始めとみえて、四騎が一列になって、まっしぐらに疾駆して来た。

狂四郎は、並木ぎわを、ゆっくりと歩き乍《なが》ら、べつに、振りかえりもしなかった。

騎馬の列は、みるみる迫って来た。

先頭をきっているのは、熨斗目《のしめ》に麻裃をつけ、金銀梨子地《なしじ》の鞍《くら》にまたがっていた。あるいは、松平家の若君かとも受けとれた。

狂四郎の脇を駆け抜けざまに、その者の手から、朝陽《あさひ》をはじいて、白く煌《きら》めくものが、放たれた。

それに対して、狂四郎は、わずかに、顔をそ向けたばかりであった。

つづいて、次の騎馬からも、同じく、手裏剣が、狂四郎めがけて、投じられた。狂四郎は、すっと身を沈めた。

その背中に向って、三番騎手からの手裏剣が飛来した。

狂四郎の五体が、地面を一転した。

すっくと立った狂四郎に向って、殿《しんがり》の乗り手が、狙いをさだめて、最後の手裏剣を打った。

これも、苦もなく躱《かわ》した狂四郎は、

「無駄なことを――」

と、呟《つぶや》きすてた。

四騎は、みるみる彼方へ遠ざかり、熊ヶ谷宿の中へ消え去った。

当然、仕損じた渠《かれ》らが、再び襲って来るものと考えられた。

しかし、宿の前まで歩いて来たが、四騎はひきかえして来る気配はなかった。

――別の手を用意しているのか？

狂四郎は、すでに、背後を――数歩の距離を置いて跟《つ》いて来ている編笠《あみがさ》の武士の存在を、自分を狙う者と、看《み》て取っていた。

抜きつけの一撃を送りつけて来るものと予想しつつ、狂四郎は、熊ヶ谷宿に入った。

熊ヶ谷宿は、新宿、下町、上町、門前町と、街道をはさんで、まっすぐに、十五丁余りつづいている。

その細く長い宿町を、通り抜けて、門前町まで来た時――。

ずっと同じ距離を保って、背後を歩いて来た武士が、はじめて、

「眠狂四郎殿――」

と、呼びかけて来た。

狂四郎は、黙って、足をはこんで行く。

「噂《うわさ》にはきいて居《お》り申したが、貴公は、まさしく、尋常一様の使い手にあらざること、

見とどけ申した。……こうして、後方より、一太刀あびせたく、窺《うかが》ったが、その一瞬が、それがしには、与えられ申さぬ。申しおくれたが、それがしは、北園唐吉郎《きたぞのとうきちろう》――」

「大晦日《おおみそか》の宵、わたしを、押上村まで尾行して来て、わたしと長岡采女正《ながおかうねめのしょう》の妻女との睦言《むつごと》を、ぬすみぎきされた御仁だな」

狂四郎は、振りかえりもせずに、云《い》いあてた。

「ご存じであったか」

「尾行に馴《な》れて居らぬ御仁だ、お手前は――」

そう云い置いて、狂四郎は、つと、かたわらの白馬を染めぬいた暖簾《のれん》をくぐって、立《たて》場《ば》の居酒屋に入った。

北園唐吉郎は、ちょっと、とまどったが、つづいて、入って来た。

狂四郎は、冷酒を注文しておいて、向いに腰を下ろし乍らなお編笠をとろうとせぬ北園唐吉郎へ、はじめて、視線を送った。

「わたしに手裏剣を打ち込んで来た面々は、あれは、お手前が、江戸からともなった佐《さ》野《の》配下か？」

「いや、衣服通り、忍藩家中に相違ござらぬ。先頭を駆けたのは、松平下総守《まつだいらしもうさのかみ》殿の末弟で、源三郎《げんざぶろう》といわれる。それがしが、江戸に在った頃、柳生《やぎゅう》道場で、手ほどきいたした。……貴公がどれほどの腕前か、忍藩の若ざむらいどもの乗馬始めを利用して、ためしてみようと思い立ち、源三郎殿をおたずねして、依頼したところ、わしにやらせろ、と申されて、あの仕儀と相成り申した」

「すると、お手前は、わたしが、江戸を出たことを、お目付には、まだ通報せずに、そのまま、この中仙道へ来られたのか？」

「左様――。それがしは、貴公を討ちとることを、引受けたからには、余人に先を越されてはならぬので、貴公が中仙道をえらんだと知ると、先まわりして、ここで待ち受けて居り申した」

二

狂四郎としては、これは企図するところが、狂ったことになる。

この刺客に、志津《しづ》との褥内《しとねうち》の話をきかせ、それを、佐野勘十郎《かんじゆうろう》の耳に入れるもくろみであった。

狂四郎は、志津に向って、本物の大納言家慶《だいなごんいえよし》が上方《かみがた》にいて、その場所もおよそ見当がついた、と云ってきかせたのである。

刺客は、この言葉をぬすみ聴いたならば、当然、急遽《きゆうきよ》佐野勘十郎に、報告するに相違ない、と狂四郎は、考えたのである。

佐野勘十郎が、狼狽《ろうばい》して、討手《うちて》の群れを送り出して来れば、これは、本物の家慶がまだ生存していることを、はっきりとみとめたことになるのであった。

北園唐吉郎は、こちらの言葉を、佐野勘十郎に、報《しら》せていないのだ。

「お手前は、わたしと長岡采女正の妻女との話を、ぬすみぎきされた筈《はず》だ」

「たしかに、きき申した」

「話の内容は、お手前を驚かせた筈だが――」

「べつに、驚き申さなんだ」

北園唐吉郎は、はじめて、編笠をぬいだ。

「貴公は、ご老中水野越州《みずのえつしゆう》側用人《そばようにん》武部仙十郎《たけべせんじゆうろう》という、狸爺《たぬきじい》さんに踊らされて居るのだ。……ご老中は、政道の改革を企てて居る。それを実践するためには、次代の将軍家になられる御方を、傀儡《かいらい》とする必要がある。依《よ》って、西城府《にしじようふ》様を、贋者《にせもの》にしてしまい、弑逆《しいぎやく》する陰謀がなされていることは、すでに、お目付には、手にとるがごとく判って居る。……上方の何処《どこ》やらに、西城府様と酷似する男がいて、これを替玉にすべく、貴公が、その男を江戸へ連れて来る任務を受けた。お目付としては、まず、不死身の兵法者である貴公を討たねばならぬ、と考えて、それがしを、甲府から呼び戻した次第だ。……西城府様が、贋者だなどと、なんというたわごとを、眠狂四郎ともあろう人物が、信じてしまったのか、こちらは、それを、ききたい」

北園唐吉郎の正視を、冷やかに受けとめた狂四郎は、

「お手前は、佐野勘十郎から、そう打明けられたのか?」

「貴公は、ご老中側用人の言葉を信じ、それがしは、お目付の言葉を信じた。いずれの言葉が正しいか、結果によって判明いたそう」

——説けば、もしかすれば、味方にできる男かも知れぬ。

狂四郎は、ふと、そう思った。

その時、数騎の馬蹄の音が、おもてで停められた。

「ここか」

大声で云って、入って来たのは、松平源三郎にまぎれもなかった。

「北園、討たねばならぬ敵と、酒を汲《く》みかわすとは、どういうことだ?」

短気者らしい早口で、咎《とが》めてから、唐吉郎の返辞もきかず、

「決闘の場所を、定めたぞ。……助勢いたすから、早々に、討て!」

と、云った。

「お待ち頂きたい。……助勢の儀は——」

ことわりかける唐吉郎に、松平源三郎は、呶鳴《どな》った。

「北園! よもや、臆《おく》したのではあるまいな?」

「何を申される!」

唐吉郎は、憤然となった。

「それがしが、決闘を臆したなどと、かりそめにも、口にして頂きとうはござらぬ！」

「ならば、直ちに、試合場へ、参れ。……おい、素浪人、覚悟はよいな？」

松平源三郎は、満腔《まんこう》の敵意をこめて、狂四郎を、睨《にら》みつけた。

「こちらにとっては、いささか迷惑な話だが、そちらが是非にも、と申されるなら、べつに、避けるものではない」

狂四郎は、そう応えて、腰を上げた。

北園唐吉郎も、ほぞをかためた様子で、立ち上った。

街道を、ひきかえすことになった。

唐吉郎は、狂四郎と肩をならべて歩き乍ら、前後の者にきこえぬように、

「こちらには、助勢の数が多い。これは、それがしの本意ではない。……貴公、隙をうかがって、馬を奪って、逃げることを、すすめる」

と、小声で云った。

狂四郎は、無言であった。

「それがしも、三河譜代の旗本。決闘は、助勢なしで、やりたい。……貴公が逃げれば、必ず、それがしはあとを追って参る」

「………」

唐吉郎は、返辞をせぬ狂四郎の横顔を、ちらと視《み》やった。

――なぜ、返辞をせぬのだ？

唐吉郎は、苛立《いらだ》った。

「助勢の数は、五人や十人ではない筈。貴公に、とうてい、勝目はない。……逃げてもらいたい」

「……………」

狂四郎は、依然として、前方へ冷たく冴《さ》えた眼眸《まなざし》を置いたままで、沈黙をまもって、足をはこんで行く。

「それがしは、貴公のために、申して居るのだ！」

思わず、唐吉郎の声が、高いものになった。

とたんに、先頭を、馬を進めていた松平源三郎が、振りかえった。

「何を申しているのだ？」

すると、狂四郎が、口をひらいた。

「北園唐吉郎殿は、ご親切にも、助勢が多くて、勝目がないゆえ、逃げろ、とすすめて下さっている」

一瞬、唐吉郎の顔面から、血の色が引き、次の刹那、憤怒《ふんぬ》で、まっ赤になった。

ば、ら、原という。

三

荒川の流れが、街道に近づいたこの地帯は、雑木林が、四方の展望をさえぎり、むかしは、夜盗がしばしば出没した、という。

恰度《ちょうど》、忍城下へ岐《わか》れる三叉《さ》の辻《つじ》に地蔵堂が建っていたが、そこは、半町あまり、雑木林にかこまれて、小さな湖面のようなひろがりをかたちづくっていた。

松平源三郎が、えらんだ決闘場であった。

すでに、数十人の藩士が、緊張した面持で、雑木林ぎわに、等間隔で佇立《ちょりつ》していた。

松平源三郎は、検分役を引き受けたごとく、地蔵堂の縁側へ、上ると、

「北園唐吉郎、真剣の業前《わざまえ》を、存分に見せい」

と、叫んだ。

唐吉郎と狂四郎は、十歩の距離を置いて、向い立った。

唐吉郎は、藩士から渡された革襷《かわだすき》をあやどり、小柄《こづか》を当てた鉢巻をしめ、袴《はかま》のももだちをとって、草履をぬぎすてていたが、狂四郎の方は、なお不敵なふところ手のままで、うっそりと立っているばかりであった。

唐吉郎が、抜刀するや、松平藩士らも、一斉に、抜きつれた。

「ご助勢、無用っ！」

唐吉郎は、狂四郎へ眼光を放ち乍ら、叫んだ。

しかし、五十余名にものぼる藩士たちは、動きこそしなかったが、白刃を腰にもどそうとはしなかった。

唐吉郎は、じりっじりっと、一寸刻みに迫りつつ、もう一度、「ご助勢、無用っ！」と叫んだ。

狂四郎は、唐吉郎の刃圏の内へ、容《い》れられるまで、ふところ手の静止相を、変えようとしなかった。

唐吉郎は、間合を見切って、進むのを停止した。

狂四郎が、ふところから両手を抜き出さぬのは、あきらかに、こちらを憤怒させようとする故意の驕傲《きようごう》の態度と判《わか》りつつも、唐吉郎は、

「抜けっ、眠狂四郎！」

と、叫ばざるを得なかった。

狂四郎の口辺に、薄ら笑いが刷《は》かれた。

「柳生流には、抜刀術を封じる無刀の法がある筈――」

と、云った。

「……む！」

唐吉郎は、ひくく呻《うめ》いた。

唐吉郎が、知る限りに於《お》ては、抜刀術——居合抜きは、抜きつけ、抜き撃ち、斬り込み、ともに、中腰からの陰《いん》の抜き放ちを極意とする。すなわち、下から抜きつけて勝つのが、居合の本旨とされている。

もともと、剣の術は、上から斬り下ろすのと、下から斬り上げるのとでは、その強弱は、問題にならぬのであった。したがって、刀法は、すべて、上から斬り下ろす業を修練して、それに工夫を加えることになる。たとえ、突きであっても、上から斬り下ろす心得でなければならぬ、とされていた。

ただ、居合だけは、下から抜きつけるのを本旨とし、そのために、異常に手の内を強靭《きょうじん》なものにする。

ただ、居合の抜きつけを放つ場合、右手が抜刀すると同時に、左手で鞘《さや》をうしろへ引くのを肝要とする。

そこが、尋常の兵法と、ちがうところである。

したがって、敵が肉薄して来た時には、右手は柄にかけずとも、左手はすでに、鞘を摑《つか》んでいなければならぬ。

狂四郎は、居合で応じるとみせて、なお、ふところ手のままなのである。唐吉郎の目には、奇怪と映らざるを得なかった。

中腰ではなく、立合いの居合であっても――抜き撃ちに敵の右の小手を斬るにしても、敵が振りかぶった刹那を、踏み込みざま右脇を斬るにしても、さらに、敵の真っ向からの一閃《せん》の太刀を、一文字に受けて、敵が退《さが》り乍ら振りかぶるところを、左の小手を斬るにしても、その迅業《はやわざ》は、すべて、左手で鞘を、うしろへ引きざまに、抜き撃たねば、叶《かな》わぬところである。

しかるに、狂四郎は、平然として、ふところ手のままで、唐吉郎に、柳生流無刀の法で、居合を封じてみよ、とうそぶいてみせたのである。

たしかに、下から、きえーっと宙を鳴らして放って来る居合の抜きつけを封ずる無刀の法は、柳生連也斎厳包《れんやさいとしかね》によって、工夫され、この時代に至っても、柳生道場の高弟たちが、会得しなければならぬ奥旨のひとつにされている。

これは、口伝し難い法であった。

立合いには、双方の間に、必ず機というものが生ずる。その機に乗ずるのは、勿論《もちろん》であるが、機に乗ずるだけでは、まだ足らぬ。機を、我からひらくことを可能としなければならぬ。すべて物事には、きざしがあるが、これは、機というものよりも、今すこし迅く、きわめて微妙である。

敵が、撃ち込む機をとらえた――その刹那よりも、さらに一瞬はやく、こちらが、きざしを察知すれば、如何《いか》なる凄《すさ》まじい抜きつけの一撃をも、これを防ぎ、勝を得る。これが、無刀の法であった。

旗本随一の使い手と称される北園唐吉郎も、その修練を積んではいる。

しかし、狂四郎の静止相が、どう機をとらえて、居合を放って来るか、読みとりかねる以上、機よりも微妙なきざしを察知することは、不可能に思われる。

唐吉郎は、すでに、狂四郎を刃圏の内に容れ乍ら、逆に、翻弄されているような焦躁をおぼえた。

――敵の策に陥《お》ちてはならぬ！

心のどこかで、激しく戒める声があり乍らも、唐吉郎は、ついに、自ら汐合《しおあい》を極まらせて、

「やあっ！」

満身の闘志を、その一瞬の気合にほとばしらせて、斬りつけた。

狂四郎の痩身《そうしん》が、中腰に沈んだ、と見えた――次の刹那、手のない袖がひるがえるや、無想正宗が、生きもののごとく、腰から、鞘毎《ごと》すべり出て、その初太刀を、鍔《つば》で受けとめていた。

狂四郎は、わざと袖から手を出さず、袂《たもと》の中から、無想正宗を、腰からすりあげて、唐吉郎の猛撃の白刃を、鍔で受けとめたのである。

「うーむっ！」

唐吉郎は、狂四郎の意外な受けに、ぱっと反射的に跳び退《すさ》って、振りかぶった。

だが、その時は、すでにおそく、いつの間にか、唐吉郎の脇差が、鞘のまま、狂四郎の右手のものになっていた。

唐吉郎は、振りかぶったまま、どどっとうしろへよろめいた。

脇差の鐺《こじり》で、胸を突かれ、肋骨《ろっこつ》が折れたのである。

地ひびきたてて、唐吉郎が、倒れた時、狂四郎は、風のごとく奔《はし》って、地蔵堂の縁側へ躍り上っていた。

松平源三郎は、抵抗するいとまもなく、右手を、逆にねじあげられた。

「家中のどなたか、馬を曳いて来て頂こう。拝借して、本庄あたりまで、乗り始めをいたす」

狂四郎は、云った。

「い、痛いっ！」

源三郎が、悲鳴をあげた。

「はやくして頂かねば、この腕が折れると申されて居る」

狂四郎が、茫然《ぼうぜん》となっている藩士たちを、促した。

馬が曳かれて来た。金銀梨子地の鞍をつけた源三郎の愛馬であった。

縁側から、ひらりとうち跨《また》った狂四郎は、

「北園唐吉郎の身柄は、江戸のお目付佐野勘十郎邸へ、送りとどけて頂こう。老中水野越前守《えちぜんのかみ》にやとわれて居るこの浪人者が、おねがいすることだ。まちがいなく、送りとどけて頂くのは、松平家のためにもなることだ」

そう云いのこすや、馬腹を蹴った。

抜刀したなり、うつけのように棒立ちになっていた藩士たちが、源三郎の狂気したような叱咤《しった》に、われにかえった時は、もう、馬蹄の音は、遠いものになっていた。

通夜の客

一

中仙道を歩いて行く眠狂四郎に対して、佐野勘十郎配下の隠密《おんみつ》たちの襲撃がなされたのは、その痩身が、高崎城下に入った時であった。

江戸から二十六里十五町——高崎城下は、八万二千石・松平右京亮《うきようのすけ》のものであった。上州随一の町である。

正月三日。

元日からずっとあたたかい晴天がつづいて居り、常ならばひっそりとした城下町の往還も、晴着の人が出盛り、三河万歳やら門獅子舞いやら猿まわしやら暦売りやらのにぎやかな呼び声、太鼓、笛、三味線の音をまじえて、のどかな御世《みよ》泰平の景色であった。

大戸をおろした商家の前や、辻の空地には、さまざまの露店がならんでいたし、角兵衛獅子とか大道講釈とか居合抜きとか乞食《こじき》芝居とか、さまざまの芸人が客足を停めていた。

なかでも、子供たちの人気を集めているのは、粟餅《あわもち》の曲搗《きょくつ》きであった。

四人の男が、揃《そろ》いの染袢天《そめばんてん》をまとい、紅の襷に、向う鉢巻で、

「ええ粟餅や、あわもちイやあ……」

と、大声をはりあげて、客を呼び、蝟集《いしゅう》を待って、

「いよーっ、曲搗きのはじまり、はじまりっ！」

と、芸当にとりかかる。

曲搗きといっても、実は、曲取り曲投げで、べつに臼杵《うすきね》は持参していなかった。

台《だい》荷《い》の屋根一杯に巨《おお》きな看板をかかげ、傾斜した台の上には、餡《あん》と黄名粉《きなこ》と胡麻《ごま》を盛ったひとかかえもある木鉢をならべていた。

曲取りする者が、きれいに手をきよめて、両手いっぱいほどの量の粟餅を持って、見物人のむこう側に立つや、

「いやあっ！」

懸声をあげざま、その粟餅を、空中高く投げあげる。

落下して来たのを、左手で受けとめざまに、右手でちぎって、見物人の頭上越えに、台荷の三色の木鉢へ、投げ込む。

間髪を入れず、三人の男が、それぞれ、ぱっぱっと、餡、黄名粉、胡麻をまぶしつける。

これが、前芸で、つづいて、曲取りの男は、投げ上げた粟餅を、右手で受けとめるやいなや、一瞬裡《り》に、三個ちぎって、見物人の頭上へ抛《ほう》る。すると、三個は、それぞれ、餡鉢、黄名粉鉢、胡麻鉢へ、一個宛《あて》にぴたりと入るのであった。

のみならず、投げあげる、落ちて来たのをちぎって抛る、これに三色をまぶす――という芸当が、おそろしい迅さで、つづけざまに演じられ、みるみる盆に山と積まれるのであった。その目まぐるしい迅業の正確さが、子供たちを夢中にしていた。

曲取りが三個一度にちぎってみせるのは、右手でちぎるやいなや、それを掌中でにぎりつぶして、親指の巧みなひねり加減で、人差指、中指、薬指、小指のあいだから、押し出すからであった。押し出しざまに、その右手を振って、三個をとばすと、三個はまるで小鳥のように、見物人の頭上を飛びこえて、三色の木鉢へ、一個ずつ、きれいに、おさまるという次第であった。

この粟餅の曲搗きが、高崎城下へ現われたのは、今年はじめてであり、江戸ではさして珍しくもない大道芸も、ここでは、評判を呼んだのである。

百人近い見物の大半は子供たちで、阿呆《あほう》のように、口をあけて、曲取りの手から、台荷の木鉢へ飛ぶ粟餅を目で追うて、首をまわしていた。

狂四郎は、その脇を、ゆっくりと、行き過ぎようとした。

べつに、その粟餅屋に、特に注意したわけではなく、ただ、

――粟餅の曲搗きは、江戸だけの見世物ときいていたが……。

そう思い乍ら、曲取りの男と見物人のあいだを、通り抜けて行こうとしたにすぎなかった。

と――一瞬。

曲取りの男は、空中高く投げあげた粟餅を、左手で受けとめざま、狂四郎めがけて、

「えいっ！」

と、たたきつけた。

これを躱す反射神経の冴えた素早い五体の動きは、眠狂四郎独特のものであった。

二

悲劇は、次の刹那に起った。

狂四郎から躱された粟餅は、蝟集した見物人の中へ、とび込んだ。

轟然《ごうぜん》と、炸裂《さくれつ》した仕掛火薬は、あっという間もなく、数人の子供を殺し、八方へはじけた火の粉が、数十人の顔や手や晴着を焼いた。

忽《たちま》ちにして、城下連雀《れんじやく》町の辻は、阿鼻《あび》地獄となった。

狂四郎は、その時、子供たちの無慚《むざん》な死傷姿へ眼眸を置いて、ほんのしばし、茫然と

自失していた。

この男が、心を締めつけられて、人間らしい表情に還《かえ》るのは、無心な子供の哀《かな》しい姿に接した時にかぎられていることは、これまで、いくたびも述べたところである。

視線を、粟餅屋に化けた暗殺者たちに移した狂四郎は、むしろ、ひくく抑えた声音で、

「他人に迷惑をかけぬように心くばりをするのが、刺客の作法の筈だが、どうやら、貴様ら、この眠狂四郎を是が非でも殺したいあまり、血迷うて、手段をえらばずに、このような大きな犠牲をつくった。……許せぬ！」

と、云った。

すでに、四人は、台荷にかくしていた刀を、手にして居り、狂四郎が一歩迫るのに合わせて、一斉に抜きつれた。

阿鼻叫喚の光景をかたわらにして、狂四郎の無想正宗は、一閃毎に、一人ずつを、血飛沫《しぶき》をあげさせて、斃《たお》した。

斬らねば斬られるゆえに斬る——その受《うけ》の態度が、これまでの狂四郎のものであったが、この場合は、ちがっていた。

その迅業には、憤怒がこめられていた。

四人とも、いずれも、ただの一太刀で、あの世へ送られた。

「もし――」

正視に堪えぬ子供たちのあわれな姿を、脳裡からふりはらうべく、足早に、城下を通り抜けて、からす橋と記された長い橋を渡りかかった時、小走りに近づいた者から、呼びとめられた。

頭をまわすと、若い武家の妻が、必死な面持で、こちらを瞶《みつ》めていた。

三十前後の年増盛りの美しさが、匂うていた。

「お願い申し上げたき儀がございます」

「なんのご用か?」

「お手前様が、あの粟餅屋どもに襲撃された際、奇禍に遭《お》うて相果てました不運な子供らの一人の母親でございます」

「…………」

「申しおくれましたが、わたくしは、当藩旗奉行小松田竜三郎《こまつだりゅうざぶろう》の妻いせと申します。良人《おっと》は、三年前、みまかって居ります。奇禍に遭うたわが子は、一人子にて、あの子を喪《うしな》ったいま、小松田家は、廃絶に相成るよりほかはございませぬ」

「…………」

「屋敷には、今年七十歳に相成ります良人の父が、生き残って居ります。……わが子のそばにつき添うて居り乍ら、子を死なせた母親たる者、どのように、その祖父に弁解いたせばよいか、途方にくれた挙句、お手前様にご同道をねがおうと、思いついた次第にございます。義父《ちち》は頑固一徹者にて、また、孫を掌中の玉としてこよなく愛して居りましたゆえ、わたくしの詫《わ》びなど、とうてい、諒恕《りょうじょ》いたしてくれる筈もございませぬ。……何卒《なにとぞ》、お手前様より、義父に、事情をおきかせ下さいますよう、ご面倒乍ら、お願い申し上げます」

すこしも、とりみだした気色を示さず、そう述べて、ふかく頭を下げた。

「どこの馬の骨ともわからぬこの素浪人が、弁解いたしたところで、貴女《あなた》のお義父上が、諒とされるかどうか、疑問に思うが……」

「いいえ、お手前様は、襲撃者どもを、四人とも、お斬りなさいました。そのことをきけば、義父は、屹度《きっと》お手前様に、敬意を抱くに相違ございませぬ」

「…………」

「義父は、すでに三十を越えていたわたくしの良人に、毎朝、木太刀で立合せ、その未熟をさんざんに罵ったくらいの古武士の風格をそなえている年寄りでございます。いまは、中風の気味にて、立居に不自由はいたして居りますが、性根の程はいささかもおとろえては居りませぬ。……お願い申します。何卒、ご同道のほどを――」

「…………」

「もし、ご同道頂けぬとなれば、わたくしは、良人の墓前にて、自害して、詫びるよりほかはございませぬ」

狂四郎の眸子《ひとみ》の中で、この妻女の貌《かお》に、志津の俤《おもかげ》が重なった。

「参ろう」

狂四郎は、承知した。

「忝《かたじけ》のう存じます。お礼の言葉もございませぬ」

古武士の風格をそなえた舅《しゅうと》に仕えて、きたえられて来たので、一人子を喪ってい乍らも、このように、おちついて、とりみだした気色を他人にみせぬことができるのであろうか。

生命《いのち》を落した十一歳の一人息子の遺骸《いがい》は、数町ひきかえした本町のとある寺院の本堂に、安置されてあった。

それを駕籠《かご》にのせて、故小松田竜三郎の妻いせは、狂四郎を、わが家へ案内した。

三

小松田家は、旗奉行だけあって、左右の藩士の家よりも一段と構えが立派で、長屋門の前には、旗組を整列させるための広場も設けてあった。

当主は逝ったが、いずれ、その子が、元服すれば、跡を襲うことにきまっていて、そのまま、隠居の祖父が旗をあずかっているもの、と思われる。

ところが、跡を襲うべき少年が、不運な犠牲になってしまったのである。

遺骸をのせた駕籠が、門を入るや、使傭人《しようにん》たちは、玄関の前で、土下座して、嗚咽《おえつ》した。

狂四郎は、いっせいに申し入れて、すぐに遺骸を奥にはこばせず、庭に面した十畳の座敷に、安置させ、そのそばに、座を占めた。

やがて、廻り縁に、高低のある跫音《あしおと》が、近づいて来た。

杖《つえ》をついた白髪の老人は、さだめしむかしは偉丈夫であったろうと、想像できる六尺ゆたかの上背と、鼻梁《びりょう》秀でた風貌の所有者であった。

病んで、衰えて、鶴に似た痩軀になって居り、一歩毎にいたましい不自由な動きを示していた。しかし、その双眼には、強い光があった。

老武士は、縁先で立ち停ると、座敷に入る前に、その眼光を、安置された遺骸へ、送って、しばらく、動かなかった。

掌中の玉にしていた孫が奇禍に遭うた、という急報は、この老武士にとって、比べるべきものもないくらいの、名状しがたい衝撃であったに相違ない。

その悲歎《ひたん》を抑えた面相は、鬼気迫るものを、狂四郎に感じさせた。

老武士は、座敷に入ると、座に就いた。

「眠狂四郎と申す」

挨拶する狂四郎へ、老武士は、はじめて、遺骸に置いた視線をまわした。

「当藩旗奉行小松田竜左衛門《りゅうざえもん》でござる」

「大切なお孫を、斯様《かよう》な無慚なすがたにさせた責任の一端は、わたしにあります。ふかくお詫びいたす」

狂四郎は、連雀町辻に於《お》ける突然の出来事のあらましを語り、つき添うていたのが、母親でなく、たとえ一流の武芸の所有者であっても、子供を救うことは不可能であった旨を述べた。

小松田竜左衛門は、まばたきもせず、狂四郎を瞶めて、無言をつづけた。

「……どうか、嫁御をおとがめのないよう、わたしからも、お願いいたす」

狂四郎が、頭を下げると、老武士は、はじめて、口をひらいた。

「お手前、襲った者を四人とも、またたく間に、斬り仆《たお》された由、よほど、天稟《てんぴん》がある上に、修業を積まれたのでござろうな？」

そう訊ねた。襲われた理由を訊ねようとはしないのであった。

「市井に無頼な行状をかさねている者ゆえ、これまで、数多くの人をあの世へ送って居り申す。いわば、正しく修業を積んで一流を樹《た》てた兵法者とは、全く逆の、裏道を辿《たど》って来た殺人鬼にすぎぬ、とお思い頂きたい」

しかし、狂四郎がそう云っても、老武士は、自身の思念をすこしも変えぬ様子で、

「当藩家中には、秒刻の間に、四人もの敵を斬ることのできる者は、一人たりとも見当り申さぬ」

「…………」

「ひとつ、当方より、お願いの儀がござるが、おききとどけ下さるまいか？」

「…………」

「お手前、当家へ入聟《いりむこ》になって頂けまいか。いせの良人になって下さらぬか？」

「…………」

「竜太郎を喪っては、このままでは、当家は、廃絶いたすよりほかはござらぬ。……お手前に、いせを嫁として頂き、小松田家を継いで頂けるならば、と存ずるが、いかがでござろうか？」

「ご老人――」

狂四郎は、おのが家をのこしたい一念で、こちらが無頼者と告げているにも拘《かかわ》らず、耳を仮《か》さずに、突如としてこのようなことを口にする老武士を、同情をもって見かえし乍ら、

「お孫を喪われたのは、わたしという男が、刺客に襲われたのが原因であることを、お考え頂きたい。刺客につきまとわれるような男が、どんな過去を持っているか――それを想像なさるならば、家を継いで欲しい、などと思いつかれない筈。……わたしは、一

所不住の漂泊の素浪人であり、それをむしろ、いささか、心中誇っているところもある男と、お心得頂きたい。敢《あ》えて申すならば、ご当家の入聟となることは、松平右京亮という藩主に随身することを意味している。松平右京亮という藩主が、たとえ当代随一の英明の大名であろうとも、これに随身することなど、まっぴら御免を蒙《こうむ》りたい。こういうことです」

「…………」

老武士は、一瞬、眉間に険しい翳《かげ》を刷いたが、黙って、ただ、双眼を光らせたばかりであった。

「では、これにて——」

狂四郎が、起《た》とうとすると、

「あいや、待たれい！」

小松田竜左衛門は、あわてて、片手を挙げて、とどめた。

「お手前のご存念の程、よく判り申した。このお願いの儀は、取り下げ申す。……せめて、今宵の通夜を、お手前にも、つとめて頂けぬものか、と存ずるが、いかがでござろうか？」

そう願われては、それも拒絶して、起つことは、できかねた。

四

狂四郎は、遺骸を移した奥座敷の片隅に坐《すわ》って、僧侶の誦経《ずきょう》をきき、つぎつぎと現われてはひき取って行く家中の人々を眺める苦痛に、堪えた。

こうした形式ばかりの慣習を、最も嫌悪する男が、見知らぬ他人の屋敷で、通夜の客となっていることは、まことに苦痛の限りであったが、横たわっている仏が、十一歳の少年であることが、狂四郎に、その苦痛を、当然おのれが受けなければならぬ罰と考えさせたのである。

四更（午前二時）をまわった頃、用人が、そっと近づいて来て、狂四郎に、「あちらの部屋でおやすみ下さいますよう――」と、すすめた。

狂四郎は、案内されるのが、裏庭をへだてた離れであるのを知って、ふっと、疑いをおぼえた。

――なんのために、離れに泊めねばならぬのか？

こちらは、奥座敷で、通夜をつとめて、朝になれば出て行くつもりであったのだ。すべての通夜の客が見知らぬ人間ばかりであり、おのれ一人だけ唖《おし》のごとく沈黙を守っていなければならなかったので、用人にすすめられるままに、つい起ってしまったが、離れでのんびりと休む気分になれる筈もない。

──やすむとみせて、こっそり、姿を消すことにするか。

そう考えて、離れに入った。

意外だったのは、延べられた牀《とこ》の裾に、仏の母親が、白い寝衣《ねまき》姿で、畳に坐っていたことである。

「どうしたというのか、これは？」

狂四郎が訊《たず》ねると、いせは、両手をつかえて、

「申しわけございませぬ。義父に命じられたのでございます」

と、弁解した。

「この素浪人に抱かれるように、命じられた、といわれるのか？」

「はい」

「入聟にする手段として、えらんだ、というわけか」

「申しわけございませぬ。……わたくしは、こうして、ここに坐って居りますゆえ、お手前様は、どうぞ、ごゆっくりおやすみ下さいませ。ご遠慮なさいませぬように、おやすみのほどを──」

そうすすめるいせを、狂四郎は、冷やかに見据えて、

「一人では寐《ね》ず、そなたを抱いて寐たら、どうする？」

「え──？」

「そなたは、抵抗するか？」

「………………」

「抱いてみせようか？」

「………………」

「わたしに抱かれるように、と命じたのは、舅ではあるまい。別の人間だったのではないのか。この松平藩の重役の一人ではないのか。……わたしの討手は、粟餅屋に化けた四人だけではない。この高崎城下にも、まだ幾人か、入り込んで来ている筈だ。その一人が、智慧《ちえ》を働かせて、一人の少年の死を利用することにした。藩の重役に面会して、公儀お目付佐野勘十郎の添状をさし出し、眠狂四郎の討ちとりかたに、援助を乞い、重役はそれを承知して、そなたをひそかに呼んで、抱かれよ、と命じた。そうすれば、小松田家を廃絶せぬようにとりはからう、と条件をつけた。そうではないのか？」

「………………」

いせは、石のように身をかたくして、うなだれたなりであった。

「わたしが、そなたを抱けば、たぶん、夜明けがた、こちらのねむったのをうかがって、槍《やり》か矢か、鉄砲玉をくらわせる手筈になっている。そうであろう」

狂四郎は、薄ら笑った。

「そなたの舅が、わたしに入聟になって欲しい、とたのんだのは、自身一個の思案だったに相違ない。わたしに、ことわられると、すぐに、諒承して、せめて通夜をして行ってもらいたい、とたのんだ。この年寄りの素朴な気持を、わたしは、買った。……しかし、そなたが、操《みさお》をすてて、家をのこそうとする気持は、買えぬ。そなたを利用した者が、わたしの討手ならば、これは、そなたの子を殺した者の一味だ。そなたが、まんまと乗せられたのであるならば、そなたの子の霊魂は、うかばれまい」

いせは、その言葉をあびると、哭《な》き伏した。

狂四郎は、その姿に、志津と同じ運命に置かれた女の哀しさを視て、暗然とし乍ら、しずかに、腰を上げていた。

寒い日

一

中仙道は、横川の関所まで、江戸からの三十里の間、山はない。

横川の関所を過ぎて、碓氷《うすい》峠にさしかかる。

軽井沢まで、九十九折《つづら》の坂道は、すべて、密林の中である。竹の御番所、羽根石、中山の立場を過ぎると、箱根路よりも、勾配が急になり、雲助も、客を駕籠からおろして、歩かせる箇処がいくつか、待ち受けている。

晴れていたが、寒気の厳しい日であった。まして、碓氷峠にさしかかれば、密林に陽光をさえぎられた坂道がはりつめる寒気は、堪えがたい。

素袷《すあわせ》に素足の眠狂四郎をして、思わず、ひくく呻かせ、とがった肩をすくませた。

子持山稲荷《いなり》に、

『のぞき茶屋』

という看板をかかげた掛茶屋があったが、大戸をおろしていた。春になるまでは、閉じているものと思われる。

　こうした冬を避けて無人になった掛茶屋には、室《むろ》が設けられていて、地酒が仕込んであることを、狂四郎は、知っていた。

　大戸をはずして、落間《おちま》に入った狂四郎は、釘《くぎ》づけされた中仕切りの紅殻格子《べんがらごうし》も開けて、奥を見まわし、すぐに、室に降りる箇処を見つけた。

　竈《へっつい》の前に、薪を置く凹《くぼ》みが掘られ、かき出した灰や炭が容れてあった。そこであった。

　灰をかきのけると、はたして、底は板になっていた。揚げ蓋《ぶた》であった。

　狂四郎は、室から、濁醪《どぶろく》の瓶《かめ》をひとつ、携げて、あがって来ると、囲炉裏を切った板の間で、飲みはじめた。

　炉に火が欲しいところであったが、あいにく、粗朶《そだ》が見当らなかった。

　無心状態で、瓶の量をすこしずつ、減らす時間が、しばらく、つづいた。

　こうした全く音の絶えた山中で、孤独ですごすひとときが、この男にとって、最もふさわしいのであった。

　邪魔が入らなければ、瓶が空になるまで、この寂寞《せきばく》の山気の中に、無想の身を置く習練もできていた。

　ふっと、われにかえったのは、おもてに人の忍び寄る気配によってであった。

狂四郎は、その気配に殺気がこめられているのを感じた。

お目付佐野勘十郎が、急遽、刺客の群れを江戸から放って来たことは、高崎城下で、知らされた。すなわち、佐野勘十郎は、西城府家慶が、西国の何処かに生存していることを、こちらに教えてくれたのである。

——高崎から、ほぼ十里、恰度、次の討手がそろそろ現われてもいい頃合だ。

狂四郎は、そう思い乍ら、湯呑《ゆの》みへ、幾杯目かの濁醪を満たした。

と——その時、すっと、落間へ踏み込んで来た者が、

「有難え！」

と、声を出した。

狂四郎は、振りかえろうともしなかった。

「旦那——」

紅殻格子ぎわで、対手《あいて》は呼びかけて来た。

「おねげえがございます」

「…………」

「あっしに、その酒を、一杯、めぐんでやって頂けやせんか。……おねげえ申します」

狂四郎は、振りかえって、そこに立つ者を、視やった。

無職《ぶしょく》の旅鴉《たびがらす》の垢《あか》にまみれた三十がらみの姿が、いかにも、ウラ侘《わび》しかった。

のみならず、背後には、十歳ばかりの少年が、妙に大人びた顔つきで、目を光らせていた。

やくざを父親に持って、宿場から宿場に流れわたっていれば、おのずから、家のある子供とは気持も顔つきも異なるものと思われた。

「酒は、この茶屋の室から勝手に盗んだものだ。わたしに遠慮することはない」

狂四郎は、そうこたえて、瓶を押しやった。

「有難う存じやす。……あっしは、安中《あんなか》生れで、草次郎《そうじろう》と申しやす、ごらんの通りの無職者でございます、へい。実は、酒をめぐんで頂きやすのは、寒さしのぎじゃないのでござんして、これから、長脇差《どす》を抜くのに、ちィとばかり、度胸をつけたいと思いやして、へい」

「……………？」

「松井田の賭場《とば》で、イカサマを看破った時、つい、負《まけ》が込んでいたもので、かっとなって、中盆をたたっ斬ったために、追われて居りやす。追分《おいわけ》まで、つッ走りゃ、あっしをかばってくれる親分が居りやすが、どうやら、この碓氷峠を登りきることは、おぼつかなくなりやした。……頂戴《ちょうだい》いたしやす」

安中の草次郎と名のる博徒は、濁醪を一息に飲んでから、

「有難う存じやした。……おねげえついでに、もうひとつ、旦那に、おねげえ申したい

ことがございます。……この餓鬼でございますが、追分まで連れて行っちゃ、下さいますまいか？」

「…………」

「行先は、餓鬼が知って居りやす。……おねげえ申しやす。おい、草吉《そうきち》、おめえも、おねげえしろ」

少年は、父親に促されて、奥土間へ入って来ると、

「おさむらい様、おねがい申します」

と、頭を下げた。

二

狂四郎は、草次郎へ、冷たい眼眸を当てて、

「死ぬ覚悟をきめて居るのか？」

と、訊ねた。

「追って来やがるのは、二十人以上もいやがるに相違ねえので、どうせ、たすかりっこはありやせん。……旦那、おねげえ申しやす！」

草次郎は、土間へ坐ると、両手をついた。

伜《せがれ》の草吉も、父親にならった。

「わたしは、西へ向って歩いている。この子が、あとをついて参れば、追分へ行き着くだろう」

「有難う存じます！　お礼の言葉もございません。……草吉、いいな、このおさむらい様のあとをついて行くんだぞ」

「うん――」

少年は、けなげに頷《うなず》いた。

草次郎は、戸口に寄ると、おもてをうかがっていたが、

「それじゃ、旦那、おねげえ申します」

と、重ねてたのんでおいて、さっと、出て行った。

とたんに、

「いたぞっ！」

叫びがあがった。

草次郎の駆け去る跫音につづいて、追手の群れが、茶屋の前を、掠《かす》め過ぎて行った。

狂四郎は、刃と刃の嚙《か》み合う戟音《げきおん》が、鋭く、宙にひびくのを耳にした。

草吉が、走って、戸口からとび出して行った。

やがて、俯向《うつむ》いて、戻って来た少年を、狂四郎は、眺めて、

「どうした？」

と、訊ねた。

「わかんねえ。……見えなくなっちまったです」

草吉は、こたえた。

しかし、そのおそろしさは、すぐ忘れる習性をそなえているように、狂四郎を視かえして、

「おさむらい様、囲炉裏で火を燃やしましょうか、おいら、薪を取って来る」

そう云って、裏口から、出て行った。

——やくざを父親に持てば、あのように、父親の危急に遭うても、平気でいられるのか。

狂四郎は、なかばあきれ、なかば感心した。

一束の粗朶をかかえて、炉端に上って来た草吉は、にこっとして、

「おさむらい様、小柄を貸して下され」

と、たのんだ。

「どうするのだ？」

「雉子《きじ》を獲《と》って来ます。冬の雉子は、うまいがな」

「小柄を打てるのか？」

「うん——」

狂四郎が、脇差から小柄を抜いて渡してやると、草吉は、走り出て行った。

四半刻《しはんとき》も経《た》たないうちに、草吉は、雉子を携げて、戻って来ると、早速、土間にしゃがんで、毛をむしりはじめた。

狂四郎は、その手馴れた作業を、黙って見まもっているうちに、ふっと、眉宇をひそめた。

しかし、その時は、なにも云わなかった。

草吉は、はだかにした雉子を、自在鉤《かぎ》にぶら下げると、

「おさむらい様、雉子を食うたことがありなさるか？」

と、訊ねた。

「まだ、ない」

「美味《うま》いから、あがってみなされ」

「お前は、父親のことを、すこしも、心配して居らぬようだな？」

「お父《とっ》つぁんは、不死身じゃ。なんども、こういうことがありました」

「追分の行先というのは？」

「おっ母さんが、居るのじゃ」

「…………」

草吉は、ちらと狂四郎を、ぬすみ視るようにしてから、

「わしは、おっ母さんがきらいじゃ。お女郎屋をやっているし、酒飲みじゃから……」

「………」

「お父つぁんも、やくざじゃけど、お父つぁんの方がええ」

「………」

「おさむらい様は、やくざをきらいじゃろうな？」

「家があれば、芥《ごみ》が出るように、多い人間の中には屑《くず》も出る。このわたしも、屑の一人だ」

そう云いすてて、狂四郎は、ごろりと横になると、手枕《てまくら》して、目蓋を閉じた。

草吉は、しばらく、その寐顔を、じっと、瞶めていた。

少年のものとは思われぬ思慮深げな眼光であった。

狂四郎が、草吉から呼び起されたのは、それから半刻も過ぎてからであった。

「おさむらい様、雉子が焼けたよ」

狂四郎が、やおら起き上ると、草吉は、台所からさがし出した俎板《まないた》へ、焼きあがった雉子をのせて居り、小柄で、器用に皮を剝いだ。

「はい」

さし出された肉の一片を、受けとった狂四郎は、すぐには口にせず、草吉がむしゃむしゃ喰《た》べはじめるのを待って、ようやく、口にはこんだ。

少年の言葉に、嘘《うそ》はなかった。肉はやわらかく、臭みもなかった。

三

陽が西に傾いた頃あい――。

狂四郎と少年は、碓氷峠を登りきって、一望不毛の高原に出ていた。

軽井沢。

後世、上流階層の避暑地となったこの高原も、当時は、街道沿いに、宿女郎を置いた店がひとかたまりあるほかは、人跡をとどめぬ密林にはさまれて、茫々《ぼうぼう》たる草地が、目《め》路《じ》の果までひろがっているばかりであった。

はりつめた寒気は、骨を疼《うず》かせるほどのきびしさで、彼方に夕陽に照らされて浮きあがった浅間山の美しさを賞《め》でる余裕もない。

まっすぐにのびた街道は、すでに土も雪も凍付《いて》いて居り、こごえて感覚をうしなった蹠《あしうら》にもなお、その固さがひびいた。

狂四郎は、しかし、べつに、足をいそがせるでもなく、その凍付いた街道を歩いて行き乍ら、

――妙なものだ。

自分に呟いていた。

このきびしい寒気をしのぐ効用を考えていたのである。

濁醪のおかげではなかった。

うしろをついて来る少年が、役立っているのであった。

「草吉、と申したな？」

掛茶屋を出て、峠を登って来るあいだ、ずっと沈黙を守っていた狂四郎は、はじめて、うしろへ声をかけた。

「はい」

「お前は、今年、幾歳になる？」

「自分でも、よくわかんねえ。十二か、十三に——」

その返答に対して、狂四郎は、冷たい皮肉な言葉を、かぶせた。

「実は、もう三十を越えているのではないのか？」

一瞬——草吉の足が、ぴたっと停った。

狂四郎は、振りかえりもせず、歩みも停めなかった。

草吉が、その後姿へ送る眼光は、あきらかに、武芸を積んだ者の鋭さであった。

しかし、次の瞬間、草吉は、畏怖と困惑の色をまぜた表情になって、再びあとをついて歩き出した。

「おわかりでござったか」

「お前が、獲って来た雉子の毛をむしりはじめるのを眺めて、その手さばきのあざやかさで、わかった。……忍者だな?」

「戸倉山中にすまいつかまつる真田《さなだ》六連銭組の残党でござる」

真田六連銭組、という忍者の一隊が組織されたのは、真田安房守昌幸《あわのかみまさゆき》が、甲信の諸郡を鎮定した頃であった。

次のような逸話が、のこっている。

天正十三年八月二日、大久保忠世《おおくぼただよ》、平岩親吉《ひらいわちかよし》、鳥居元忠《とりいもとただ》、柴田康忠《しばたやすただ》ら徳川勢が、真田昌幸・幸村《ゆきむら》父子のたて籠《こも》った上田城に、攻め寄せた。

その時、昌幸は、祢津長右衛門《ねづちょうえもん》と、碁を囲んでいたが、敵勢の鯨波が城内へひびいて来るまで、平然として、起たず、いよいよ、その先鋒《せんぽう》が、大手ぎわまで押し寄せて来たという報に接して、はじめて、碁石をすてて、湯漬を、三杯さらさらと、かき込んだ。

それから、六連銭組を呼び、

「かねての手筈通りにせよ」

と、命じた。

直ちに、武者溜《だまり》には、百頭の猛々《たけだけ》しい悍馬《かんば》が、揃えられた。それらの悍馬は、槍が数十本も結びつけられ、宛然《さながら》針鼠《ねずみ》のようなすがたになっていた。

徳川勢が、大手の橋際で、鬨《とき》の声をあげるや、城門がさっとひらかれた。

槍で武装された百頭の悍馬は、奔流のごとく、驀地《まっしぐら》に、徳川勢の陣へ、突進した。

そのうしろから、躍り出た六連銭組は、いずれも、火矢を携えていた。

同時に、城壁上からは、無数の青竹を弓なりにたわめて、油袋を空に投げ放った。

油袋が、徳川勢へ落下して、ぱっと散り撒《ま》かれた瞬間、六連銭組が火矢をとばした。

忽ち――。

二万余の徳川勢は、火焰《かえん》の渦の中で、逃げまどい、さらに、狂いたけった槍馬の奔馳《ほんち》をくらって、阿鼻地獄の贄《にえ》になり、およそ七千余の将兵が、斃れてしまった。

六連銭組は、昌幸・幸村父子が、関ヶ原の役後、高野山の峰つづき久戸山麓禿《かむろ》の宿に流されてから、散り散りになったが、大坂の役に幸村が起つや、再び、集まって、冬の陣、夏の陣に、大いに東軍を悩ました。

幸村が、討死したのちは、これにしたがって全員が討死したものと、世間からはみなされていた。

しかし、幸村の遺言によって、その残党は、信州に還り、戸倉山中に身をひそめて、その忍びの術を、代々継いで来たのである。

「そうか、お前は、六連銭組の裔《すえ》だったか」

狂四郎は、はじめて、頭をまわして、忍者を視た。

どう視なおしても、十一、二歳の少年でしかなかった。

「幾歳になる?」

「二十八歳になり申す。……真田黒丸《くろまる》と申す。十歳頃から、斯様《かよう》に、成長が停ったままでござる」

「佐野勘十郎にやとわれて、刺客になったのだな?」

「五百両の報酬にひかれて、やとわれ申した。おはずかしい次第でござる。戸倉に住む一族三十七人のくらしは、あまりに貧しいものでござる。五百両あれば、どれほど、うるおうかわかりませぬので、つい、左衛門佐《さえもんざ》様のご遺言によって禁じられていた六連銭組戒律を破った次第でござる」

幸村がのこしたのは、

『いかなることがあっても、徳川家に随身しては相成らぬ』

それであったろう。

「お前の父親に化けた男も、六連銭組残党の一人か?」

「いえ、あれは、公儀隠密衆でござった。沓掛《くつかけ》宿にて、それがしの首尾を待ち受けて居り申す」

「首尾は、成らなかったな」

狂四郎は、薄ら笑った。

「やむなき仕儀でござる。五百両は、あきらめ申した」

その言葉をきいて、狂四郎は、歩き出した。

歩き出し乍ら、狂四郎は、口辺に、微笑を刷いた。

少年そのままの容子《ようす》を保っているこの小人の忍者に対して、憎めないものを感じたのである。

「お主は、なぜわたしに襲いかからなかったのだ？　襲う隙は、いくらでも看て取れた筈だ」

「いや、お手前様には、隙というものは、いかなる時も、みじんも、なかったのでござる。横になって、目蓋をふさいで居られても、お手前様の神経は、こちらがほんのわずかでも殺意を起せば、すぐさま、覚めて、応ずるように修練されて居ると、お見受け申した。一撃で仆さねば、とうてい敵《かな》わぬお手前様に、その隙がないとなれば、あきらめて、雉子でも焼いてさしあげるよりほかにすべはなかった次第でござる。それに……」

そこまで、云いかけて、黒丸は、ちょっと、口ごもった。

「どうした？」

「……つまり、お手前様は、なんと申そうか、無想空寂の魅力、とでも申したらよろしいのでござろうか——ともかく、それがしに、手も足も出せなくするふしぎな虚無没我の味をそなえておいでござる」

「…………」

「それがしは、いま、お手前様に、随《つ》いて歩いているだけで、なんとなく、幸せな気分になって居るのでござる」

「…………」

「このまま、ずっと、随行いたしたい、とさえ考えていたところでござる」

「…………」

「いけませぬか？　五百両をあきらめついでに、お手前様の家来にして頂きとう存じます」

「…………」

狂四郎は、黙って、歩きつづける。

「いかがでありましょうか？　ずっと、随行させて下さいますまいか？」

「忍者ならば、あまえぬことだ」

冷たい返辞が、かえされた。

「顔やからだが子供と同様だからといって、あまえることまで真似《まね》ることはあるまい。……こちらは、一度ぐらいは、お主がどれだけの術を発揮するか、見てやろう、と待っていたのだ」

沓《くつ》掛《かけ》女郎

一

軽井沢を過ぎ、はなれ山わきを通って沓掛に入った時、もう浅間山は闇に溶けていた。

東海道と同様、峠をひかえた宿場は、講中の旅籠《はたご》以外は、すべて、女郎を数人ずつ置いた家が並んでいた。

ただ、土地柄で、紅殻格子から、明るい灯を流してはいても、かまびすしい嬌声《きようせい》は、往還へ飛んでは来ず、ひっそりとしていた。どこからか、三味線の音がひびいていたが、かえって、うら侘しい。

「眠殿、あがられるなら、その店がよろしゅうござる」

うしろを、跟いて来ていた贋子供の真田六連銭組忍者が、脇へならんで、とある店を指さした。

狂四郎は、黙って、その店の暖簾をくぐった。

案内された二階の部屋は、首ひとつ跼《ここ》まねばつかえる低い天井で、壁も天井も汚染《しみ》だらけの四畳半であった。

すでに、坊主枕と函枕《はこまくら》をならべた牀が行火《あんか》であたためてあった。

「酒をたのむ。ひやでよい」

掛具をはねて、敷布団の上に坐った狂四郎は、遣手婆《やりてばば》へ、小銭を投げた。

遣手婆は、それを押しいただいてから、

「旦那様は、あの黒丸さんとは、お知りあいなので――？」

と、訊ねた。

「うむ」

「それじゃ、浅間太夫《だゆう》をくどいてみましょうわえな」

「くどくとは？」

「いえな。浅間太夫は、お茶壺《ちゃつぼ》道中の奉行様用で、ふつうのお客とは、枕を交わさぬのでございます」

「お茶壺奉行は、年に一度、抱くために、女郎を独占して居るのか」

「あいな。それアもう、お手当がごうぎでございますからな、ほほほ……。でも、旦那様が、黒丸さんのお知りあいなら、特別に、浅間太夫をくどいて、諾と云わせましょうわえな」

遣手婆が去って、四半刻も過ぎた頃あい、浅間太夫という女郎が、酒をはこんで来た。

横になっていた狂四郎は、べつに、その器量をたしかめようともせず、長襦袢《ながじゅばん》姿が目の前に坐って、

「おそうなりまして」

と、銚子《ちょうし》を把《と》っても、なお物倦《ものう》げな眼眸をその膝のあたりへ投げて、盃《さかずき》へ手をのばしたばかりであった。

数杯、口にはこんでから、はじめて、狂四郎は、顔を擡《あ》げた。

宿場女郎という概念からおよそ遠い面高な、鼻梁《はなすじ》にも口もとにも気品のある美貌が、そこにあった。頸《くび》すじの細く白いなめらかな線にも、薄い胸にも、くびれた胴にも、崩れた匂いはなかった。腰や膝は、稚《おさな》い細さであった。

狂四郎は、やおら起き上ると、

「そなたも、戸倉山中の、真田六連銭組の裔か？」

と、訊ねた。

「はい。おはずかしゅう存じます」

浅間太夫は、目を伏せて、こたえた。はじらう風情が、いっそ、ういういしかった。

戸倉に住む一族三十七人のくらしは、あまりに貧しいものである、と真田黒丸は、狂四郎に告げていた。

一族の糊口《ここう》を凌《しの》がせるために、この女は、犠牲になったというのか？

「そなた、お茶壺道中奉行の囲われ者になっているそうだな？」

「………」

浅間太夫は、こたえず、いよいよ深くさし俯向いた。

当時、お茶壺の通行は、ある意味では、勅使の参向や諸侯の参覲《さんきん》交代よりも、重大視され、その通行筋では、街道の住民はもとより、宿駅の事務をとる問屋や、その宿泊にあてられた本陣、そして道行く旅人は、非常な迷惑を蒙った。

将軍家御用物の逓送《ていそう》が、ものものしかったことは、封建の時世では、当然のことであり、備後《びんご》の畳表や越前の奉書紙といったたぐいの品物の逓送までも、きわめて警戒厳重であった。

まして、将軍家が喫するお茶をはこぶのであったから、その逓送は、滑稽なくらい細心の神経が配られ、異常なまでのものものしさであった。

御用茶は、宇治であった。

二

宇治は、天下の茶どころであった。

後鳥羽《ごとば》帝建久二年、僧栄西《えいさい》が、支那から留学を了えて帰朝した時、南宋《なんそう》の江南の茶種を、小函《こばこ》にひとつ、土産にした。

栄西は、これを、筑前《ちくぜん》の背振《せふり》山に、試植した。その結果が大層良かったので、栄西は、「喫茶養生記」という一書を著わして、茶の効用を公にした。

栄西が、京都建仁寺にいた頃、栂尾《とがのお》の僧高弁《こうべん》が、訪問して、その茶種の分与を乞うた。高弁は、これを、深瀬に栽培した。それをまた、のちに至って、山城《やましろ》の菟道《うじ》に分栽した。これが、宇治茶の起源である。

数百年を経て、足利義満《あしかがよしみつ》は、宇治に自家の茶園を設けた。

文明十五年、義政《よしまさ》が銀閣寺を建て、茶道を大いに興したあたりから、宇治茶は、珍重すべきものとなった。

豊臣《とよとみ》氏の時代に入って、茶道は愈々《いよいよ》さかんになり、それにしたがって、宇治茶は、庶民の口に入り難いほどの貴重な品となった。

徳川氏の天下になるや、宇治は幕府茶所に指定され、御物《おもの》茶師が置かれ、その精製品の半分を、京都御所へ献じ、将軍家が喫する分は、江戸から由緒ある茶壺を送って、これにつめて、はこばせるならわしとなった。

宇治の茶摘みは、八十八夜三日前後であった。御物茶師の代官頭取格・上林《かんばやし》家が、京都所司代屋敷におもむき、指図を仰ぎ、その三日のうちの吉日をえらんで、摘みはじめるのであった。

その日から、宇治の里には、制札が立てられ、新茶の搬出が禁じられる。

宇治で製《つく》られる茶には、さまざまの名がつけられていた。

初昔、若森昔、初日昔、後昔、祖母茶昔、鷹爪《たかのつめ》、早摘昔、鱗形、いの昔、白昔、雁金《かりがね》、大文字昔、大祝昔、初鷹昔、譲葉昔、一の城、千鳥昔など——。

昔とは、茶のことである。

宇治には、茶師が十三軒あった。前述の御物茶師の上林家をはじめ、同じ上林姓の家五軒、ほかに、長井、尾崎、酒多、星野、長等、辻、堀など。

これらの茶師は、年始、御目見、あるいは新規家督相続の場合、出府して、白書院で、若年寄の取次ぎを受け、毎年精製して将軍家へ奉るお茶には、毒がないという誓約書をさし出すのを例とした。

八十八夜前後に摘まれた新茶を、江戸から茶壺を持参して、受領に行くならわしは、寛永九年、三代家光によって、はじめられた。福海壺、寅申《こういん》壺、志賀壺、埋木壺、日暮壺、虹壺、竜衣壺、藤瘤《ふじこぶ》壺、柚狭壺、太郎五郎壺、という十壺が、江戸城には、用意してあった。

これら十壺は、それぞれ多く語るべき歴史を持っていた。足利義政が、支那から輸入した壺、豊臣秀吉が千利休《せんのりきゆう》から献じられた壺、島津義弘《しまづよしひろ》が朝鮮から流れ着いた陶工朴平意《ぼくへいい》に焼きあげさせた壺など……。

お茶壺奉行は、この十壺から三つをえらんで、宇治へおもむいた。

行列は、さほどの人数ではなかったが、十万石の大名格を示した。

宇治に到着すると、頭取上林家に於て、まず、お茶の検査がなされた。検査したのは、江戸から随行した三人の御数寄屋坊主《おすきや》であった。

検査が済むと、斎戒沐浴《もくよく》した十三人のお茶師が、将軍家の御召壺（一番摘み、二番摘み、三番摘みの茶壺）と、京都御所へ献ずる夏切御壺、御買上御壺、御煎茶壺へ、厳重な立会いの上で、お茶詰めし、封印した。このお茶詰めには、三日間を要した。

禁裏への献上茶は、京都所司代から、手続きがとられた。

将軍家御用茶壺は、江戸城側にさらに二条城定番の番士十余人が加わって、随行した。幕府から支払われる茶料は、大判三百三十五両と銀四貫三百九十一匁《もんめ》九分という多額であった。

帰府の行列は、江戸からおもむいて来た時とちがって、大層な人数にふくれあがっていた。お茶詰人足は約二百人、馬が三十数頭であった。

帰路は、はじめは、東海道であったが、のちに、中仙道にかえられた。それは、次の理由からであった。

お茶壺は、宇治を発足して、まっすぐに江戸へ持ちかえられたものではなく、そのはじめは、山城国愛宕《あたご》山頂に、お茶壺をおさめて、ひと夏を経て、初冬を迎えてから、江戸へかえったのである。それが、のちに、愛宕山ではなく、甲州都留《つる》郡谷村《やむら》で、夏中かこっておくようになったからである。

しかし、元文三年に至って、お茶壺は、まっすぐに、江戸へ持ちかえられ、城中の富士見櫓《やぐら》で、夏を過させるようになったので、東海道、中仙道を交互に往復するようになった。その道中が、あまりに、人々に迷惑を蒙らせるために、ひとつの街道を隔年にするよう配慮されたものである。

家光が、宇治へ受領に行かせた頃は、御数寄屋坊主三、四人が茶壺を持ち、徒士頭《かちがしら》一人と道路警戒の走《はしり》衆数人という手軽さであった。それが、しだいに、幕府の威信を示すための道中になって、人数が毎年増したのである。

お茶壺道中の前触があると、前日には、街道の清掃はもとより町も宿場も大掃除をし、沿道の田畑の耕作は禁じられた。塵芥《ちりあくた》を焼くことなどもってのほか、炊煙さえもたちのぼらせることを禁止された。

当日は、早朝より、街道上を、うすぎたない装《なり》の者はじめ、馬や駕籠や車の通行を止め、人足には入浴を命じ、沿道の家からは、軒さきにかけた草鞋《わらじ》のたぐいをおろさせた。その城下・宿場へ、お茶壺が到着すると、往来の旅人は、すべて、裏路へ迂回《うかい》させた。

江戸のわらべ唄に、
ズイズイ、ズッコロバシ胡麻味噌《みそ》ズイ
茶壺に追われてトッピンシャン

抜けたらドンドコショ

というのがある。

これは、お茶壺道中が、鬼より怕《こわ》いものであることを諷刺《ふうし》したものであった。

勅使や大名の行列よりも、庶民を威圧した道中の長をつとめるお茶壺奉行が、当然、虎の威をかりたことは、想像に難くない。

泊り泊りの本陣に於て、おのが専用の女をつくって、伽《とぎ》させるぐらい、当然のことと考えているに相違なかった。

本陣側でも、はれものにさわるような扱いをしなければならぬので、ご機嫌とりに、見目麗しい娘をえらんで提供することなど、求められる前に、配慮したであろう。

三

「お茶壺奉行の囲われ者が、どこの馬の骨とも知れぬ素浪人に、からだを抱かせてくれるとは、忝ない、と礼を云わねばならぬところであろう」

銚子を二本空けた狂四郎は、美しい女郎に、皮肉まじりの言葉を投げておいて、牀に仰臥《ぎょうが》した。

浅間太夫は、膳部を片づけ、行火の火加減を見てから、そっと、狂四郎のわきに入って来た。

その入りかたに、武家の妻の作法をみせた。

やおら、その細い軽い肢体を抱き寄せた狂四郎は、目蓋を閉じた顔へ、冷たい視線を当てて、

「うますぎる話には、裏がある」

と、呟くように云った。

一瞬——浅間太夫のからだが、こわばった。

狂四郎の片手は、湯文字の蔭《かげ》をさぐって、やわらかな嫩草《わかくさ》の萌《も》えたふくよかな白土を、ゆっくりと、指頭で、掘りかかった。

別の片手は、背からまわされて、胸の隆起へ掌《てのひら》をかぶせていた。

肢体は、その弄玩にまかせつつも、胸で呼吸《いき》づく血汐が、拒否の意志で、凍っているのが、狂四郎には、判った。

花の芽を採るに似た五指の蠢《うごめ》きが、しばらくつづき、しめりをおびて来た土壌に、その一指が深くささった時であった。

その指頭から、しびれが起った。

しびれは、みるみる四肢のさきから、渚《なぎさ》に身を横たえたように、打ちかえす波となって、軀幹《くかん》をひたして来た。

麻痺の快味に酔いつつ、狂四郎は、しずかに、女の唇へ口を重ねた。

しかし、脳裡の一隅では、

――おれの生涯が熄《おわ》る時が、このように甘美なものである筈がない。

その呟きがあった。

狂四郎の意識が完全に絶えるのを待って、女は、そっと、身を引いて、起き上った。

そこへ、真田黒丸が、小さな姿を、現わした。

「おりょう様、あさましい役目をお願い申して、申しわけございませぬ」

黒丸は、詫びて平伏した。

「黒丸殿。この御仁《おひと》は、もう再び、蘇生《そせい》しませぬか？」

おりょうと呼ばれた女は、不安な面持で、訊ねた。

「おそらく、十中九分通り、意識はよみがえりませぬ」

それをきいて、おりょうは、ほっと溜息《ためいき》をもらした。

「この御仁は、決して悪い人ではないように存じられます」

「それがしも、そう考えます」

「それだのに……」

「おりょう様、背に腹はかえられぬ、まことにやむなき仕儀でござる。……それがしは、この御仁を討ちとるべく、近づいてから、襲う隙が見出せぬこともさること乍ら、ふしぎな虚無没我の味をそなえた人柄に、忽ちに魅せられたのでござる。まことに、この御仁は、生涯に一人会えるか会えないくらいの魅力ある人物でござる。それがしは、正直に白状いたせば、この御仁の家来になって、どこまでも供をしたい、とさえ願う気持を起しました」

「黒丸殿、それなら、どうして——」

「お待ち下され。……おりょう様、貴女様もそれがしも、戸倉で生れて育っているあいだ、ただの一粒さえ、米を喰べたことがござったか。いかに、貧困に堪える、と申しても、限度というものがござる。真田六連銭組の後裔《こうえい》という誇りだけでは、生きて行けぬギリギリのドタン場に追いつめられたわれら一族の現状を打破するために、それがしは、敢えて戒律を破ることにいたしたのでござる。……五百両あれば、すくなくとも、一族は、このさき五年は、飢餓の不安におびえることからは、まぬがれます。……そうじゃ、五百両のうち、百両は、貴女様を、このいかがわしい世界から抜けて頂くために、費《つか》います。……五百両を入手するためには、この御仁に、生命をすててもらうよりほかはなかったのでござる」

「……生命まで、奪わずとも——」

「それがしをやとったのは、公儀隠密《こうぎおんみつ》でござる。死体を、目の前にはこばねば、五百両を渡してはくれませぬ。……眠狂四郎殿、怺《こら》えて下され」

黒丸は、合掌した。

「黒丸殿。この御仁は、計られることを、あらかじめ、知って居られたのではありますまいか？」

　おりょうは、黒丸を瞶めて、云った。

「知って居ったのであれば、酒に毒がまぜてあるのではないか、と疑って、飲まなかったと存じますが……？」

「でも――」

　おりょうは、息絶えた狂四郎の寝顔へ、眼眸を落して、

「この御仁は、わたくしに、うますぎる話には裏がある、と申されました」

「え――？」

　黒丸は、はっとなって、枕元へいざり寄ると、口の上へ掌をかざしてみた。それから、胸へ耳を当ててみた。呼吸は、完全に停止していた。

　狂四郎は、まちがいなく、毒酒を飲んでいた。

　黒丸は、おりょうに視線を移して、

「眠殿は、貴女様があまりに美しすぎるので、ふっと、そんな気がしたのでございましょう。……まだ、ほかに、何か、云われましたか？」

「いいえ、それだけでした」

　おりょうは、そっと、手をのばして、狂四郎の顔から、ひとすじのほつれ髪を、かき

あげてやった。

階段に、跫音がした。

「黒丸殿。車の用意ができましたぞえ」

遣手婆が、声をかけた。

この遣手婆も、一族の一人であった。


黒丸は、凍付いた夜の街道を、ごろごろと車を曳いて、進んで行った。

車には、狂四郎の痩軀《そうく》が横たえられ、菰《こも》がかぶせてあった。

「眠殿――」

黒丸は、息絶えた者に、話しかけていた。

「怺えて下され。お手前様を、だました結果になり申した。……お手前様は、それがしが、随行を願った時、顔やからだが子供と同様だからといって、あまえることまで真似るな、と申された。その時、それがしは、ほぞをきめたのでござる。しかし、術を以《もっ》て襲えば、とうてい、お手前様に、敵わぬことは、火を見るよりあきらかでござった。……やむを得ず、卑劣の手段を用いて、お手前様を、ねむらせ申した。怺えて下され」

そこまで話しかけてから、黒丸は、はっと思いあたったように、足を停めて、頭《こうべ》をまわした。

「眠殿。お手前様は、それがしの企みを、看破された。看破し乍ら、わざと、わが手に乗られたのではなかったか。……そうじゃ、そうに相違ない。眠狂四郎ともある御仁が、それがし如《ごと》き者の企みを、看破されぬ筈はない。……お手前様は、おりょう様の美しさを見た時、わざと、真田黒丸の企てに乗ってやろう、と心をきめられた。……そうだったのじゃ！」

黒丸は、凍付いた地面へ、べたりと坐った。

「眠狂四郎殿、忝のうござる。……おん礼を申す。このご厚志は、生涯心に刻んで、一日も忘れませぬ」

泪《なみだ》が、その頬をつたうにまかせて、黒丸は、両手をついて、頭をたれた。

やがて――。

再び、車を曳き出した時、黒丸は、ひくく念仏をとなえていた。

沓掛から一里三丁――追分《おいわけ》宿は、ゆるやかな坂の彼方に、その灯をまたたかせていた。

安中の草次郎と名のって、やくざに化けた公儀隠密が、その追分で、黒丸の首尾を待っている筈であった。

慟《どう》　哭《こく》

一

浅間山麓の追分宿は、ここから小諸《こもろ》、上田を経て善光寺に至る善光寺道と、木曾《きそ》を経て京都に至る中仙道に岐れるところであった。

街道をはさんで、細く長く宿女郎を置いた店がならんでいた。その数は、沓掛の倍もあろう。

真田黒丸が、眠狂四郎の死体をのせた車を、ごろごろと曳いて、宿に入って来た時は、もう大半の店が、檐下《のきした》の行燈《あんどん》を消していた。路上に人影もなく、物音も絶えていた。

脇本陣油屋の前に来て、黒丸は、車を停めた。

すでに、黒い影が、門脇で待ち受けていて、

「こちらへ——」

と、車をそのまま門内へ曳き入れるように促した。

黒丸は、塀に沿うて、裏手へまわった。

水の流れる音のする裏庭の一隅で、黒丸は、自分をやとった公儀隠密を、待った。

安中の草次郎と偽称して無職者に化けていた隠密は、すぐに、提灯を携げて、出て来た。

黒丸は、この男を、杉安《すぎやす》という姓でだけ知っていた。

侍姿に還った杉安は、車のそばへ来て、菰をあげると、狂四郎の死顔を、のぞいた。

「うむ――」

頷いた杉安は、

「どのようなてだてで、討ちとったのか？」

と、訊ねた。

黒丸は、事実ありのままを、告げた。

杉安は、もう一度、狂四郎の死顔をのぞいてから、

「御苦労だった。……これは、礼金だ」

用意していた包み金を、黒丸に手渡した。

「ひきとって、くれてよい」

「杉安殿、お願いがござる」

黒丸は、云った。

「なにか？」

「この仏を、それがしの手で、葬ってやりとうござる」

「………」

「生れてはじめて、人を殺《あや》め申した。葬らせて下され」

「どこへ、葬る？」

「これから三町ばかり、山寄りにあがったところに、清泉寺という古刹《こさつ》がござる。そこの墓地に――」

「よかろう」

杉安は、許した。

「では――」

黒丸は、再び、往還へ、車を曳き出した。

それは、かなりの勾配の坂道であったが、黒丸は、黙々として、進んだ。鍛えた小軀には、力があった。山門が近くなると、道は甃《いしだたみ》になり、車輪の音が高くなり、のせられた死体が、大きくゆれ動いた。

山門をくぐると、境内になるべき場所に、墓碑がならんでいた。墓地が狭いので、しだいに、はみ出したに相違ない。

「眠狂四郎殿。お手前の宗旨も存ぜぬ、ここは、禅刹ゆえ、まあ、我慢して下され。命日には、必ず、回向《えこう》つかまつる」

黒丸は、すでに、そのつもりであったとみえて、死体のそばへ、鍬《くわ》をのせていた。

「住持には、明朝、ことわることにしよう」

そう独語して、黒丸は、葬る箇所を物色していたが、ここと定めて、鍬をふるいはじめた。

さくっ、さくっ、と土を掘り起すさまは、いかにも力の配分を知った正確さで、疲れを知らぬ動きを示した。

穴の中に、掘り手の姿がかくれてしまうまでに深いものになったのは、半刻もかからなかった。

黒丸は、途中から、鍬を逆手に持って、穴の中から、地上へ、土を抛りあげていた。

その手を止めて、

「さて、これぐらいでよかろ」

と、呟いた折であった。

穴縁《あなべり》に人が歩み寄る気配に、黒丸は、首を擡げた。

その黒影が、杉安であることは、月あかりに、すぐみとめることができた。

「なんぞ、御用でござるか？」

黒丸は、訊ねた。

「それがしが、眠狂四郎と共謀したとでも、疑われたかな？」

黒丸の声音は、あかるかった。

「それもある」

杉安は、こたえた。

「仏をもう一度よく、たしかめられるがよろしかろ」

「たしかに、眠狂四郎は、死んで居る」

「公儀隠密ならば、念には念を入れて、埋葬するところまで、たしかめられるのは、当然でござろう」

黒丸が、そう云った時、杉安のほかに、数個の黒影が、穴縁に、立った。

二

その者たちの手に、槍が携えられているのを視てとって、黒丸は、はじめて、はっとなった。

「お手前がた、それがしを、どうしようといわれるのか?」

「気の毒だが、眠狂四郎と一緒に、この墓穴で、ねむってもらうのだ」

「それがしは、真田六連銭組の忍び者ゆえ、役目が終ったならば、戸倉へ帰るまででござる。べつに、お手前がたにとって、わざわいにもさまたげにも、なり申さぬが……」

「お主に渡した五百両が、必要だ」

「なにを申される！」

「お目付といえども、無限に使用金があるわけではない。費用はできるだけきりつめねばならぬ」

「莫迦《ばか》なっ！」

黒丸が、叫んだ瞬間、四方から一斉に、槍が、突きつけられた。

「むごい！　むごすぎる！……この五百両は、われら一族三十七人の露命を、つなぐための金じゃ！」

黒丸は、五本の穂先に迫られて、すこしずつ、穴底へ身を沈め乍ら、悲痛な声音をしぼった。

しかし、次の瞬間、ぴたりと口を緘《と》じた。

対手は隠密であり、こちらは忍者であった。あざむかれたことを、憤るのが、笑止であり、滑稽であった。

あざむかれた方が、おろかであった、というだけの話であった。

杉安の方では、五百両を与えて、ぬかよろこびさせておいて、そのあとで殺す肚《はら》を、すでに、眠狂四郎暗殺を依頼した時に、きめていたに相違ない。

そういう場合もあることを、こちらは、予測すべきであったのだ。

こちらが、狂四郎を埋葬したい、と申し出ると、杉安は、すぐに、墓穴の中へ、袋の

たのだ。鼠にするこの光景を、思いうかべて、北叟笑《ほくそえ》んだに相違ない。思う壺にまんまとはまっ

——死なぬぞ！

黒丸は、胸の裡《うち》で絶叫した。

その絶叫に応えるかのごとく、五本の穂先が、矢の早さで、黒丸めがけて、突き出された。

五人のうち、二人までが、充分の手ごたえをおぼえた。

しかし、一撃だけでは容赦せず、穴底にうずくまって動かぬ小さな影めがけて、五槍は、第二撃をくれた。

刹那——。

その小軀が、猿《ましら》に似た素早さで、一槍をつたって、馳《は》せあがって来た。

とみた瞬間には、その討手は、忍び刀で、咽喉《のど》を、頸根まで貫かれて、のけぞった。

「こやつが！」

墓碑から墓碑へ、三段に跳んで、遁《のが》れようとする黒丸めがけて、隠密たちは、包囲の輪を、大きくひろげ、そして、その輪を急速にせばめて行った。

手負うていなければ、そのまま遁走《とんそう》するのは、黒丸にとって、なんの造作もないことであったろう。

黒丸は、胸部と大腿部《だいたいぶ》に、深傷《ふかで》を受けていた。呼吸を整えるために、跳躍のあとには、一瞬の静止を必要とした。

敵は、ただの討手ではなかった。その一瞬の静止をとらえて、逃路をふさぐすべを心得ていた。

黒丸は、墓碑の蔭にひそみ乍ら、懐中の五百両の金子の重みを感じていた。

——この金を棄《す》てれば、一命だけはとりとめることができるのだが……。

黒丸の脳裡に、その声があった。

しかし、黒丸は、五百両をすてるわけにはいかなかった。

その重みに堪え乍ら、黒丸は、翼でも持ったような敏捷《びんしょう》さで、再び、小軀を、墓碑から墓碑へ、移した。

討手たちの手から、その速影めがけて、つづけさまに、槍が、投じられた。

黒丸は、それらをことごとく躱して、本堂の廻廊の欄干にとびついた。

すでに、息が切れて居り、喘《あえ》ぎをしずめようと、黒丸は、俯伏《うつぶ》した。

眩暈《めまい》が襲って来ていた。懐中の五百両の重さよりも、四肢の方が重くなっていたし、口腔内には血汐が、あふれていた。

——死なぬぞ！

黒丸は、再び、胸中で、絶叫した。

廻廊へ馳せ上って来た隠密たちは、微動もせぬ小さな忍者を、じっと睨みつけて、しばらく待った。

「斬れ！」

階下から、杉安の声が、とんだ。

一人が、すすっと迫って、刀をふりかぶった——刹那、黒丸は、跳躍した。

その敵が、よろけて、欄干に凭《よ》りかかった時、黒丸の速影は、本堂正面を掠めて、地上へ跳んでいた。

それに向って、杉安が、抜刀して、疾駆した。

地面を一廻転して、黒丸が立った時、すでに、その小軀は、杉安の青眼につけた刃圏内に容れられていた。

もはや、遁走は、叶わなかった。

黒丸は、左手で握りしめた小刀を、傷ついた胸をかばうように、胸前に横たえて、

「わしは、死なぬ！」

と、呻くがごとくもらした。

杉安は、一颯《さつ》の刃風の下に、黒丸をあの世へ送るべく、じりっと半歩迫った。

黒丸の眸子《ひとみ》の中で、杉安の姿が、しだいに巨きなものに、ふくれあがって来た。

「くそ！」

黒丸は、鉛のごとく重くなって来たおのれの五体に対して、焦躁しつつ、眦《まなじり》が裂けるように、双眼を瞠《みひら》いた。

双眼を瞠くことだけが、この烈《はげ》しい眩暈からまぬがれる唯一のすべてであった。

しかし、それも、ほんの数秒の儚《はか》ない努力でしかなかった。

巨大にふくれあがった杉安の姿が、急速にぼやけて来た。

杉安が、上段にふりかぶる動作が、きわめて緩慢なものに、黒丸の網膜に映り、そして、うすれた。

黒丸は、暗黒の底へ、落ちた。

三

——陽が、顔に、あたっている。

黒丸が、意識をよみがえらせた時、まず感じたのは、そのことだった。

——わしは、生きている！

歓喜は、噴きあげる激しさではなく、せせらぎがひたひたとひたして来るように、からだにしみわたって来た。

胸と太腿《ふともも》の疼痛《とうつう》も、これは、生きている証左であった。

黒丸は、目蓋をひらいた。

眠狂四郎の蒼《あお》く褪《さ》めた貌が、そこに、在った。

黒丸は、それを予期してでもいたように、おどろかずに、見上げた。

狂四郎が生きかえって、こうして自分を眺めていることの奇怪さに、衝撃を与えられるには、黒丸は、この瞬間の状態をきわめて自然なものに感じたのである。

視線と視線を合わせて、しばらく、沈黙がつづいた。

黒丸は、自分の方から口をひらくのが、礼儀だと思った。そうしなければ、狂四郎はいつまでも、無言でいる気がした。

「お手前様が、わしを、救うて下されたのですか？」

「わたしとお主の代りに、あの墓穴に、渠らがねむった。六個の死体を投げ込むだけの深さに掘ってあった。ていねいな仕事であったな」

その言葉をきいて、黒丸の双眼から、泪があふれ出た。

「殺した筈のお手前様から、わしは、救われたのじゃな」

黒丸は、嗚咽を抑えようとはしなかった。

「わたしの腰の印籠には、毒をくらわされる場合にそなえて、予防の解毒剤がある。それに、あの浅間太夫は、酒に混ぜる毒の量を加減した模様だ」

狂四郎は、山門近くの毟の上で、大きく揺り動かされた時、意識をとりもどしていた。

しかし、起き上るにはまだ力がなく、そのまま、車上に、横たわって、黒丸が墓穴を掘る音をきいたのである。

「許して下され。……わしは、どうしても、五百両、欲しかったのでござる」

「べつにあやまることはなかろう。食うか食われるかは、生きものが生き残るための法則だ。……こちらは、雉子を獲って来て食わせてくれた親切に、返礼したまでのことだ」

狂四郎は、云った。

黒丸の双眼からは、またあらたな泪が、あふれた。

四

沓掛宿のその女郎宿の裏に、小さな離れがあり、真田六連銭組から、身を犠牲にして、売られて来たおりょうという女は、そこに住んでいた。

一睡もせぬままに夜を明かしたおりょうは、はこばれて来た朝餉も摂《と》らずに、囲炉裏の粗朶火へ、眼眸を落していた。

眠狂四郎という浪人者を、この手で毒殺した悔恨が、まだ、胸を疼かせていた。

同じ一族の女で、狂四郎におりょうをあてがう役をつとめた遣手婆が、顔をのぞけて、

「おや、なにも、喰べないのですか。昨夜のことを気に病んでおいでなら、お止《よ》しなさい。……貴女は、黒丸さんの手助けを、しただけなのだから――」

「…………」

「黒丸さんの働きのおかげで、戸倉へかえれるのですよ。うれしくないのですか」

「小母《おば》さん。……あのご浪人は、いい人ではなかったのでしょうか?」

「そんなこと……、過ぎてしまったことは、はやく、忘れてしまうように、努めなくちゃいけませんね。……それよりも、黒丸さんは、もうそろそろ、戻って来ても、いい時刻なのにね」

「小母さん、わたしを、しばらく、一人にしておいて下さい」

おりょうは、たのんだ。

遣手婆は、おりょうの様子を、ちょっと不安げに眺めたが、黙って、食膳を下げて、出て行った。

おりょうは、なお、それから小半刻も、同じ座を動かずに、炉火を瞶めていた。

庭さきに、人の気配を感じて、おりょうは、顔を擡げた。

「どなた?」

「そなたに、毒殺された男だ」

「えっ!?」

おりょうは、愕《ぎょ》っとなって、一瞬、全身をこわばらせた。

狂四郎が、障子を開けて入って来ると、おりょうは、しかし、恐怖を抑えて、両手をつかえた。

「酒があれば、欲しいところだ。こんどは、毒の入らぬ酒を、もらおう」

「は、はい」

台所に入って、その用意をはじめた時、おりょうの胸に、ふしぎな悦《よろこ》びが湧きあがって来た。

――生きていて下されたのだ！

自分を斬るために、戻って来たのかも知れなかった。

おりょうは、斬られてもよい、と思った。

膳部をはこんで来ると、おりょうは、あらためて、

「お許し下さいませ」

と、ふかく平伏した。

「詫びは、黒丸から、幾度も、受けた」

狂四郎は、手酌で飲みはじめた。

おりょうは、その孤独な翳の濃い異相を、そっと、うかがった。

とりつく島もないほど冷たい態度を、終始保っているこの異相の持主は、戻って来乍ら、一言もこちらの詐謀を咎めようとはせぬのだ。

生きかえって来て、平然として、酒を飲んでいる。

その姿を眺めるおりょうの胸に、微妙な女心がうごいた。

甘い、やるせない疼きであった。

それに堪えきれず、おりょうは、台所にさがって、そっと、襦袢の袖で、泪をぬぐった。

燗《かん》のついた銚子を、はこんで来ると、狂四郎は、重い包みを、畳に置いた。

「黒丸が、得た五百両だ。これを持って、戸倉へ、帰るがよい」

おりょうは、はっとなって、

「あの——黒丸殿は、どうなったのでございましょう?」

「追分の清泉寺という古寺で、逝った。この金子は、あの男が、生命とひきかえにしたことになる」

「…………」

おりょうは、言葉がなかった。必死に、泪を怺えた。

「あの男は、忍者としては、善良すぎた。善良であることは、忍者の資格に欠けている。……寿命であったようだ」

狂四郎は、立ち上った。

「お待ち下さいませ」

おりょうは、必死になって、とどめた。

「このまま、おかえしはできませぬ」

「どういうのだ？」

「お礼を――」

「礼？……礼をもらうために、金子を届けに参ったのではない。黒丸の遺言をはたしたまでだ」

「いいえ、いいえ！」

おりょうは、かぶりを振った。

「このままおかえし申しては、わたしの気持が済みませぬ」

「………」

「どうぞ、今日一日だけ、ここに、お泊り下さいませ」

「からだで、返礼するというのか？」

「は、はい！」

狂四郎は、おりょうの必死の表情を、冷たく視かえしていたが、

「据膳を食わせるのなら、その女郎姿では、返礼になるまい。戸倉へ帰って、泥水のよごれをおとしてから、後日、わたしの前へ現われてもらおう。……但し、こちらが、その時まで生きていればの話だ」

そう云いのこした。

おりょうは、立ち去って行く狂四郎の跫音をきき、それが消えた時、俯伏して、慟哭した。

お六櫛《ぐし》

一

木曾路は、贄《にえ》川の関所を越えて、いよいよ山嶽《さんがく》が迫り、行手の崖路桟道の艱難《かんなん》を想わせる。

ここを境として、松本領から尾州領に入るために、贄川の関所は、上り下りの女改めのほかに、檜《ひのき》細工の搬出に、役人の目が光る。

幽鬼に似た眠狂四郎の黒い痩身が、そこを通り抜けようとした時、役人が咎めていたのは、木曾駒を曳いた女馬子であった。

まだ二十歳あまりの、黒髪をざんばらに肩に散らし、膝がしらがのぞくほど短い布子を腰帯でむすんでいた。娘らしさを示しているのは、脚絆《きゃはん》を赤い布地でつくっていることだけであった。眉が濃く、窪《くぼ》んだ眼窩《がんか》から放つ光は烈しく、ひきむすんだ口もとにも、反抗の気色を示して、よほど気丈夫な娘のようである。

「たわけ！　たとえ、白木細工、お六櫛ひとつといえども、これをかくして、他領に持ち出すことは禁じられて居る。知らなかったとは、云わせぬぞ。幼い弟妹を、獣皮はこびで、やしなって居るけなげさを、みとめてやって居るのに、つけ込んで、御番所の目をごまかすとは、言語道断だ！」

役人は、顔面に朱を散らして、呶鳴った。

本山《もとやま》からこの関所に入るまでの二里あまり、けものの皮を沽《う》る店が、沿道にたくさんならんでいる。熊、鹿、猪《いのしし》、貂鼠《いたち》のたぐいである。

この女馬子は、この皮類を、木曾山中からはこんでいるのであったろう。

その皮の下に、檜細工をかくして、はこんだのが、露見したに相違ない。尾州藩は、檜材の搬出に関して、重税をもってのぞんでいたので、しぜん、小さな細工を持ち出すことにも、関所役人は、口やかましくなっていたのである。

狂四郎は、咎めに屈せぬ態度をみせている女馬子のわきを、ゆっくりと通りすぎた。

関所を過ぎると、獣皮を軒端にぶらさげた店にかわって、椀《わん》とか櫃《ひつ》とか盆とかの塗物や、観世音菩薩《ぼさつ》とか厨子《ずし》とか俎板とか玩具とかの白木細工をならべた店が、ずらりとならぶ。

旅人が、これをもとめて、持ちかえるぶんには、一向にさしつかえないのであった。

ふところ手、着流しの狂四郎に、店さきから声をかける者は、一人もいなかった。

その異相が、さらに頰が殺《そ》げ、蒼白《そうはく》なものになっていたのである。沓掛宿で、噍《の》まされた毒は、まだ体内に残って居り、下の諏訪《すわ》を過ぎ、洗馬《せば》をまわって、ここまでやって来る二日間、わずかな量の酒しか胃に落していなかった。痩軀はさらに、肉をすてていた。

「おさむらい様！」

背後から、息をはずませた女馬子の声が、かかったのは、奈良井宿《ならい》を行き過ぎて、鳥居峠《とりい》にさしかかった時であった。

関所を出て、半刻あまり後のことである。

「…………」

狂四郎は、黙って、女馬子が、肩をならべるにまかせた。

「おさむらい様、先程は、ごめん下せえ。……わし、せっぱつまって、つい、その袂をお借りしましたです」

「これか――」

狂四郎は、袂から、お六櫛をとり出して、女馬子に、渡した。歯が一本欠けていた。それで、売りものにならず、女馬子は、持ちかえろうとしていたのであろう。

役人に、からだを調べられるのをおそれて、とっさに、かたわらを通り過ぎようとした狂四郎の袂へ、投げ込んだのである。

お六櫛というのは、奈良井から藪原《やぶはら》、宮《みや》の越《こし》にかけての店のみで沽《う》られている名産である。材料は、棟梁《むねはり》というのをつかう。

櫛のはじまりは、伊弉諾尊《いざなぎのみこと》である。その御子の素盞嗚尊《すさのおのみこと》が、奇稲田姫《くしいなだ》に、湯津の爪櫛を、その御髻《みずら》に挿してやったことから、女子があたまを櫛でかざるならわしが起った。

櫛づくりは、田圃《たんぼ》のすくない木曾山中では、遠いむかしから、なされていた。お六櫛と称して、これを木曾の名造としたのは、ごく近年のことであった。

尾州藩は、このお六櫛も、産地の店で旅人に売る値段より、藩外へおろして売る値段を倍にしていたのである。

したがって、こっそり持ち出してあきなっていることが露見すれば、入牢《にゅうろう》の憂目に遭うのであった。

「おさむらい様、ほんとに、たすかりましたです。……さ、どうか、馬に乗って下せえ。代は要らねえ」

女馬子《おんなまご》は、すすめた。

「好意だけを受けよう」

狂四郎は、乗ろうとしなかった。

二

「おさむらい様、失礼じゃが、どこか、お加減がわるいのではありませんかな？」

女馬子は、眉宇《びう》をひそめて、のぞき込むようにした。

「人間の面ではなくなっているか？」

「四五年前、御嶽《おんたけ》におこもりした修験道が、倶利迦羅《くりから》で、一月も絶食の修行をしたあと、地獄谷の王の滝に打たれたのが、かえって病を呼んで、まるでもう、そりゃ、幽霊のようになって、下山して来られてな、黒沢の里の宮（御嶽権現祠）で、寐とられましたが……、ちょうど、あのお顔に、そっくりになられています」

「…………」

「おさむらい様、むりをなされずに、馬に乗られませ。わしが、行先まで、送ってあげます」

「行先は、京だ」

「あ！　京まで、お送りするのは、おぼつかないが……、そうじゃ、妻籠《つまご》まで、送って進ぜます」

「妻籠に、よく診る医師でも居るというのか？」

「いいえな、あそこには、妻籠古城がありますわな。城址《しろあと》に、古い祠《ほこら》があって、誰かれとなくお供えする白米が、一年中、絶えたことがありませぬ。……その白米を頂いて、四粒か五粒喰べると、からだの悪い血がなくなって、少々のやまいなら癒えるのじゃ。……だまされたと思うて、頂いてみなされ」

女馬子は、熱心にすすめた。

狂四郎は、妻籠城の攻防戦については、古い書物で読んだ記憶があった。

妻籠城は、天正十年に、木曾義昌《きそよしまさ》が築き、山村良勝《やまむらよしかつ》をして、守備せしめていた。

同十二年、豊臣秀吉は、義昌に命じて、伊奈路を禦《ふせ》いだ。義昌は、妻籠城に、援兵を送って、良勝に、死守を下知した。

伊奈の郡主菅沼小大膳《すがぬましょうだいぜん》は、諏訪保科《すわほしな》と兵を協《あわ》せて、木曾を奪わんと企てた。

突如として、蘭《あららぎ》の砦《とりで》を抜いて、妻籠城に殺到して来た菅沼・諏訪連合勢を迎えて、山村良勝は、鳥銃を乱撃して、防いだ。

伊奈軍は、登り着くことが叶わぬまま、遠巻きにして持久戦の陣を布《し》いた。

妻籠城は、水道を断たれた。城中に、井戸はなく、五日も経たぬうちに、水が尽きた。

良勝は、しかし、敵にこれをさとらせぬために、包囲の兵からよく見える場所で、馬に白米をふりかけて、からだを洗うふりをしてみせた。遠方からは、ざあっと、馬の背から落下する白米が、ちょうど水のように見受けられた。

菅沼小大膳は、馬を洗う水があるくらいならば、城中の井戸は、こんこんと湧いているものに相違ない、と思って、囲みを解くと、伊奈口へひきあげようとした。

良勝は、ここぞとばかり、伏兵を設けて、ひきあげの伊奈軍を襲い、その半数を討ち取った。

この故事によって、妻籠古城址には、山村良勝を祀《まつ》る祠の前に、白米を供えるならわしができ、そして、いつの頃からか、この白米が、薬餌のかわりとして、病人がもらうようになったのである。

狂四郎は、女馬子の親切なすすめを、受けてみることにした。

鳥居峠を下ると、黄昏《たそがれ》の寒風は、肌を刺し、骨を疼かせた。

木曾川の上を吹き渡る風は、夏も冬も烈しかった。そのために、どの家も、板葺《いたぶ》きの屋根には、圧石《おもし》をならべていた。

年明けたこの頃合には、その圧石は、雪でかくれていた。街道の土も、根雪の下にあり、桜・桃・紅梅が一時に花が開く三月末にならなければ、通行人は、土を踏むことは叶わぬのであった。

流石《さすが》に、鳥居峠を越えた狂四郎は、疲労の度が濃くなり、つやという女馬子の曳き馬の背を借りた。

福島に入って日が暮れ、つやは、旅籠へ狂四郎をおろしておいて、

「明朝、迎えに参じます」

と、云いのこした。

つやの家は、関所わきの細道を、半里ばかり登った山中に在る、ということであった。

女中に、夕食をことわり、すぐに牀を延べさせて、横になると、地の底へひき込まれ

るような虚脱感が襲って来た。熱も出たようであった。

どれほど、睡《ねむ》ったろう。睡ったというよりも、意識を喪失していた、といった方が正しいかも知れなかった。

この男のふしぎさは、五体が疲れ果て、且病んでい乍らも、自分の生命を狙う殺意の所有者が、近くに迫ると、即座に、目覚めることであった。目覚めた瞬間、すでに、その神経は鋭く冴えていた。

檜戸をへだてる隣室に、気配をひそめてひそむ者がいることを、狂四郎は、察知した。

ただの客ならば、こちらは、そのまま、朝まで睡りつづけたであろう。

対手が、こちらをうかがって、気配をひそめつつ、檜戸へ寄って来たために、目を覚したのである。

——さしたる手練者《てだれ》でなくとも、いまなら、おれを討ち取ることができるだろう。

狂四郎は、他人事《ひとごと》のように、胸の裡で、呟いた。

しかし、こんなところで、犬死するのは、まっぴらであった。

こうした場合、狂四郎には、対手をしりぞける心得があった。

機先を制して、こちらから声をかけることであった。

「そこの御仁——」

狂四郎は、しずかな口調で、呼んだ。

「寐首をかくことのできる対手か、どうか――そのことを、考えて、殺意を燃やすがいい。それとも、ただ、寐息をうかがっているだけなら、こちらは、ねむりをさまたげられて、迷惑な話だ。いずれにしても、勝負をするなら、明日のことにして頂こう」

檜戸のむこうの者は、なんとも応えず、気配を消した。

三

「おさむらい様、ようねむれましたかな？」

朝陽のさしそめたおもてで、待っていたつやは、狂四郎が出て行くと、にこにこして、訊ねた。

「うむ――」

狂四郎は、うなずいてみせた。

こちらの顔面は、相変らず死人のように蒼白であったが、つやこそよく睡ったのであろう、薄化粧したように頬が桜色になり、唇が赤かった。

顔だちはととのって居り、衣裳《いしょう》さえかえれば、両国の水茶屋へそのまま出してもいいくらいであった。

狂四郎は、今朝は、むこうからすすめられぬうちに、馬上の人となった。

「お前は、両親を喪って、その細腕で、弟や妹をやしなっている、ということだな？」

「はい。妹、妹、弟、妹、弟と五人居ります。いちばん下の弟は、まだ三つです。……父も母も、子供をせっせとつくることばかりはげんで、一文も残さずに、疫病《えやみ》で逝きよりました。迷惑したのは、長女のわしばかりじゃ。父と母の葬式すませた夜、まるで干《かん》瓢《ぴょう》畠《ばたけ》のように、ごろごろと寐ている五つ頭を眺めて、なんでまた、ようもこんなにたくさん産んで残してくれたものじゃろう、と腹が立ちましたわな」

つやは、よく舌のまわる娘であった。

狂四郎は、馬上に在って、しゃべるがままにまかせ乍ら、昨日から生じている疑念を、いささかもてあます気分であった。

——この娘は、敵のまわし者ではあるまいか？

疑念は、それであった。

この疑念は、贄川の関所で、お六櫛を袂に投げ込まれた時に、すでに、直感として湧いていた。

女馬子は、必ずあとから追いついて来て、なれなれしく話しかけて来るであろう、と予想したが、まさしく、その通りであった。そして、遠く十余里もはなれた妻籠まで、いい案内して、薬餌代りの供え米を喰べさせようという親切を示すのも、これは、こんたんあってのことと、解釈できるのであった。

少年としか見えなかった者が、敵の走狗《そうく》となった忍者であった、ということを、つい先日見せられて来たばかりである。

自分に近づいて来る者を、あたまから疑ってかかったとしても、やむを得ぬ仕儀であった。

しかし――。

つやの饒舌《じょうぜつ》を、馬上できいているうちに、

――つくり話というものを、こうも自然に、すらすらと口にできるものであろうか？

と、首をかしげたくなっていた狂四郎である。

――まあ、よかろう。敵のまわし者であろうと、なかろうと、この娘が、おれに好感を与えた、という事実は、否定できぬ。

四

寐覚牀《ねざめのとこ》の茶屋で、小休止したのち、須原、野尻、三富野《みどの》と過ぎて、妻籠に着いたのは、陽のかげった頃あいであった。

妻籠古城址は、宿から東へ、すこし入ったところに在った。

つやは、勾配の急な坂道を、馬を曳いて登ると、狂四郎を仰いで、

「さあ、着きましたわえ」

と、にっこりした。皓《しろ》い歯が美しかった。

狂四郎は、地上へ降り立つと、苔《こけ》むした石垣の上に、雪をのせてさしのばされた古松の枝ぶりを眺めた。

つわものどもが夢の跡のものさびた趣は、こうした忘れられた古城のたたずまい独特のものである。

天守閣をそびえさせた城址ではなかった。砦をすこしひろげた程度の、石垣のみが、その歴史をとどめている狭い山峡の眺めであった。

つやが狂四郎をみちびいたそこには、五尺あまりの高さの小さな古びた祠が、建っていた。

供物石の上に据えられた三方には、つやの告げた通り、白米が盛られてあった。

「おさむらい様。ほんの四、五粒でええのです。つまんで、お喰べなされ。きっと効きます。どうぞ――」

つやは、すすめた。

狂四郎は、黙って、数粒を掌にのせた。宵の薄くらがりが、すでにそこにひろがっていて、その白米の粒が、毒を含むものか否か、見分けることはむつかしかった。

――どうする？

狂四郎は、おのれに問うた。

その応えは、掌を、口に近づけることであった。

瞬間――。

つやが、悲鳴をあげて、よろめいた。

「……？」

狂四郎に向って、つやは、救いをもとめるように両手をさしのべたが、それなり、膝を折ると、地面に俯伏した。

頸根に、手裏剣が突き刺さっているのが、みとめられた。

「眠狂四郎殿――。その供え米を、喰べられるな。毒米でござる」

斜面をひと跳びに上って来た男が、そう告げて、大股に近づいて来た。

浪士の身装《みなり》をしていた。無精髭《ひげ》の顔の中で、双眸《そうぼう》が底光っている。

「やはり、この娘は、敵のまわし者であったのか」

狂四郎が、呟くと、浪士ていの男は、

「それがし、伊那路を早駆けて、いま、到着いたした。武部仙十郎殿の使令によって、貴公のあとを追うて参った水野家中徳森《とくもり》左源太《さげんた》と申す」

と、名のった。

狂四郎は、ゆっくりと蹲《かが》むと、つやを抱き起した。

白く昏《く》れのこった顔を、じっと見まもった狂四郎は、半ばひらいたその口へ、そっと、まだ掌にのせていた白米を、こぼし入れてやった。

それから、屍体《したい》を地面へ横たえておいて、やおら立つと、

「わたしを追って来られた用向きを、うかがおうか」

と、促した。

「まことの西城府様のかくれておいであそばす処が、判明いたしたのでござる」

「………」

狂四郎は、どこだ、とも訊ねずに、歩き出した。

「眠狂四郎殿、その場所と申すのは……」

云いかける徳森左源太を、狂四郎は、押えた。

「昨夜の旅籠の隣室にひそんだのは、お主であったな」

「なにを申される！」

「しらばくれるのも、対手によりけりではないかな、徳森左源太氏――」

狂四郎は、濃くなって来た宵闇をすかし視て、云った。

「昨夜、わたしは、勝負は、明日のことにして欲しい、と云った。その場所が、どうやらここであったな」

いつの間にか、足をはこんで、広い空地に身を移していた。

「この娘は、こちらの疑念を裏切って、ただの親切な馬子であった。その無辜《むこ》の娘を、殺して、おのれを味方だと、わたしに思い込ませようとした卑劣な手段は、許せぬこと

だ。お主自身、内心では、慙《は》じて居るのではないか」

「…………」

対手は、返辞の代りに、抜刀して身構えた。

「立ち合う前に、きいておこう。お主は、その懐中に、いくら金子を所持して居る？」

「路銀が尽きたか、眠狂四郎！」

「この娘の家には、五人の幼い弟妹が、残っている。お主の所持する金子が、せめてものつぐないになる」

「勝つとは限らぬぞ！　そういう貴公は、いくら所持するのだ？」

「おい！」

狂四郎は、珍しく語気を鋭く烈しいものにした。

「おれは、これまで、どんなに多勢をむこうにまわして闘う場合でも、絶対に勝利をおのがものにしてみせる、という意識を抱かなかった男だ。ところが、いまは、はじめから勝つ、ときめて居る。貴様が、おれに、そうきめさせたのだ。斬りかたも、きめて居る。脳天から、真二つに唐竹割りにしてくれる！」

云いはなつや、ゆっくりと、無想正宗を、腰から、すべり出させた。

中津川心中

一

中津川。

江戸から八十五里、京へ五十里。

馬籠《まごめ》から十曲峠《じっきょく》を越え、落合を過ぎると、美濃《みの》に入ったこのあたりは、難所はなくなる。

中津川は、一万二千石遠山美濃守の所領である。苗木《なえぎ》城というその城は、足利時代からの由緒を誇り、苗木枯れず遠山に常盤《ときわ》の色あり、と評されている。

家名を興したのは、慶長五年の関ヶ原の合戦であった。

遠山氏は、加藤景廉《かとうかげかど》の子影朝《かげとも》の後胤《こういん》で、祖先は美濃の遠山に住み、七家に分れ、世に美濃の七遠山《ななとおやま》と称された。久兵衛《きゅうべえ》友政《ともまさ》の代に至って、徳川家に仕えた。天正の末年頃であった。

関ヶ原の役が起るや、友政は、家康がまだ関ヶ原に向わぬさきに、美濃の土民を狩り集めて、大いに上方勢を苦しめた。それより以前、友政は、斎藤道三《どうさん》に追われて、苗木城を失っていたのである。

友政は、その功によって、失っていた本領をとりもどした。爾来《じらい》、一万二千石の領土は、連綿として受け継がれ、当代美濃守友寿《ともひさ》に至っている。所領はきわめて少禄であったが、祖先の地を数百年の長きにわたって領しているのは、目出度い家運というべきであった。そういう大名は、三百諸侯中きわめてすくなかったのである。

雪模様の寒気きびしい朝、眠狂四郎は、街道をふさぐ中津川藩番所へ向って、ふところ手の姿をはこんでいた。

番所の前に、突き棒を立てた足軽の姿をみとめた地点で、狂四郎は、呼びとめられた。

「卒爾乍ら、眠狂四郎殿とお見受けいたしまする」

声をかけて来たのは、武家娘であった。

面高な、品のいい顔だちで、こうした木曾山中で、由緒ある家門を、累代守って来た家の匂いを、その容姿にしみ込ませているようであった。

「…………」

狂四郎は、黙って、娘を冷たく正視した。

「わたくしは、中津川藩兵法師範役岩城又右衛門《いわきまたえもん》のむすめ小玉《こだま》と申します」

「…………」

「昨夕、江戸表より、至急の使いが、東海道まわりにて、帰着いたし、当藩家中挙げて、御番所をかため、眠狂四郎と申す浪人者を討ちとるようとのお下知がございました。ところが、わたくしの父が、いやしくも兵法師範役たるこの身が在る限り、多勢をもって討ち取ることは、兵法者の誇りが許さず、卑怯《ひきょう》のふるまいが世間にきこえることもはばかりあり、堂々と一騎打ちつかまつりたい、と主張いたし、この儀、ご家老も諒承《りょうしょう》下され、目下、父は、中津川橋ぎわにて、貴方様《あなた》を、お待ちいたして居ります。されど、むすめのわたくしの看るところ、父はすでに還暦を迎え、身体伎倆《ぎりょう》ともに衰えて居り、とうてい、貴方様の敵ではない、と存じます。わたくしは、昨年秋まで、江戸表のお屋敷にご奉公いたし、貴方様のお噂は、一再ならず耳にいたして居る者でございます。つきましては、お願いの儀は、あの御番所を避けて、間道をお通り下さいますれば、江戸表よりのお下知にさからったことにもならず、父も不名誉の敗北からまぬがれることができると存ずる次第でございます。間道は、わたくしがご案内いたしますれば、何卒おききとどけ下さいますよう、お願い申し上げます」

眠狂四郎は中津川を通過しなかったということにすれば、お目付佐野勘十郎より依頼された遠山家としては、申しひらきが立つ、というわけであった。

「その思案は、そなたの胸ひとつでなされたものであろうか？」

狂四郎は、訊ねた。

「はい。女子だてらのまことにさし出がましい思案でございますが、親を思う子として、これも孝行の手段かと存じます」

けなげな心根、とほめてやるべきであったろうが、狂四郎は、この小玉という娘のおちつきはらった、みじんのみだれもみせぬ、整えた語気と表情に、微《かす》かな不快感をさそわれた。

――ただの勝気ではないようだが……。

そう思いつつ、

「こちらが、拒絶する場合も、そなたは、考えたと思うが――」

と、云った。

「拒絶なされた時は、やむを得ませぬ。父の天運を祈るばかりでございます」

「こちらは、噂できかれたであろうごとく、市井無頼の男だ。そなたの操をひきかえにして、父親をたすける手もある」

「そのような申し出をなされた女性に、これまで幾人かお会いなされたと存じますが、わたくしは、操をすてる存念など、毛頭持ちませぬ。操をすてるぐらいならば、死をえらびます」

あくまでも小面憎いばかりおちつきはらった態度であった。

「…………」

「眠狂四郎様、何卒おききとどけ下さいませ」

小玉は、頭を下げた。

二

狂四郎は、沈黙を置いてから、口をひらいた。

「間道へ、案内してもらう前に、ひとつだけ、訊ねておこう。そなたには、言い交わした男があるかどうか、ということだ」

この質問に対して、小玉は、はじめて、表情をうごかした。微妙な、複雑な色を顔に刷いて、すぐ消し去った瞬間の心の裡を、狂四郎は、読みとりかねた。

「ございませぬ」

はっきりと否定する娘へ、冴えた眼眸を当てて、

――なにか、かくして居る。

そのことだけは、看て取れた。

「あの――、お願いの儀、ご承知頂けたのでございますね？」

「人を殺傷することには、倦《あ》きて居る。そなたのたのみが、真実とすれば、街道を避けることに、否やはない」

「忝のう存じます」

その間道は、前の宿の落合まで、一里をひきかえし、宿の入口に架けられた落合橋から、木曾川へ降り、その急流の汀《みぎわ》に沿うて、あるいは岩から岩へ跳び、あるいは、屛風《びょうぶ》を立てたような岩岸と密林の斜面をつなぐ桟道を渡ることになる。

この岨《そば》づたいに行くかけ路は、大久手まで五里余つづく、という。

地下《じげ》の者たちも、滅多に通らぬものとみえて、狭くなったところに木《き》を伐り渡してならべた箇処など、これをくくった藤かずらは腐って、狂四郎と小玉が渡った直後、それが切れて、架け木は音たてて、急流へころがり落ちたりした。

どの桟道も、久しく人を渡らせたことのない無気味なゆれかたをした。

瀬のわきをひらいた狭路は、山賤《やまがつ》がつたったであろう綱にすがらなければならなかった。岩を嚙んで、はねとぶ飛沫は、みるまに、狂四郎と小玉の裾を、濡《ぬ》らした。

やがて――。

両岸がせばまり、急流の瀬音がいちだんと高くなり、はね踊る荒浪の上に突き出た畳のような岩が、絶え間なく濡れている箇処に至った。

先に進んでいた小玉が、その畳岩の上に立った時であった。

「そなた――」

狂四郎が、呼んだ。

小玉が向きなおった――刹那、狂四郎の腰から、無想正宗が閃《ひらめ》き出た。

小玉の帯が両断された。

娘が、帯を切られて、衣裳の前がはだければ、みだれをかくそうとするのは、本能である筈であった。まして、勝気な小玉が、その屈辱に堪えられぬ憤りを示すであろうことは、狂四郎も予想していたところであった。

ところが、小玉は、衣裳の前がはだけ、さらに、下着を締めたしごきも両断されて、襦袢も腰巻も、その肌をはなれたにも拘らず、じっと動かなかった。

白いなめらかな、絖《ぬめ》に似た胸の隆起が、腹部が、そして下肢があらわにされ乍ら、小玉は、眉宇ひとつ動かそうとせず、じっと、狂四郎を、瞶めかえした。

宛然、この襲撃を蒙ることを、あらかじめ期待でもしていたように、おちつきはらった態度は、奇怪とさえいえた。

「どういうのだ？」

兇刃《きょうじん》をふるった狂四郎の方が、眉宇をひそめて、訊ねた。

この娘は只者《ただもの》ではない、と看て、狂四郎は、突如として、この狼藉《ろうぜき》を働いてみたのである。

みじんもうろたえず、たじろがぬ——それが、反応であった。

「わたくしは、貴方様をさげすみます」

小玉は、云った。

「さげすまれるのは、承知の上でやったことだ、と思ってもらおう。……生娘ならば、羞恥と憤怒のために、色を失う筈だが、平然としているのは、どういうわけか、教えてもらおう」

「それを、わたくしの口から云わせたくて、このような無体なまねをなされたか？」

「この間道を行くことを承知するにあたって、そなたに、言い交わした男はあるか、と問うた。そなたは、居らぬ、とこたえた。その嘘をあばくために、露悪な方法をえらんだまでのことだ」

「………」

　小玉は、わずかに、唇をわななかせたばかりで、無言だった。

「この眠狂四郎を討ち取れ、という指令が、江戸からとどいたことは、事実だろう。また、そなたの父親が、一騎打ちをのぞんで、待っていることも、たしかかも知れぬ。しかし、そなたが、この間道へ、わたしを誘うたのは、父親の一命を救いたい一念であった、というのは、どうやら、くさい。そなたは、ほかに、何かこんたんを抱いているに相違あるまい」

「………」

「この眠狂四郎という男に就いて、そなたは、風聞に接して居ると云った。それならば、前後に救いをもとめる人影の見あたらぬこの間道を、二人きりで往《ゆ》くことを、おそれぬ道理がない。この眠狂四郎が、女の操を破ることなど、なんとも思わぬ餓狼《がろう》である、という噂を耳にし乍らも、敢えて、行を倶《とも》にしたのは、必ず何かこんたんがあっての上でのことだろう」

「………」

「そなたは、操をすてるより、死をえらぶ、と云った。はたして、そうか。その覚悟があるなら、岩から流れへ身を投ずるがよい。……できるか？　できまい。いや、はじめから、その覚悟など、して居らぬのではないのか」

三

恰度、その時であった。

「おーい！　小玉殿っ！」

叫びたてて、かけ路を急いで来る者があった。

若い藩士であった。

桟道を渡って、岩から岩へ跳んだ若い藩士は、小玉のあられもない姿を、間近に眺めて、

「小玉殿っ！」

と、眦を裂いた。

「なんということを！」と、呻くや、狂四郎を睨みつけて、「貴様っ、眠狂四郎という無頼浪人は、おのれか！」

抜刀しざま、青眼につけて、じりじりとつめ寄った。

狂四郎は、薄ら笑って、小玉に、

「おあつらえ向きに、そなたの言い交わした男が、あとを追って来たな」

と、云った。

すると、小玉は、冷やかに、

「言い交わした間柄ではありませぬ。わたくしは、江戸のお殿様より、この藤堂右馬之《とうどううまの》進《しん》殿に、下げ渡された女子です」

と、こたえた。

「小玉殿——、こやつなどに、きかせる話ではないっ！」

藤堂右馬之進は、叫んだ。

「いいえ、右馬之進殿、貴方にも、きいて欲しゅう存じます。……わたくしは、お殿様のお手がつき乍ら、わずか一年で、国許《くにもと》へ送りかえされて、貴方に下げ渡された女子です。わたくしは、お殿様の寵愛《ちょうあい》をうしなった理由を、貴方に、申し上げませんでした。わたくしよりも、容姿の劣る、頭も悪い女子らが、二年も三年も、寵愛を受けているにも拘らず、わたくしのみが、家臣に下げ渡されたのです。……右馬之進殿、貴方は、その理由をきこうとは、なさいませぬ。自分の妻にする女子ではありませぬか。なぜ、おききにならないのですか？　ききたくはないのですか？」

いつの間にか、小玉は、その本性をむき出したように、狂おしい陰惨な形相になっていた。

藤堂右馬之進は、狂四郎に向って青眼に構え乍ら、肩を喘がせているばかりであった。

「右馬之進殿。申し上げましょう。わたくしは、石女《うまずめ》なのです。生れてまだ一度も、女子としてあるべき月の物を、みて居りませぬ。……粋人であらせられるお殿様の優しい愛撫《あいぶ》を蒙り乍ら、わたくしのからだは、燃えもせず、濡れもせず、石のように終始冷たかったのです。お殿様は、一年我慢あそばして、ついに、わたくしのからだをお見限りになりました。……右馬之進殿、貴方は、まだ女の肌を知らぬ御仁《おひと》です。わたくしを、妻になされても、石女であることにお気づきはなさいますまい。夫婦の営みは、このようなもの、とお思いになり、それなりにすごせるかと存じられます。お殿様も、そういう貴方ゆえ、わたくしをお下げ渡しになったのです。……でも、わたくしは、イヤです！　一生、からだが燃えず、濡れることなく、終るのは、イヤです。この身を、石女でなくするために——女子のよろこびを知るために、わたくしは、異常のてだてを、えらびました。……この眠狂四郎殿に、犯されたならば、あるいは、突然に、この冷たい肌が熱くなりはせぬか、と必死の決意をしたのです。……そうです。右馬之進殿は、この場へ、要らざる出現をなされたことになります。貴方が、馳せつけて来なければ、わたくしは、いま頃、この眠狂四郎殿に犯されて、肌が燃えていたかも知れぬ！」

狂気じみた烈しい口調で、一人しゃべりたてていた小玉が、いっそ、憎悪をこめて、未来の良人を睨みつけた時、

「ええいっ！」

逆上した総身の血汐を、闘志にかりたてて、藤堂右馬之進は、狂四郎めがけて、斬りつけた。

瞬間——白刃は、右馬之進の双手《もろて》からはなれて、宙へ高く飛び、きりきりと舞い乍ら、奔流へ落下して行った。

「斬れっ、くそ！」

右馬之進は、畳岩の上へ、どさっと胡座《あぐら》をかいた。

狂四郎は、小玉を視た。

「ものは、ためしということがある。良人とさだめられたこの御仁と、そなたは、ここで契ってみたらどうだ。刺戟《しげき》が欲しければ、わたしが検分役をつとめてもよい。場合によっては、二、三手指南をしてもよい。……あいにくだが、わたしの方は、水性《みずしょう》の女子を抱きつけて居るので、手間ひまかけて、石女を燃えさせたり、濡れさせたりする面倒を好まぬ」

四

一刻あまりのち、狂四郎は、再び落合から、木曾街道に上って、中津川へ向って歩いていた。雪片が、舞いはじめていた。

こちらの姿が、番所に近づくと、あわただしく年配の武士が、出て来た。

「眠狂四郎氏《うじ》とお見受け申す。それがしは、当藩兵法師範役岩城又右衛門《いわきまたえもん》。主命によって、貴殿に真剣の試合を、挑み申すぞ！」

云いざま、羽織をすてた。

すでに、革襷《かわだすき》をあやどっていた。草履をうしろへ脱ぎすてて、

「いざ、尋常に――」

と、鯉口《こいぐち》をきって、身構えた。

狂四郎は、ふところ手のまま、冷然と、岩城又右衛門を眺めて、

「お手前様は、兵法ひとすじに、没頭されて、おのが娘の不幸に就いては、気がつこうともされなかったようだ」

と、あびせた。

「娘の不幸だと？」

「お手前様の娘御が、いまだ月の物をみない石女であった、ということだ」

「けがらわしい雑言は、置けい！　勝負！」

「おのが娘が、生れて一度も月の物をみない、ということが、けがらわしいのか。女にとって、これほど重大なことがあろうか」

「ええい！　申すなっ！」

岩城又右衛門は、抜刀して、大上段にふりかぶるや、鍛えあげた懸声もろとも、撃ち込んで来た。

狂四郎は、右肩紙一重に流しておいて、

「娘と命日を同じにすることもあるまい」

と、独語するように、云った。

「な、なにっ!?」

構えなおした又右衛門は、かっと双眼をひき剝《む》いた。

「大久手あたりで、待って居れば、娘御と、その良人になる筈であった藤堂右馬之進の遺骸が、流れて来るだろう。ことわっておくが、殺したのは、わたしではない。心中だと受け取られるがよい」

そう云いのこして、狂四郎は、歩き出した。

「ま、まことか、それは？」

又右衛門が、狂四郎の背中へ向って、喚《わめ》いた。

「嘘をついたところで、何になる」

狂四郎の眼裡には、なおその一瞬の光景が、なまなましく、鮮やかに残っていた。

小玉は、狂四郎から、異常の営みをすすめられると、

「右馬之進殿。ここで、夫婦の契りをいたしましょうぞ」

平然として、そう云うと、右馬之進のそばへ寄ったものであった。

と——。

突如、右馬之進は、言葉にならぬ叫びを噴かせると、小玉をひっかかえて、畳岩から、激流めがけて、身を躍らせたのである。

小玉の悲鳴が、宙に、長く、尾をひいて、残った。小玉がはじめて、そして最後に示した女の哀しさが、それであった。

おのれが歩いて行くところに、さまざまの悲劇が起る。その暗い思い出を、脳裡に刻んでおいて、次の場所へ痩身をはこんで行くのが、眠狂四郎の宿命のようであった。

秘密相談

一

よく晴れた朝であった。

昨日一日、美濃と近江の境をまたいだ中仙道には、雪が降りしきって、交通はとだえていた。

夜が明けてみると、空は一片のかげりもない碧落《あおぞら》になっていた。嘘のようであった。陽ざしはあたたかく、白一色の世界を眩《まぶ》しく照らしていた。

関ヶ原から一里の距離にある今須《います》宿はずれの旅籠の二階の出窓に凭っている男は、しかし、その明るい陽光をあび乍ら、陰惨なまでに暗い眼眸を、むかいの古い寺院のたたずまいに置いていていた。

眠狂四郎の生命を狙う刺客の一人――明日心剣《あしたしんけん》であった。

佐野勘十郎の指令によって、東海道を早駕籠で駆け通し、熱田から名古屋を過ぎて、昨日この今須に到着したのであった。

予定では、一昨日到着している筈であったが、明日心剣は、大垣城下で、一夜をすごして、昨日の夕刻、この旅籠に入った。

大垣城下での一日が、心剣の表情を、このように暗いものにした。

昨日の夜明け前、目も開けられぬほど舞い狂う雪の中を、心剣は、ひそかに大垣城郭内に入り、城代家老邸を訪ねたのであった。

城代家老戸田三郎右衛門《とださぶろうえもん》は、藩主戸田氏庸《うじつね》の母方の伯父にあたり、名城代の評判高い人物であった。

天明の飢饉《ききん》以来、百姓一揆《いっき》や権力争い騒動の起らぬ藩は、稀《まれ》であった。大垣藩は、その稀な藩のひとつであった。

戸田三郎右衛門の治政の力が、あずかって大きかった為《ため》である。

大垣藩は、始祖氏鉄《うじかね》が抜群の治政を示し、その子氏信《うじのぶ》が、父が為した業蹟《ぎょうせき》を成文化して、これを、戸田家中の遵守《じゅんしゅ》すべき基本法典として遺《のこ》したのが、後代まで役に立っているのであった。

『定帳』という。

「記し置く定帳の趣、月番中、断絶なく披見いたし、毛頭相違あるべからず。この書面の外、仕置きの儀これある節は、家老組頭、月番相談の上言上を遂げ、相究め、申し付くべし。則《すなわ》ちその旨書き戴《の》すべし。尤《もっと》も、諸役人中、定めの通り、違背仕《つかまつ》らざるように申し渡すべきものなり」

その冒頭にかかげられた規定が、この『定帳』の特徴を示している。

いわば、藩主あるいは家老が独裁せず、『定帳』を家中一統が心得ていて、合議の上で、政治を為《な》す藩規であった。

歴代の藩主と家臣たちは、始祖氏鉄の遺志を継承し、『定帳』を大切に守って来た。

そして、当代に至って、名城代戸田三郎右衛門を得て、大垣藩は、施政安泰であった。

なお、大垣藩は、自領のほか、天領（幕府領地）を七万石も預かっていた。

明日心剣が、この名城代の屋敷を訪れたのは、十五年ぶりであった。

夜が明けるには、まだ半刻あまりある頃合、心剣は、その屋敷の裏門の前に立って、十五年前の記憶をよみがえらせたことだった。

——あの夜は、中秋の名月が、空にあったな。

二度と再び、おとずれぬことを、かたく誓って、この裏門から抜け出した心剣であった。

その誓いを破らねばならぬ苦痛が、しばらく、心剣を、雪の中に佇立させた。

この大垣藩の当主戸田氏庸は、今年十五歳になる。まぎれもなく、この明日心剣の実子なのであった。

この秘密を知る者は、城代戸田三郎右衛門と、常につき添っている御側役志賀多兵衛《しがたへえ》と、そして一人の老女のみであった。

いや、心剣は、昨秋までは、そう思っていた。

ところが、この三人以外に、秘密を知る者がいたのである。お目付佐野勘十郎であった。

佐野勘十郎から、そのことを云われた時、心剣は、目眩《めくら》むほどの衝撃を受けた。

——何者が、秘密を、お目付に教えたのか？

その日以来、この疑問は、心剣の脳裡から、片刻もはなれたことはなかった。

心剣が、中仙道を上って来る眠狂四郎を討ちとるべく、東海道から先廻りして来て、今須宿に到着する途次、十五年前の誓いを破って、城代戸田三郎右衛門を訪れる決意をしたのは、そのためであった。

二

心剣は、塀をのりこえて、屋敷内に忍び入り、まっすぐに、主人の寝所を、訪れたのであった。

廊下にうずくまると、押し殺した声音で、障子ごしに、

「ご城代——」

と、呼びかけ、起き上った気配に、

「明日心剣、御意を得たく存じます」

と、申し入れた。

「入るがよい」

許されて、障子を開けて入った心剣は、

「是非とも、おたずね申し上げたき儀があり、誓いを破って、来訪つかまつりました」

と、闇の中で、頭を下げた。

三郎右衛門は、消えていた有明《ありあけ》行燈に火を入れた。

闇を四隅へ押しやる明りの中で、十万石の城代家老と孤独な兵法者は、十五年ぶりで、互いの面貌を、凝視し合った。

早い流れの歳月が、おのおのの面貌に、おのが生きている世界の色を、さらに濃く加えていることを、三郎右衛門も心剣も、みとめ合った。

「用向きをうかがおう」

三郎右衛門は、冷たい態度で、促した。

「それがしは、目下、公儀お目付佐野勘十郎に、やとわれて居り申す」

「ふむ」

「佐野勘十郎は、先頃まで、京都所司代の下にて、ごく軽い役職に就いて居った人物にて、これが、異数の抜擢《ばってき》を受けて、お目付となり、西城府様の信頼を一身に負い、いまや、上司の若年寄さえも、佐野勘十郎の機嫌とりをして居るほどの、隠然たる権力を握って居り申す」

「佐野勘十郎というお目付の噂は、わしの耳にも、きこえて居る」

「このお目付が、……気づいて居り申す」

心剣は、重い苦しいものを押し出すように、告げた。

「気づいて居る!?」

三郎右衛門の表情が、変った。

「い、い、あのことを、気づいて居ると?」

「お目付は、それがしに、ひとつの必死の指令を下し、それをはたさぬ時は、それがしの息子の生命も喪われることになろう、と宣告いたしたのでござる」

「………」

三郎右衛門の眉宇が、一瞬、烈しく痙攣《けいれん》した。

当主氏庸は、先主氏教《うじのり》の嫡子として、公儀にとどけてある。それが、もし、いつわりと判れば、当然、氏庸は、大垣藩主の座からしりぞかねばならぬ。しりぞくだけではなく、自決して相果てねばならぬ。大垣藩そのものも、改易の運命に陥るおそれがある。

それゆえにこそ、今日まで、この秘密は、厳守されて来たのであった。

「何者の口からもれて、お目付の耳に入りましたか——ご城代に、お心当りが、ありましょうか？」

「いや、皆目――」

三郎右衛門は、かぶりを振った。

沈黙が来た。

この秘密が洩《も》れるであろうという危懼《きく》を、三郎右衛門が、これまで一度も、抱かなかった次第ではない。

しかし、およそ考え及ぶ限りに於て、秘密は、厳守された筈である。

危懼は、その当初にあり、その時、秘密を知る者三人を、三郎右衛門は、心剣に斬らせている。その三人は、いずれも、裏切るような者たちではなかったが、万が一という安心のために、三郎右衛門は、敢えて、心剣に、斬らせたのであった。

重苦しい沈黙の中で、三郎右衛門の脳裡は、その当初からの経緯を、ひとつひとつよみがえらせていた。

十七年前のことであった。

前主氏教は、その年正月、外桜田馬場で、親しい大名ら数名と、乗馬始めをした際、馬が突如として狂い出し、ふりおとされて、したたか、背中に打撃を蒙った。

それなり、氏教は、一年余を、牀の中ですごした。

ようやく、起き上れるようになったが、すでに、氏教は、男子の資格を喪失している自分を知った。

　その時、氏教は、まだ夫婦の仲に、子を成していなかった。氏教自身、松平右近将《しよう》監《げん》の次男で、養子として、戸田家に入った大名であった。

　当時、慣例として、大名旗本は、二代つづいて養子を迎えることは、公儀の許可を得ることが甚だむつかしかった。

　封建の時世であった。相続という事柄が、最も重大視されていた。父が隠居して、その実子があとを継ぐのを、「家督相続」といい、これは、実子が不具者病弱者でない限りは、なんの問題もないことであった。父の死亡による場合を、「跡目相続」という。これは、さまざまの御家騒動をまねいた。相続者は、嫡出長子として届けられている者であったが、その嫡子が病弱であった場合、妾腹《しようふく》の子の方が優秀であった場合、また妾腹の子がすでに元服をすまして居り、正室の子がまだ幼なかった場合など、種々の事情によって、騒動が起り、ついには、その藩が改易になる例もあった。

　戸田氏教は、まだ三十歳を越えたばかりの若さであった。養子を迎える年齢ではなかった。養子を迎えても、公儀の許可が下りる筈がなかった。まして、二代養子では、その相続は殆《ほとん》ど絶望であった。

　氏教は、是非とも、実子をもうけなければならない大名であった。しかし、その身体は、男子の資格を喪失してしまったのである。のみならず、氏教は、自分の寿命があと数年もないことを、さとっていた。

幾月かを、悶々《もんもん》として、一人悩みつづけた氏教は、やがて、ひとつの非常の決意をして、城代家老戸田三郎右衛門を、国許から呼んだのであった。

女性を抱くことの不可能な身となったことを打明けた氏教は、

「しかし、わしは、子をつくらねばならぬ」

と、三郎右衛門に、云った。

「どうすると仰せられますので？」

「ひそかに、男をえらんで、奥を懐妊させる。この手段しかない、とわしは、思いきめた」

良人自らの意志で、妻を密通させて、子をつくろうと決意した不幸な大名は、そう決意するまでの苦悩を経て、むしろ、静かな様子を示した。

三郎右衛門は、即座には賛成しかねた。主君に三思を促し、自分も数日の猶予を乞うた。

その挙句、三郎右衛門は、氏教の決意に、うなずかざるを得なかった。

三郎右衛門が、

「しかし、えらぶ対手に、人を得ませぬと――」

と云うと、氏教は、

「すでに、きめてある」

とこたえた。

氏教は、まだ実家松平右近将監家の部屋住みであった頃、兵法ひとすじに身をうち込み、柳生道場で、その席次を上げていた。たまたま、貧しい御家人の次男で、常に氏教より一枚上を、席次を上って行く男がいた。

篠原雄次郎《しのはらゆうじろう》といい、寡黙で、朋輩《ほうばい》との交遊も避け、孤独を愛しているかに思われる青年であった。氏教は、篠原雄次郎によって、剣は、天稟がそなわらなければ、努力だけではついに一流を樹て難い、と知らされた。篠原雄次郎の剣は、まさしく、天才の凄味《すごみ》があった。

氏教は、篠原雄次郎に、心服し、義兄として敬事することを乞うた。篠原雄次郎は、その願いをしりぞけたが、氏教は、自分の方で勝手にそうすることにして、そのまじわりは、氏教が、戸田家に養子に入るまで、三年余つづいたのであった。

氏教は、篠原雄次郎を、妻の密通の対手にえらんだのである。

三

篠原雄次郎は、その頃、江戸を出て、諸国を流浪していた。戸田三郎右衛門が、篠原雄次郎の行方をつきとめるには、一月余かかった。

篠原雄次郎は、備前長船《おさふね》の刀工の家に、居候して、刀を打ち上げることに熱中していた。

三郎右衛門は、その刀工の家で、三昼夜、篠原雄次郎をくどいて、ついに、承諾させることに成功した。

篠原雄次郎を、江戸へともなってから、その事は、細心の注意をはらって、厳秘裡にはこばれた。

氏教の妻は、病気療養の名目で、上屋敷から、下屋敷に移り、さらに、良人の恢復《かいふく》を合わせての治癒祈願のために、戸田家菩提所である日暮里の宝林寺に、十日間おこもりをした。

この十日間の夜毎、氏教の妻は、篠原雄次郎の腕の中で、すごしたのであった。

翌年春、戸田家には、目出度く、嫡子が誕生した。

氏教が、逝去したのは、それから二年の後であった。

いま――。

三郎右衛門が、目蓋を閉じて、往時の経緯をこまかく辿って想起してみても、この秘密が絶対に露見する筈がないのであった。

夫人が、日暮里の宝林寺におこもりした十日間、終始かたわらにつき添うたのは、つかさという老女ただ一人であった。侍女は、一人もともなわなかった。

おこもり堂は、本堂、方丈から遠くはなれていたし、住職はじめ納所《なっしょ》も小僧も、一切近づかなかった。祈願は、昼間、夫人が、本堂に身をはこんで、なされたのである。

篠原雄次郎は、亥刻《いのこく》（午後十時）に、忍んで来て、寅刻《とらのこく》（午前四時）には、立去った。

兵法者である篠原雄次郎は、他人に見とがめられるような失敗はしなかった。

その密通は、しんの闇の中で営まれ、ついに篠原雄次郎は、夫人の容子を視ることなくおわった。

無言裡に、流浪の兵法者は、十万石の大名の奥方の褥にすべり入って、寐召《ねめし》の前をひらかせ、丹念な愛撫を与えてから、その体内に精子を送り込んでおいて、闇の中を去ったのである。

老女つかさだけが、襖《ふすま》をへだてて、そのひそやかな物音をきいていた。

篠原雄次郎は、その奇怪な任務を了《お》えてから、すぐに、江戸を退去していた。まっすぐに、大垣へ来て、戸田三郎右衛門の依頼によって、三人の家中を、斬った。

その三人とは、三郎右衛門のひそかな指令にしたがって、篠原雄次郎の行方を探索した藩士らであった。

三人が亡きのち、篠原雄次郎という存在を知る者は、家中には一人もいなかった。

しかもなお、三郎右衛門は、篠原雄次郎に、以後変名を用いてくれるようにたのんだのであった。

篠原雄次郎は、明日心剣という仮名を使って、この十五年間をすごして来た。

大垣藩当主戸田氏庸が、篠原雄次郎の実子であることなど、露見する道理がないのであった。

にも拘らず、お目付佐野勘十郎は、その秘密を知っていた。

およそ半刻にも近い沈黙のはてに、大垣藩城代家老の口から、洩らされたのは、深い歎息だけであった。

それを見まもって、心剣は、

「ご城代に、お心当りがないのであれば、やむを得ますまい。それがしが、お目付を斬って、その口をふさぐよりほかに、すべはないと存じます」

と、云った。

「お目付が知った、ということは、お目付に、それを告げた者がいる、ということに相成る」

「その者も、斬り申す」

「それが何者か、判明いたせば——ということだ。……しかし、それより前に、貴公は、お目付の必死の指令とやらを、果すのであろう？」

「左様、眠狂四郎という男を、斬らねばなりません」

「強いのかな、その男は？」

「その魔剣は、すでに、かぞえきれぬほど、手練者を、あの世に送って居り申す」

「貴公には、勝つ自信が、あるのかな？」

三郎右衛門は、じっと、心剣を、凝視した。

「一度は、立合って、それがしの方が、差料《さしりよう》を、鍔もとから両断されて、敗れて居り申すが、その後、渠が使う円月殺法を破る工夫が成って居り申す」

「それならよいが、……貴公に生きていてもらわねば、お目付を斬れる者は、当藩には、一人も居らぬ」

そう云う三郎右衛門の語気は、重く沈んでいた。

この十五年間、幼い当主の姿を眺めている折とか、夜半の目覚めなどに、ふっと、

——もし万が一、秘密が露見するようなことがあったならば……？

と、恐怖をおぼえたことが、一度や二度ではなかった三郎右衛門であった。

そのおそろしい時が、いま、襲って来たのである。

「明日より早速、ひそかに調査をいたすが、貴公の方は、一日も早く、お目付を討ち果して下さるよう、お願いいたす」

三郎右衛門は、深く頭を下げた。


今朝、今須宿はずれの旅籠の二階の出窓に凭った心剣は、むかいの古い寺院の真白く化粧した景色を眺めやり乍ら、

——数百年を経て居るに相違あるまいが、あの古びた山門が、毎年、これだけの雪を

のせつつも、よく堪えているものだ。

そのことを想っていた。

街道の雪を踏んで、旅商人ていの男が、東の坂から、急ぎ足で、宿へ上って来た。

この旅籠の前に来て、笠をあげて、仰ぐと、心剣にだけ判る合図をしておいて、さっさと、行き過ぎた。

眠狂四郎が、関ヶ原にさしかかったことを、告げたのである。

心剣は、合点してみせた。

——まず、あの強敵に、勝たねばならぬのだ！

おのれに云いきかせ乍らも、心剣の脳裡には、眠狂四郎の姿が、むしろ、なつかしいものに、想い泛《うか》んでいた。

まことの敵は、眠狂四郎であるよりも、佐野勘十郎である、という意識の湧く皮肉なおのが立場を、心剣は、自嘲する。

——これが、宿運というものであろう。

心剣は、床の間から差料を把ると、ゆっくりと、部屋を出て、階段を降りて行った。

関ヶ原決闘

一

その日――。

眠狂四郎が、今須宿から二里余へだてた関ヶ原てまえの垂井《たるい》宿に泊った時、連れがあった。

沓掛宿で、お茶壺奉行専用の女郎をつとめていた真田六連銭組残党のおりょうであった。

おりょうは、真田黒丸が、その生命とひきかえに手に入れた五百両を、一族の住む戸倉へ持ち帰ってから、すぐに、狂四郎のあとを追いかけて来たのであった。

追い着いたのは、垂井宿の南宮の大鳥居の前であった。

わが名を呼ばれてふりかえった狂四郎は、浅間太夫という女郎姿しか見ていない目には、とっさに、その素顔が、見知らぬ者としか映らなかった。

雪片の舞う中で、その容子は、華やかに装うた姿よりも、はるかに美しかった。

「ご迷惑と存じますが、京都までのお供をさせて下さいませ」

「わたしに、据膳を食わせるために、追って来たのであれば、この垂井宿の旅籠で、一夜を添い臥《ふ》せば、足りるが……」

狂四郎は、冷やかに、云った。

沓掛宿で別れぎわに、狂四郎は、おりょうに、云いのこしている。

「据膳を食わせるのなら、その女郎姿では、返礼になるまい。戸倉へ帰って、泥水のよごれをおとしてから、後日、わたしの前へ現われてもらおう」

おりょうは、その言葉を、正直に受けてとって、あとを追って来たもの、と思われたのである。

「いいえ、お供をしたいのは、そればかりではございませぬ」

おりょうは、かぶりを振った。

狂四郎は、みなまできかずに、手頃の旅籠に、足を向けた。

部屋に入って、酒をはこばせてから、狂四郎は、

「そなたは、女郎になって、幾人の客に身をまかせた？」

残忍な問いを投げた。

「わたしは、お茶壺奉行殿の伽をするために、買われた女子でございました。それゆえ、他の女郎衆のように、夜毎客を取ることは、いたしませなんだ。それでも、一月に二度

か三度、ご公儀のお役人が、お泊りになる時、伽に出されましたゆえ、このからだは、もう、百人以上の男子の手によって、けがされて居ります」

「………」

「よごれはてたこのからだを、お抱きになるのは、おいやでございますか？」

怯《お》ず怯ずと瞶められて、狂四郎は、

「それほど、多くの男に抱かれ乍ら、泥水にそまって居らぬその清らかさが、こちらには、ふしぎに思えるのだ。……どういうのだ？」

と、訊ねた。

どう眺めても、その肌には、崩れた翳はなかったのである。このような女には、はじめて接することであった。

おりょうは、俯向いて、すぐには、こたえなかった。

「女の肌は、その心根次第で、泥水につけられても、花の色を褪《あ》せさせぬようにすることが、できるという例か」

狂四郎は、呟きすてた。

おりょうは、顔を擡《あ》げて、盃を口にはこぶ狂四郎を、視た。

「わたしは、戸倉へ戻って、貴方様のことを、一族に告げました。その時、故老の一人が、貴方様のご道中を、うらなってくれて、京都まで行き着けぬ大凶が出て居るゆえ、すぐに、あとを追うがよい、と命じられたのでございます」

「わたしの行手に、吉と出る八卦《はつけ》はない。うらなえば、常に、大凶と出る」

「でも、大凶と出た御仁をすてておけませぬゆえ、わたしは、とるものもとりあえず、おあとを慕うて参りました」

「そなたが、わたしの連れになれば、大凶は大吉と変る、とでもいうのか！」

「いえ、そんな……、ただ、わたしごとき者でも、いささかなりと、お役に立つことがあろうか、と存じまして――」

――このむすめが、おれに助力するというのか。

狂四郎は、苦笑した。

二

一刻の後、狂四郎とおりょうは、ひとつ牀の中にいた。

しずかに抱き寄せて、口を唇に落した瞬間、狂四郎は、その白いしなやかな細いからだが、微かに顫《ふる》えているのをさとった。

沓掛宿で、抱いた時、その肢体は、こちらの弄玩にまかせつつも、胸で呼吸づく血汐を、拒否の意志で、凍らせていたものであった。

いまは、自ら進んで、血汐を燃やしている筈であった。この顫えは、官能の悦びが起したものなのか。

——いや、ちがう！

狂四郎は、羞恥が起したもの、と直感した。

百人以上の男の手にゆだねたからだが、自ら進んでまかせる時、羞恥の顫えを起すものであろうか。

狂四郎は、片手を、湯文字の蔭へ、さぐり入れた。

沓掛宿に於ても、やわらかな嫩草《わかくさ》の萌えたふくよかな白土を、指頭で掘りかかり、花の芽を採るに似た五指のうごめきを、しばらくつづけたものだった。そして、しめりをおびて来た土壌に、その一指が深くささった瞬間、指頭からしびれが起り、狂四郎は、意識を絶やしたのであった。

いま——。

嫩草の下の土壌へ、指をふれさせた狂四郎は、はっとなった。

沓掛宿で弄んだそれとは、あきらかに異なった秘処が、そこに、在った。

——これは、けがれては居らぬ！

「そなた——」

狂四郎は、ひしと目蓋を閉ざしているおりょうの貌を、凝視して、云った。

「まだ、生娘だな」

「は、はい――」

おりょうは、うなずいた。

真田六連銭組は、忍者隊であった。その忍びの術は、戸倉山中にこもってからも、累代相伝えられているに相違なかった。

おりょうもまた、女子としての忍びの術を学んだに相違ない。

女子の武器は、その秘処である。操を与える――と錯覚を起させる忍びの術があることを、狂四郎も耳にしたことがあった。

おりょうは、女郎となって、お茶壺奉行をはじめ、百人以上の男に、肌身を許した、と云ったが、実は、許してはいなかったのである。

客どもが弄び、容れたのは、にせものであったのだ。

この狂四郎自身、沓掛宿で、弄び乍ら、それが、にせものであることには、全く気がつかなかったのである。

「そなたの肌が、ういういしく清らかな理由が、ようやく納得できた」

狂四郎が、云うと、おりょうは、顔を胸へうずめて来た。

はじめて、まことの処女を、男に与えようとする羞恥が、さらに烈しく、腕も胸も脚も、瘧《わらわやみ》のように顫わせていた。

朝、食膳でさしむかった時、狂四郎は、

「そなたの大切なものを、貰っただけで、こちらは、柄にもなく、いい思い出をつくったと、心があたたまっている。そなたは、ここから、戸倉へ帰るがよい」

と、すすめた。

おりょうは、俯向いて返辞をしなかった。

「わたしについて来た女は、これまで、すべて、不幸な最期を遂げている。例外はない。この眠狂四郎は、そういう男だ、と思ってもらおう。……せっかく、あたたまった心で、旅をつづけて行こうとするわたしに、この思い出を血でけがさせたくなければ、ここから、ひきかえしてもらおう」

「…………」

「たのんで居るのだ。ききわけてもらわねばならぬ」

「…………」

「たのむ！」

狂四郎は、頭を下げた。

「はい」

おりょうは、ようやく、うなずいた。

「では——」

狂四郎は、無想正宗を携げて、立ち上った。

おりょうは、何か云おうとしたが、言葉が口から出なかった。

街道上には、朝陽が満ちていた。昨夜の吹雪は、どこへ去ったのか、碧落には一片の雲影もとどめていなかった。

狂四郎は、しかし、歩き出し乍ら、この純白の街道上に、鮮血が散り撒かれる光景を、ふっと、想像した。

この男の直感力は、自然のいとなみが美しく化粧した景色とは、かかわりなく、鋭く働くように修練されていた。

——関ヶ原あたりで、相当の手練者が、待ち伏せているようだ。

旅籠の前から、じっと見送るおりょうの眼眸を、背中に感じ乍ら、狂四郎は、振りかえろうともしなかった。

三

垂井から関ヶ原までは、わずか一里余の距離であった。

関ヶ原宿の中に、八幡宮《はちまんぐう》の祠があり、その側から、若狭《わかさ》・越前へかよう北国脇《ほっこくわき》街道が、岐れる。

岐れる辻の路傍に、一基の自然石が据えられ、後西院の一首が、刻まれてあった。

おきて行く名残ぞむすぶ草枕
　野がみの里のかすむ契《ちぎり》に

狂四郎は、その歌へ一瞥《いちべつ》をくれて、行き過ぎ乍ら、垂井へのこして来たおりょうのことを、想った。

おりょうを抱いたことに、微かな悔いがあった。今日をしか生きていない男にとって、昨夜のことを悔むのは、感傷に似て、自嘲がともなうことであった。

関ヶ原宿をそのまま通り過ぎて、不破《ふわ》関の古蹟の手前を流れる藤川の橋袂に来た時、狂四郎は、はじめて、足を停めた。

橋を渡ると、街道は、松のしげる崖にはさまれて、視界をふさぐ。

深い木立の蔭に、伏兵がある、と狂四郎は、予感が働いたのである。

しかし、すぐに、狂四郎は、橋を渡りはじめた。藤川の雪解け水は、流れが早く、音が高かった。伏兵は、この音を利用して気配を消す。

橋を渡りきったところで、狂四郎は、再び足を停めた。

その瞬間であった。

行手の宙を、左方の木立の中からななめに、白く煌くものが掠め過ぎ、右方の木立の中へ吸い込まれた。と思うや、呻きと銃声が、同時に起った。

狂四郎は、右方の崖から、すべり落ちる者を、視た。

猟師姿であったが、鉄砲を摑んだその手を視て、狂四郎は、隠密とさとった。

その屍体をまたぎ越えた狂四郎は、左方の木立から姿を現わした助勢者を、仰いだ。

おりょうであった。

いつの間にか先まわりして、狂四郎を待ち伏せる敵が、そこにひそむのを、さがし当てて、手裏剣を放ったのである。

おりょうは、狂四郎に一礼すると、さっと身をひるがえして、木立の中へ消えた。垂井で、別れの挨拶をした狂四郎は、もはや、自分を連れと考えてくれてはいない、と思いきめた様子であった。

もとより、おりょうには、呼びもどされる期待があったろうが、狂四郎は、そうしなかった。

不破関の古蹟は、坂をのぼりきったところに、高い石垣のみをとどめていた。

その石垣わきに、狂四郎の強敵が、佇立していた。

「お主か――」

狂四郎は、微笑した。

明日心剣も、微笑をかえした。

「やあ――、愈々《いよいよ》貴公と雌雄を決する秋《とき》を迎え申したな」

「この眠狂四郎を討ちすてる業の工夫が、成った、という次第か」

「成り申した。成り申したが……、しかし、勝負というものは、その一瞬裡に、おのれ自身も測らざる秘剣を生ずるものゆえ、必ずしも、それがしの工夫成った業が、勝利を得るとは決っては居り申さぬ」

「…………」

「貴公という敵に会うことができたのは、兵法者として無上の果報であった、とだけ耳に入れておき申す」

そう云いおいてから、心剣は、腰の差料を、鞘ごと抜いて、右手に持ちかえた。

「あ——、それから、坂下にて、貴公を卑怯の手段で、撃ちとろうと企てた者がいたようでござるが、これは、それがしの全くかかわり知らなかったことでござる。念のため、おことわりしておく」

この場所の周囲には、伏勢はいない、と心剣は、ことわっておいて、左手で柄を握り、右手で鞘を逆握りにして、すらりと、白刃を、陽光に煌かせた。

その鞘が、ただの鞘ではなく、鋼鉄造りで、白刃と同じ威力をそなえた武器となっていることを、狂四郎は、すでに、知っていた。

押上村の古刹竜勝寺境内で、はじめて、対峙《たいじ》した時、心剣は、やはり鞘ごと腰から抜いたが、そのまま、白刃を鞘の内にして、胸前に横たえ、右半身《はんみ》になって、居合の修業によって独特の抜きつけを放つ構えを示したものであった。

ところが、今日は、白刃と鞘をはなしてみせた。のみならず、白刃の方を、左手に持ったのである。

狂四郎は、まだ、無想正宗を抜かずに、じっと、心剣が、どのような構えをとるか、待ち受けた。

「では——参る！」

心剣は、左手で持った白刃を、こぶしを額にあてて、頭上へ直立させ、鞘の方を青眼にかまえた。

抜刀術をすてた、これは、なんの奇異もない正法であった。

狂四郎は、これに対して、いつものごとく、無想正宗を、鞘からすべらせると、切先を地摺りに下げて、円月殺法の緒《ちょ》につけた。

それなり、絵に入ったように、微動もせぬ固着状態を保つ幾分間かを置いて、無想正宗が、きわめて、自然に、宙に円を描きはじめた。と同時に、青眼に構えられた鉄鞘もまた、ゆるやかに、左右に揺れはじめた。

揺れる鉄鞘は、無想正宗が、ゆっくりと挙げられるにつれて、その振幅を大きくした。

剣というものは、それを宙に停止させると、時刻が移るにつれて、居着くおそれがある。

居着かぬようにするためには、絶えず、切先を動かしていなければならぬ。

それが、近代の剣法であった。

狂四郎の円月殺法は、敵の如何なる意外の迅業にも応じられるように、切先で大きく宙に円を描く。切先を小きざみに動かして居着かぬようにする理《ことわり》を、さらに、拡大したものといえる。

これに対して、心剣は、その鉄鞘を、左右に揺れさせ、無想正宗が円を描くのに合わせて、その振幅を次第に大きくすることによって、狂四郎の一撃必殺の殺法を封じようとしたのである。

ついに——。

狂四郎は、完全に円を描きおわった。

その時、心剣もまた、鉄鞘の振幅を徐々に小さなものにして、狂四郎が円を描きおわるや、おのれも、鉄鞘をピタリと青眼にもどしていた。

心剣の口辺に、薄ら笑みが刻まれた。狂四郎は、無表情であった。

「いかに！」

心剣の口から、その一語が放たれた。

それに対して、狂四郎は、再び、無想正宗をして、宙をまるく截《き》らせはじめた。のみならず、目に見えぬ程度に、じりじりと前へ出て来た。

心剣の眉間が、険しい色を刷いた。

両者の対峙の距離は、完全に間合を見切っていた。にも拘らず、狂四郎は、その距離をじりじりと詰めて来たのである。円を描くのと、前進を同時に、為したのである。業の上からは、無謀きわまる捨身であった。

当然、心剣は、左手で頭上に直立させた白刃を、撃ち下ろすべきであったが、その瞬間に於て、円を描く無想正宗に如何なる秘技がひそんでいるか、測りがたい疑懼が起った。

そのために、思わず、すっと退った。

刹那——狂四郎は、無想正宗を、宙に停めた。

それは、必ずしも、誘いではなかった。

しかし、その一瞬、汐合はきわまっていた。

心剣は、鉄鞘を突き出すとともに、白刃を振りおろした。

鏘然《しょうぜん》と刃金が鳴った——とみるや、心剣の剣は、空高くはねとんだ。

心剣は、それなり、鉄鞘を突き出した残心の構えのまま、動かなかったが、狂四郎の方は、よろよろとよろめいて、傍の石垣に、痩身を凭りかけた。

身を凭りかけて、狂四郎は、冴えきった眼眸を、心剣に当てた。

心剣は、大きく双眼を瞠いて、別の方角を、睨み据えていた。

ものの十も数えるほどのおそろしい静寂の時間が過ぎた。

まず――。

突き出された鉄鞘が、ゆっくりと下ろされた。次いで、心剣の唇が、わななき、

「敗れた」

微かな独語が、もらされた。

撞《どう》、と地面に仆れる音をきいた時、狂四郎は、目蓋を閉じていた。

鉄鞘で突かれた胸の痛みが全身をつらぬき、それに堪えるためであった。

狂四郎は、肋骨が折れているのを、感じた。

「眠様！……大丈夫でございますか？」

おりょうの声を、遠いものにきいた。

――生きている！

激痛の胸の裡で、狂四郎は、呟いた。

「眠様っ！」

おりょうに、からだをささえられ乍ら、狂四郎は、云った。

「その者の、懐中を、みて、もらおう。……遺書が、あるような、気がする」

二つの遺書

一

屍《むくろ》に似た仰臥を、すでに二昼夜つづけている眠狂四郎は、意識を喪ったまま、過去の世界に在った。

遠く過ぎ去った世界は、ちょうど、春が闌《た》けていた。

野には、一面に菜の花が咲いていた。その野の中をひとすじ、まっすぐに通じている道を、一人の女性《にょしょう》が、しずかに歩いて行く。

行手には、ひくい丘陵がなだらかな斜面をひろげていた。春の花は、ここにも、美しい彩りを、明るい陽ざしに浮かせて、蝶《ちょう》を招《よ》んで、舞わせている。

しかし、その斜面をのぼりはじめた女性の貌も足どりも、おだやかな宙にいっぱいに匂う花の香に堪えられぬほど、病み疲れていた。

襲って来る眩暈を怺えるために、いくども、足を停めて、喘ぎを整えていた。

遠くで鳴く牛の声も、空でさえずるひばりの音も、その耳に入らぬようであった。

にも拘らず、熱で潤んだ眸子は、ひとつの決意を、つよい光にしていた。

良人に看取られつつ、この世を去るのを、唯一のねがいにしていたこの女性は、このねがいをすてることが、眠狂四郎の妻たるにふさわしい最期、と思いきめたのだ。

その決意が、頂上まで、倒れずに登る力を、彼女に与えている。

狂四郎は、そのあわれな、いたましい姿を、じっと見まもっていた。

……いつの間にか。

狂四郎は、妻を背負うて、一歩一歩、丘陵を登っていた。

おのれ自身も、全身いたるところに重傷《ふかで》を負うているにも拘らず、妻を背負うて登ることに、なんの苦しさもなかった。

やがて、頂上へ行き着いた。

春の空に、樹冠をひろげる櫨《はじ》の巨木の根かたへ、そっと、妻のからだをおろして、はじめて、狂四郎は、ふかい呼吸をひとつした。

それから、妻の白蠟《はくろう》の細おもてへ、視線を落した。

息は、すでに、絶えていた。

死顔を、見戍《みまも》るうちに、狂四郎は、意識を甦《よみがえ》らせ、過去の世界から、現実の世界に、還った。

目蓋をひらくと、おりょうの顔が、そこに在った。

「お目ざめなさいました！」

おりょうは、悦びを笑顔にし、声をはずませた。

「やはり……、そなたの助力が、わたしには、必要だったらしい。肋骨が折れていたようだが、その手当も、そなたが、してくれたのか？」

「いえ、一族の者が、案じて、三人ばかり、あとから、来て呉《く》れて、その一人が、手当をいたしました。肋骨が一本、肺に刺さって居りました」

狂四郎は、視線をあたりへまわしてみた。

旅籠ではなく、ただの旧《ふる》い家のようであった。

「わたしども一族と親しい者のすまいでございます。心置きなく、おやすみなさいませ」

「わたしが、斬った者のほかに、まだ、敵はいたと思うが……？」

狂四郎は、訊ねた。

「一人が、貴方様の手当をし、あとの二人が、ふせぎました。敵は、六人でございましたが、ことごとく、討ち果しました」

「二人の方は――？」

「相果てました」

「わたしの手当をしてくれた御仁は？」

「一日を置いて、また敵三人が、この家を襲って参り……、その三人と相討ちになって、もうこの世には在りませぬ」

「………」

狂四郎は、忍者と公儀隠密との悽絶《せいぜつ》な闘いを、想像した。

真田六連銭組残党は、五百両を得るために、あまりにも大きな犠牲をはらったことになる。

――おれの生命を救うために、見知らぬ男が三人までも、死闘して、果てたのか。

過去に、未だ曾て、このような助勢を得たことは、一度もなかった狂四郎である。

こちらとしては、真田黒丸が、一身をなげうって得た五百両を、このおりょうに届けてやったに過ぎぬのだ。たったそれだけの好意に対して、このような大きな犠牲をはらってまで、尽してくれた素朴な心情は、真田幸村によってつちかわれた仁義の精神を、戸倉山中で、いささかもそこなわずに、父子相伝えて来ているからであろう。

狂四郎は、この感動を、言葉にすることができぬままに、仰臥していた。

二

長い沈黙が、あった。

「眠様――」

おりょうが、再び昏睡状態に陥ちたのであろうか、と心遣い乍ら、そっと呼んだ。

「――む」

「おうかがいいたしたいことがございます」

「なんであろうか？」

「貴方様は、夢の中で、幾度も、くりかえして、さやか、という名を、お呼びになりました」

「…………」

「それから、こうも申されました。そなたの母親は、そなたを、生みたかったのだ、と」

「…………」

「どういう意味なのか、わたしは、判りませぬまま、心にのこりました。おさしつかえなければ、おきかせ頂けますまいか？」

「…………」

「貴方様が、心の奥底に秘めておいでになったことが、夢の中で、お口に出たのだと存じますが……、わたしは、なぜか、おうかがいせぬままに、お別れしては、この後、どうしておうかがいしなかったのであろう、と悔いつづけるような気がいたします。……おさしつかえなければ、おきかせ頂きとう存じます」

「…………」

狂四郎は、なお、しばらく、沈黙を守った。

やがて、ぽつりと、もらした。

「わたしには、不幸な妻がいた。その妻が、一通の遺書を、のこした」

「はい――」

「さやかどの――遺書は、そう呼びかけて、書きはじめられていた」

おりょうは、息をひそめるようにして、耳をかたむけた。

狂四郎は、美保代《みほよ》がのこした遺書を、いくたびも、読みかえして居り、生命をきざんだその一字一句を、あまさず、脳裡にとどめていた。


さやかどの。母は、いま、耳の奥に、かすかにかすかに、きれいな鈴の音がひびいているような、そのような、あまりにしずかな春の夜更けに、そなたに、これを書きのこして居ります。ほんとうに、なんというふかいしずけさでしょう。このように、ものみなの音が絶えはてた夜更けに、こうして、筆をとっているのが、この母には、いちばんふさわしいのですけれど、筆をとりあげると、どうしたわけか、泪があふれてきて、一文字も書けないままに、幾刻かが、すぎてしまいました。けれど、牀に就いたからとて、ねむれるはずもありませぬ。これを書きのこすことが、心のなぐさめになると思いたったのも、じつは、病み臥して以来、そなたのことを、そっと、胸に想いつづけるようになったからなのです。と申して、そなたのことを想いつづけることが、悲しみをふかくするためだけの儚ない女心であるならば、筆をとりあげると、もう泪があふれてくるのは、いたしかたがありませぬ。

さやかどの。

母は、疲れました。ひとみの光もうすらぎ、頰の色も、くちびるの色も、褪せました。身は、日々に細くなりゆくばかりなのです。四年前の母のおもかげは、どこへ消えてしまったのでしょうか。鏡にむかって、わがすがたを美しいと見とれた日は、遠く去ってしまいました。病み疲れたこの素顔にのこっているのは、死を待つ、暗い、さむざむとした寂しい相だけなのです。もともと、いきいきとした、はつらつとかがやく、若さにあふれた美しさをもたなかった母なのですけれど、こんなに死のかげのふかい寂しい相になってしまっては、わがおもてを、手洗いの水に映すことさえはばかられます。さやかどのも、こんな寂しい相をもった女を母にもつのは、さぞいやでありましょう。

そうなのです。せめて、そなたに、この手紙を書くことで、病める苦しさを忘れ、たとえ悲しみはふかくなりまさろうとも、その悲しみの泪で浄《きよ》められて、あるいは、もし今宵、このしずけさの奥から、不吉な迎えの使者が、そっと、おとずれて参っても——あすの朝の、母の寐顔は、美しくはないけれど、ほのかに安らいだ色をたたえていることができれば……それだけで、この母は、しあわせに思いたく存じます。

さやかどの。

母の心は、そなたのお父上をお慕いすることに、そそぎつくしました。しあわせでした。この世の、どのような女人よりも、しあわせでした。母は、ひとりのお方をお慕いし、そして、そのよろこびの火を、片時も、うすれさせたり、消したりせずに、今日まで、燃えつづけさせることができました。女と生れて、これほどのよろこびが、またとあるでしょうか。

母が、お父上のおそばにいられたのは、ほんの短い、かぞえることのできる日数でした。幾十年も、ひとつ家の下で、ともにくらしたご夫婦にくらべれば、その意味では、母は、決して幸せであったとは申せませぬ。でも、そのほんの短い日数のあいだ、母は、そのよろこびに、身と心を、悔いなきまでにひたして参りました。それから、お父上がお留守の時は、そのおすがたの一部分を——つめたく冴えたまなざしだとか、しずかにひきしまった横顔だとか、力づよく透《とお》るお声だとか、あるいは、ほんのちょっとした隙のないおからだの鋭い動かされ様だとか……いつでも、思い泛べようとすれば、すぐに思い泛べられるように、脳裡にたくわえておき、そうして参りました。

さやかどの。

母は、そなたに、疲れたと申しましたね。はっきりと、申します。母は、お父上をあまりにお慕いしたために、じぶんのからだが病むのを忘れて居りました。病んだために、いよいよ、わがいのちのいとなみは、はげしく、つよいものとなり、さらに、からだは衰えつづけ、とうとう、このように疲れはててしまいました。母は、世のやさしい女たちが、幾十年もかかって費やす心の炎を、この四年間で、燃えつくしてしまったのでしょうか。いえ、心の炎は、まだ、このように、あかあかと燃えて居ります。ただ、からだが……このからだが、心の炎のはげしさに——絶え間ないはげしさに、生きる力を使いつくしてしまいました。

女は、いちど、人を恋うよろこびを知ったならば、同時に、それが、どんなにかなしいものかも、さとらなければなりませぬ。母は、お父上をお慕いしているとさとった時——その瞬間から、はげしい胸の痛みをおぼえ、その夜は一睡もせずに、牀の上に坐って、わが胸をひしと抱きつづけたことでした。そうして、その痛みは、今日まで、つづいて居ります。こうして、筆をとりつつも、胸の中は、きりきりと、しぼられるように痛みつづけて居ります。健やかなからだを、天から与えられなかった母のからだは、その痛みに堪え得ませんでした。

母は、いくたびとなく、たくさんの血を喀《は》きました。その血の量だけ、母は、他のひとよりも、人を恋うことに、はげしく、急であったのであろうか、と思いかえされます。

さやかどの。

そなただけは、この母のよろこびとかなしみが、わかってくれますね。……けれど、そなたは、母に、なにも、こたえてはくれませぬ。……そなたは、いったい、誰なのでしょう。この母の子であることには、まちがいはありませぬ。だのに、そなたのすがたを、母は、見ることが叶いませぬ。いえ、見ることが叶わぬどころか、想像さえも、つきませぬ。そうなのです。そなたは、まだ、この世に生れて来ていない子なのですもの……。

いつぞや、母は、お父上に、もし女の子が生れたら、なんという名まえをおつけなさいますか、とおたずねしたところ、さやか、というのはどうだ、と仰言《おつしや》いました。

さやか……さやか……。

この名まえを、母は、それ以来、幾百たび、心のうちで、つぶやきつづけて参りましたことか。

さやかどの。

そなたは、夢の子なのです。狂四郎さまとこの美保代のあいだに、もし生れたとしたならば――それが、そなたなのです。だから……永久に、生れて来る筈もない子なのです。

さやかどの。

母は、かなしい。……そなたを生みたかった。そなたを抱きたかった。抱きしめて、頰ずりがしたかった。……それが、ゆるされなかった母が、こうして、そなたに手紙を書くことだけは、せめて、ゆるされるのではあるまいか、と思うて、筆をとりました。

……いつの間にか、夜が、ほの白く、明けて参りました。母も、筆をはこぶのに疲れました。……さようなら、さやかどの。

三

狂四郎が、口を緘じてから、さらにまた、長い沈黙があった。

目蓋をひらいた時、狂四郎は、頰を泪でぬらしたおりょうの、虚脱したようなうつろな表情を、視た。

狂四郎の視線も感じないかのように、おりょうは、宙へ眼眸を置いて、深い感動に溺れて、われをわすれているようであった。

ようやく、狂四郎の視線に気がついて、おりょうは、われにかえると、

「お粥《かゆ》を召上りますか？」

と、問うた。

狂四郎は、うなずいた。

おりょうが、台所に立って行ったあと、狂四郎は、起き上ってみた。

激痛が、胸から四肢へつらぬいた。

――あと十日も動けぬか。

明日心剣が斃れ、自分の方が生き残った。これは、まさしく、僥倖《ぎょうこう》であった。こちらに、勝った、という意識は生れなかったのである。

あの場合、こちらが、捨身の前進をしなかったならば、あきらかに、勝利は心剣の方にあった。

いま――。

狂四郎の心に湧いているのは、明日心剣という人物を、この世から消したことの、ひとつの罪に似た悔いであった。

――あの男は、死んではならぬ身ではなかったのか？　生きていなければならぬ人間ではなかったのか？

おりょうが、膳部をはこんで来て、起きている狂四郎に、びっくりした。

「おやすみになっていなければいけませぬ」

必死な面持で、おりょうは、狂四郎を横たえさせようとした。

手当のさまを、目撃していたに相違ない。起き上れる身ではないのだ。

「いや——、わたしは、どうやら、並のからだにつくられては居らぬ自信がある」

狂四郎は、そのままの姿勢で、一椀の粥を摂った。

それから、仰臥して、しばらく、激痛がおさまるのを待ってから、

「遺書といえば、……あの男の懐中には、何もなかったであろうか？」

と、訊ねた。

「ございました。貴方様宛の書状が——」

おりょうは、それを、持って来た。

狂四郎は、披《ひら》いてみた。

かなり長文の遺書であった。

黙読するうちに、狂四郎は、

——やはり、そうであった。死んではならぬ男であった。

と、合点した。

旗本御家人篠原雄次郎が、明日心剣という仮名を用いるにいたった仔細《しさい》が、かくすところなく、くわしくしたためられてあったのである。

さとられる筈もないその秘密が、お目付佐野勘十郎の手に、どうして握られたか——つきとめ得ぬままに、決闘にのぞむにあたり、もし自分が敗れた際、敵である貴台に、秘密を打明ける遺書をしたためおくのも、生涯一度の強敵をかえって莫逆《ばくぎゃく》の友以上に

親しいものにおぼえる身勝手であろうが、この気持を、貴台ならば、汲んで頂けるような気がするものである。

遺書は、そうむすんであった。

狂四郎は、それを巻きおさめて、目蓋を閉じた。

「いかがなさいました？　お気分がわるうおなりにでも……？」

おりょうが、その顔色に、不安をおぼえて、問うた。

「……もしも、生れたとすれば、と仮定して、その子に名まえまでつけて、その子宛の遺書をのこして死んで行った女もあれば、親として名のることを禁じられる約束で、子をつくって、その子の姿を一度も見ぬままに、その子の生命を必死に守ろうとして相果てた男も、いる。いずれも、因果と云えよう」

狂四郎は、呟いた。

「………」

おりょうは、狂四郎の手にある遺書が、異常な内容を持っていることを察し乍ら、息をのんだ。

狂四郎は、目蓋をひらいて、

「わたしの手当をしてくれた御仁は、歩行が可能になるまでには、幾日ぐらいを要するか、そなたに告げなかったか？」

「半月の安静は必要であろう、と申して居りましたが……」

「半月か。……半月は、待てぬ」

「でも――」

「十日でも長すぎるが……、やむを得まい」

「それほどお急ぎの任務を、お持ちなのでございますか?」

「江戸城西の丸に在る将軍家世子は、贋者だ。本物は、西国の何処かに、いる。その本物をさがし出して、江戸へつれもどさねばならぬ。それが、わたしの任務になっている」

「………」

おりょうは、おどろきで目をみはった。

ふっと、狂四郎の口辺に、自嘲の色が刷かれた。

「贋者とはいえ、それが本物と双生児であれば、将軍職を襲うても、べつだん、さしつかえはない筈だが……、贋者は所詮贋者でしかないところに、浮世のしくみの冷酷さがある。これも、因果というものか」

武辺戦陣作法

一

「貴殿がたは、戦陣作法と申すものをご存じであろうか？」

そう云って、居並んだ七名の武士を、見渡したのは、年歯四十前後、その正座に巨巌の重さを感じさせる人物であった。

総髪が額を異常にひろくみせ、左眼を大きくひらき右眼を細めた不揃いの眼眸が、無気味な迫力を備えていた。さらに、この人物を、当世ばなれしたものにしているのは、色褪せた浅黄の麻の筒袖に、古着屋も買いしぶるような古色蒼然たる革製の袖なし羽織をつけていることであった。

居並ぶ七名の公儀隠密が、この人物に就いて知っていることは、求聞堂《ぐもんどう》筑波《つくば》白虎《びやっこ》、という奇異な名前だけであった。

頭領のお目付佐野勘十郎から、

『眠狂四郎討取りの指揮を仰ぐべし』

と指令があって、いま、この人物を上座に据えたところであった。

うしろの床の間に、たてかけた大身の槍が、この人物の持参したものである。

その名前から想像して、筑波山の美那濃川《みなの》あたりで、滝にあたって、真言の密法でも修したのであろうか、と思われる。

「貴殿がたは、いずれも、眠狂四郎なる無頼の浪人者を討たんとするにあたって、これを、暗殺と思いなして居ることと存ずる。これは、大いなるまちがいと申すべきである。暗殺にあらず、合戦と心得るべきと存ずる。この心がけによってこそ、不敗を誇る敵を討ち取ることが出来る、と申すもの。……これまで、お目付の命令によって、眠狂四郎を襲うた面々が、ことごとく敗れ去って居るのは、この心がけが不足していたのではござるまいか。是非にも討たんとして、えらんだ手段は、さまざまでござったろうが、いずれも、討手の方に、これを、卑劣の手段とする恥の意識がひそんでいたのではござるまいか。……孫子の虚実にも述べてあり申す。夫《そ》れ兵の形は、水に象《かたど》る。水の形は高きを避けて下《ひく》きにおもむき、兵の形は実を避けて虚を撃つ。水は地に因りて流れを制し、兵は敵に因りて勝を制す。故に、兵に常勢なく水に常形なし。能《よ》く敵の変化に因りて勝を取る者、之を神と謂う。故に五行に常勝なく、四時に常位なく、日に短長あり、月に死生あり」

そこまで一気に述べておいて、筑波白虎は、やおら立ち上ると、床の間の槍を把った。

「いかなる虚実策を用いるとも、合戦に於ては、運用の妙として、ほめられるべきもの。これを暗殺の卑劣の手段と考えるが故に、闘わざる前に、恥の意識が生ずる。……われらは、今宵の襲撃を、合戦である、と性根を据え、これより、出陣式をつかまつらん。……まず、貴殿がたの指揮をとるこの求聞堂なる男が、いかなる力を具備して居るか、それを披露いたそう」

筑波白虎は、一人に向って、頭髪を一毛だけ抜きとって、宙へ吹きあげてもらいたい、と所望した。

一同は、固唾をのんだ。

長い一本の黒毛は、天井めがけて吹きあげられ、あるかないかの影となって、落ちて来た。

瞬間、

「えいっ！」

筑波白虎は、長槍をくり出した。

七人の目に、黒毛が、ぱっと二つにわかれて散るのが映った。

筑波白虎は、落ちて来た黒毛を、はらいあげて両断したのではなかった。突いたのである。細い一本の髪毛を、落下する宙にとらえて槍の穂先で突いて両断するとは、それを目撃し乍らも、なお、目を疑わざるを得ぬ魔神の迅業といえた。筑波白虎は、それをやってのけたのである。

指揮者たる資格のほどを、示した筑波白虎は、七名に対して、出陣式の用意を命じた。

出陣式というものは、すでに、古く、天平三年、大宰府《だざいふ》で行われた、と「続《しょく》日本紀」にも記されている。

その形態は、鎌倉時代にととのい、武将が出陣にあたり、鮑《あわび》、勝栗《かちぐり》、昆布で三献の儀を、御陣奉行によって行われている。

出陣式法は、武家が政権をとって以降のことであり、縁起をかつぎ、気勢をあげる作法がしだいにつみかさねられ、江戸期に入って、完全なかたちに成ったのである。

この家は、今須宿と柏原宿の中間にある寐物語ノ里にある代官陣屋であったので、出陣式の道具は、ととのっていた。

「おのおの、自身を具足姿と思うて、三献の儀式に臨みたまえ」

鹿毛《かげ》の敷皮に掩《おお》われた床几に腰かけた筑波白虎は、一同に申し渡した。

陪膳になった一人が、肴組《さかなぐみ》の折敷《おしき》をささげて進み、つづいて、長柄役になった二人が、銚子を持って進んだ。

陪膳も長柄役も、そして、これを見まもる隠密たちも、厳粛な儀式であるにも拘らず、ばかばかしいという気持を抑えきれぬことは、事実であった。

一人、筑波白虎だけが、荘重な作法に一念こめている様子であった。

二

筑波白虎とあらたにその配下となった隠密七名は、黄昏どき、寐物語ノ里を出て、車返坂を越えた。

陽が落ちた頃あい、三つの山の踵《かかと》にむすばれた谷あいに、ひっそりとわだかまった家を、一同は、峠の上から、見下ろした。

小松の林とわずかばかりの畑にかこまれた郷士館《やかた》風のその家は、築地《ついじ》も濠《ほり》も構えず、きわめて無防備なたたずまいを、昏れなずませていた。

眠狂四郎が、明日心剣との決闘で重傷《ふかで》を負い、その家で、療養をつづけてすでに十日あまり経つことは、見張りの者が、毎日報告して来ている。

その十日の間に、九人の討手が、襲撃して、ことごとく斬られていた。

狂四郎に味方する者どもは、あきらかに忍者であった。

九人の討手と闘って三、四人が斃れた模様であるが、なお、その家に、幾人残っているか、これは不明であった。

「攻撃は、乱剣の備を以て、なされる」

筑波白虎は、云った。

鉄砲を携えた者二人が、並んでまっ先に進み、これに先手の一人がつづき、左軍・右軍の二人が横列となり、そのあとから二軍として一人、大将の位置を筑波白虎が守って、後詰に一人――これが、乱剣の備えであった。

しかし、およそ陣形というものは、鶴翼、魚鱗《ぎょりん》、偃月《えんげつ》、雁行、臥竜《がりょう》、車懸《くるまがかり》、虎乱、雲竜、鳥飛いずれにせよ、一万以上の軍勢をもってつくられる備えであった。

わずか八人で、ものものしく乱剣の備えをつくることに、隠密たちは、抵抗感があり、いささか狂気沙汰という気がしないでもなかった。

隠密の襲撃は、文字通り隠密の行動であるべきにも拘らず、筑波白虎は、正々堂々の進撃作戦をとったのである。

眠狂四郎は手負うているが、すでに十日が経ているからには、充分に剣をふるい得る身に恢復しているに相違なかったし、さらに、その身辺を守るのが忍者とすれば、隠密の上にも隠密の行動を以て、当るべきではあるまいか。それを、襲撃を誇示するがごとく、真正面から押し寄せて行くとは、これこそ、孫子の機略を知らざるも甚だしい、というべきではあるまいか。

隠密たちには、筑波白虎の心算に、大いなる錯誤があるように思われてならなかった。

「進め！」

筑波白虎は、下知した。

闇は、急速に、その谷間に、落ちた。

「旦那様！」

夕餉《ゆうげ》の座に就いていた狂四郎に向って、給仕していたおりょうが、突如、顔色を変えて、ひくく鋭く呼んだ。

その声で、狂四郎の神経が冴えた。

「来たようだな」

「見て参ります」

おりょうは、立って、庭へ忍び出て行ったが、すぐに、戻って来た。

「押し寄せて参りましたが……、忍んで来ては居りませぬ」

「堂々と寄せて来た、というのか？」

「はい」

「…………」

狂四郎は、立って、行燈のあかりを消すと、障子を左右に開いた。

木立に宵闇がひろがっていたが、その彼方から迫って来る攻撃者たちの気配は、手にとるように、つたわって来た。

「旦那様！　どうして、あのように、はばかりなく押し寄せて参るのでございましょうか？」

「手負うたわたしを、みくびっているのかも知れぬ」

「それにしても……？」

おりょうには、合点のいかぬことだった。

「おりょう」

「はい──？」

「ひとつ、命じておくことがある」

「はい」

「敵は、存念が如何様にもあれ、堂々とやって来たことを、こちらはみとめなければならるまい。そなたが、物蔭からの助勢は、無用だぞ」

「旦那様！」

「堂々とやって来た者に対しては、堂々と受けて立つことにする。それが、この無頼者が知っている唯一の作法だ」

「でも、そのおからだでは、まだ、多勢を対手に闘うお力はございませぬ」

「あるかないか、ためしてみなければ、わからぬ」

「無駄にお生命をすてられますな！」

「遁れられぬものなら、姑息《こそく》な悪あがきをせずに、受けて立つ、ということだ。……よいか、助勢は無用だぞ！」

狂四郎は、きびしく申しつけた。

三

その庭には、臘梅《ろうばい》の樹が多く植えられ、葉に先立ってすでに開いた黄色の花は、闇に溶けていたが、高い香気が、ただようていた。

乱剣の備えをもって、侵入して来た第一番手の鉄砲持ちの二人は、臘梅の花の下で、片膝ついた。

母屋の障子が、朧《おぼ》ろに白く浮き、中の二枚が開かれて、真暗な座敷が、口を空けている。

銃口は、その黒い口に向って、狙いつけられた。

座敷の闇が、人を包んでいるのか、それとも無人か——肉眼では見分けられなかった。

「撃てっ！」

後方から、筑波白虎の号令が下された。

轟然と、二梃《ちょう》の銃が、火を噴いた。次の瞬間、先手となった一人が、飛鳥の迅さで、驀地《まっしぐら》に庭を疾駆して、座敷へ躍り込んだ。

きえーっ、と闇を截る白刃の、うすい光が掠めるのが、味方の目に映った。とみた刹那、もうその先手は、よろめき、障子に烈しくぶっつかって、畳へ崩れ落ちていた。

左軍右軍を承った二名は、すでに、縁側へ達していた。

座敷に立つ狂四郎の影は、はっきりと闇を黒く染めて、輪郭をあきらかにしていた。

左軍右軍の二名は、殆ど同時に、縁側へ跳び上った。

狂四郎の黒影めがけて、左軍は突きを、右軍は大上段からの一撃を、大きく一歩踏み込んで、これも、同時に、送りつけた。

突いた左軍は、小手を両断され、大上段から振りおろした右軍は、延びきった胴を、ぞんぶんに薙《な》ぎはらわれた。

両名の呻きが同時に発しられたのは、狂四郎が、小手斬りから胴薙ぎへと、迅業を継続させた証左であり、庭はしに立った筑波白虎は、二つの呻きの重なるのをきいて、

「うむ！　噂にたがわず！」

と、もらした。

二軍を受け持った者は、三番手として、その時、縁側へ馳せ寄っていたが、左軍右軍の同輩が、たった一太刀で斬られたことの衝撃で、地面へ足を釘《くぎ》づけにした。

狂四郎は、なおまだ、屋内の闇を味方として、立っているばかりであった。

二軍となった者は縁側先に、大将の位置にある筑波白虎はずっと後方の臘梅下に、後詰の一人はその背後に、そして、最初に攻撃をしかけた鉄砲隊の二名は、左右に間隔をひらいて、すでに第二弾をこめて、いずれも動かず、この屋敷内にかえった静寂の深さは、異様なまでにもの凄かった。

「撃てっ！」

筑波白虎の号令が、再び、宙にほとばしった。

二発の弾丸が、狂四郎の黒影めがけて放たれた——一瞬。

縁側先の二軍の者が、間髪を入れぬ敏捷さで、身を躍らせていた。

狂四郎の影は消え、座敷へ踏み込んだ二軍の者が、斬りつけ終った残心の構えのまま、ピタリと動かなかった。

それなり、石とでも化したごとく、固着状態を保つ後姿が、味方の目を疑わせた。

奇怪としか受けとれぬ不動の姿は、およそゆっくりと十もかぞえるほどもつづいたろうか。

畳から湧き上るごとく、狂四郎の影が起きるや、その不動の姿は、惨めに崩れた。腹部を貫かれた無想正宗を、抜きとられたからである。

「鉄砲隊、引け！」

筑波白虎は、悠然と、庭の中央へ、進み出て来た。

「眠狂四郎、出い！　求聞堂筑波白虎、見参！　いさぎよく一騎討ち、つかまつろう」

「二梃の鉄砲に守られての一騎討ちか」

狂四郎の皮肉な言葉が、座敷の闇から、投げかえされた。

「さあらず！　われらは、軍陣の作法を厳守して、正々堂々の陣を寄せて参った。されば、二軍の敗北に遭うて、大将自ら、一騎討ちして雌雄を決せんとするものである。何条もって、卑劣の計を用い申そうや」

高く声をあげて、云いはなった筑波白虎は、

「鉄砲隊、撃ちかけまかりならぬぞ！」

と、下知した。

鉄砲隊二名が、木下闇《このしたやみ》に身をかくすのを待って、狂四郎は、ゆっくりと縁側へ姿を現わし、庭へ降り立った。

病み上り、というよりも、病み臥しているさなかの狂四郎は、一時に、四人の敵を斬った疲労で、四肢が石のように重いのをおぼえていた。胸部の傷は、激痛を起していたし、熱も出ていた。

辛うじて敵に、その病み疲れぶりを看て取らせぬ態度を保っているばかりといえた。

心気は冴えていても、五体はもはや、闘う力を喪っていたのである。

敵の方は、こちらが庭に降り立つと、後詰の者が、にわかに、松明《たいまつ》に火を点ずる余裕を示した。

炎の中に浮き上った大将の、当世ばなれした風体を眺めた狂四郎は、

――殺伐の武弁の気風を、そのままに、今の世に継いだ男が、いたのか。

と、奇異の感に打たれた。

「いざっ！」

筑波白虎が、ぴたっ、と長槍を構えるや、その鋭気をあびて、狂四郎の重い五体が、ぴりっとひきしまった。

ただの使い手ではないことは、一瞬にして、知り得た。

剣の業前も、もとより、天稟によって、その奥旨に達するものであるが、槍術はさらに、その感がふかい。これは、槍の極意書をひもとけば、明らかである。真之位といい、三ヶ身の位といい、就色随色、乱勝、看搦《みからみ》、あるいは佐分利《さぶり》流の乳合構えというも、肝心のことは、筆紙につくしがたく、「口伝万々」と記されている。

口伝によって、極意をさとることは、天稟あり、という条件がついている。

しかも、剣の構えよりも、槍の構えの方が、その業前の優劣が一目瞭然であった。

いま、狂四郎に対して、穂先をつけた敵は、これまで出会ったことのない手練者であることを、その構えに於て示した。

――おれの最期か。

狂四郎は、おのれ自身に、呟いた。

病み疲れた身では、防ぎのすべはあっても、攻撃に転ずることは、不可能に思われる。

文字通り、運を天にまかせるよりほかはない闘いであった。

筑波白虎は、狂四郎の地摺り下段を、凝《じっ》と見据えていたが、しずかに、氷上をすべるがごとく、軽やかに、野袴を鳴らしもせずに、進んで来た。

その足が停められた——刹那、穂先は、電光となって、狂四郎の面ていを襲って来た。

同時に、無想正宗は、はねあげられて、胸前に直立した。

突いた穂先と受ける白刃が、宙に停止した。みじんの狂いもなく、槍の業前と剣の業前が、合致した。槍の穂先を、無想正宗が、刃で受けとめたのである。

「む！」

筑波白虎の口から、ひくく、感嘆の声がもらされた。

髪毛一本さえも両断するおのが突きを、髪毛よりも薄い剣の刃で受けとめてみせた狂四郎の手練ぶりは、世に双つと無い冴えであった。

筑波白虎は、はじめて、槍の不利なるものをおぼえた。

筑波白虎が、次に放つ秘技は、引いて突く二動作を経なければならぬ。引いた瞬間に、剣は、一動作の迅業を発揮するに相違ない。

その迅業が如何なるものか、刃で穂先を受けとめる手練の持主が使うのであるからには、筑波白虎には、意測しがたかった。

筑波白虎は、狂四郎の姿から、病み疲れた気色を看て取っていなかったのである。噂にきいた通り、虚無の翳の濃いその痩身から、鬼気迫るものを感じ取っていたばかりであった。

もし、その極度の疲労が、円月殺法の迅業を封じてしまっているものと、知っていたならば、筑波白虎は、容赦なく、おのれが蔵する幾多の秘技を、つづけさまに放って、狂四郎を仕止めたに相違なかった。

筑波白虎は、次におのれが為し得る唯一の手段は、後方へ跳び退ることだけしかない、と思いきめた。

思いきめるや、跳び退る刹那に、狂四郎が攻勢に出て来ることも予測した。

筑波白虎は、微かな恐怖すらおぼえた。

「おーっ！」

野獣の叫びにも似た懸声を、満身からの気合をこめて、ほとばしらせて、その恐怖をふりはらいざま、長槍に殺気をみなぎらせて、ぐっとひと押しした。

次の瞬間、筑波白虎は、大きく跳んで、一間の後へ退った。

と——。

狂四郎の上半身が、ゆらりと、不覚のゆらめきをみせた。

これを眺めた筑波白虎が、はじめて、——そうか、と合点した。

不敗を誇る魔剣の使い手も、病に勝てぬ身となっていることを、はっきりとみとめたのである。

簪《かんざし》

一

「眠狂四郎！」

筑波白虎は、高く呼んで、すっと、一歩すり出た。

「終りに臨んで、云いのこす言葉があれば、聴取いたす」

もはや勝負成った、という自信のほどを、その声音に示した。

「…………」

狂四郎は、無想正宗を地摺りにもどして、無言であった。

後詰の者がかかげる松明の焔を背負うた筑波白虎の巨軀が、眩暈に襲われている狂四郎の視野の中で、徐々にふくれあがって来る。

「云いのこす言葉は、なきや？」

いちだんと高くはりあげられる声音を、狂四郎は、わずらわしいものにきいた。

死に対する恐怖は、この男には、ないのであった。常に、死神と肩をすりあわせて生きて来た身にとって、こうした絶体絶命の危機に置かれたことは、いっそ、この瞬間を待ちのぞんでいたような気持さえ生んでいる。

「されば――」

筑波白虎が、さらに一歩肉薄して、電光の一撃を放つべく、長槍を手もとに引きつけた――刹那。

縁側に奔り出た白い影が、床板を蹴って、宙に躍った。

とみるや、狂四郎の頭上を、翔《か》け越えて、筑波白虎の前面へ、ぴたっと、降り立った。

白い影――文字通り一糸もまとわぬ素肌を、松明の明りに映えさせて、若い女体を惜しみなく、筑波白虎の視界にさらしてみせたのであった。

その両手には、得物はなく、ただこぶしをかためているにすぎなかった。

解いて肩に散らしたありあまるゆたかな黒髪も、婉然《えんぜん》として冴えて美しい眉目の間も、理智に輝く瞳も、ふっくりと軟らかに肉の盈《み》ちた胸の隆起も、滑らかに腹部から下肢に流れるしなやかな曲線も、すべてが夢幻の中のもののように、妖しい陰翳《いんえい》を織って、松明の焔のゆらめきとともに、美しく呼吸づいた。

「……むっ！」

一瞬――、筑波白虎ともあろう非情の兵法者が、悩殺に堪えようとする深い息を吐いた。

おりょうは、すうっと、片手をさしのばすや、長槍の蛄首《けらくび》を、つかんだ。

心気の乱れに狼狽しつつ、筑波白虎は、おりょうの手から、長槍を引き払おうとした。

しかし、意外な強い力が、おりょうの手にこめられていた。

「うむっ！」

筑波白虎は、渾身《こんしん》の力をふりしぼり、次の一瞬、気合もろとも、その白い肌を突こうとした。

しかし、いったん乱れた心気は、長槍に鋭気を移すことは不可能であった。

おりょうの裸身にみなぎる気魄《きはく》の方が、まさった。

長槍は宙に固着して、びくとも動かなかった。

「鉄砲隊！」

思わず、筑波白虎は、絶叫した。

しかし、木立の闇にひそんだ鉄砲隊二名は、なんの反応も示さず、沈黙を守った。

戦陣作法を以て、堂々たる正面攻撃をすると宣言し、それを為している筑波白虎が、たった一人の裸女の出現に、みにくいまでに狼狽したさまを、隠密たちは、ひそかにあざけっていたに相違なかった。

筑波白虎は、忿怒《ふんぬ》と屈辱感で、われを忘れるや、長槍をすてざまに、抜きつけの一太刀を、裸身めがけて、あびせた。

しかし、両断したのは、長槍の柄にすぎなかった。

筑波白虎は、倍加した忿怒と屈辱感を、凄まじい怒号にして、大上段にふりかぶった。

瞬間——。

おりょうの手から、柄を失った槍の穂先が、手裏剣となって、放たれた。

穂先は、筑波白虎の胸を貫いた。

巨軀は、大上段にふりかぶった構えのまま、のけぞり、地ひびきたてた。

重い静寂が、そのあとに来た。

攻撃方は、なお三名——鉄砲隊二名と松明をかかげる後詰の者が、残っていた。

おりょうに鉄砲を撃ちかけておいて、狂四郎を襲えば、容易に討ち取れる筈であった。

隠密たちは、なぜかそれをしなかった。

おりょうも狂四郎も、なおしばらく、庭にいたが、いつの間にか、隠密たちの姿は、消え去った。

二

狂四郎は、座敷にもどると、牀に身を横たえた。

物蔭に身をひそめていたこの家の者たちが、遺棄された死骸を、とりかたづけるしのびやかな物音が、きこえていた。

おりょうが、身装をととのえて入って来ると、

「さしでがましい振舞いをいたしました。おゆるしの程を――」

と、詫びた。

狂四郎は、天井へあてた眼眸を動かさなかった。

闘う前に、助勢をきびしく禁じておいたが、敵の意表を衝《つ》くおりょうの助勢がなければ、いま頃は、むくろとなって、この牀に寝かされていたことである。

しかし、その礼を云う代りに、しばらく沈黙を置いてから、狂四郎は、云った。

「そなたには、明朝、この家を立去ってもらいたい」

受けとり様によっては、これほど冷酷な言葉はなかった。

「……？」

おりょうは、一瞬、とまどいの表情をみせた。

「垂井宿の旅籠で、わたしは、そなたに、自分について来た女は、例外なく不幸な最期を遂げている、と云って、戸倉へ帰るように、たのんだ。そなたは、いったん、承諾し乍ら、戸倉へ帰らずに、わたしのあとを追って来た。そのおかげで、わたしは、二度までも、そなたに、生命を救われた。……しかし、まだ、そなただけが、例外であったことにはならぬ。二度までも生命を救ってくれた女ゆえ、なおさらに、そなたを、これまでわたしにつきあった女たちのように、不幸な最期を遂げさせたくはない。……ここ

らあたりで、そなたは、わたしから、はなれ去ってもらいたいのだ」

「わたくしは、貴方様のために死ぬことなど、すこしもいとうては居りませぬ」

「これ以上、わたしの脳裡に、業悪《ごうあく》の記憶を加えて欲しくはない」

「わたくしは、なぜか、三度まで、貴方様に力をお添えするさだめのような気がいたします」

「三度目は、そなたが、死ぬかも知れぬ」

「身代りにならせて頂くのは、うれしゅう存じます」

「こちらは、迷惑なのだ、それが──」

「でも、貴方様は、まことの将軍家ご世子を、さがし出さねばならぬ重い任務を、お持ちでございます」

「たしかに、それは、わたしの任務になっている。しかし、わたしは、公儀に忠勤をはげむ幕臣ではない。任務を遂行せずに、中途で、斃れても、責任感をあの世まで背負っては行かぬ。……将軍家世子をさがし出して、江戸へつれもどすことより、そなたに生きていてもらうことの方を、いまのわたしは、大切だと考える」

「わかりました。明朝、おいとまいたします」

依然として、狂四郎は、眼眸を天井に当てていたが、おりょうの双眸から、泪があふれるのを視てとっていた。

「旦那様――」

「なんだ？」

「おねがいがございます。……明けがたまで、おそばでやすませて下さいませ」

「そなたが、そうのぞむなら……」

おりょうは、緋《ひ》の長襦袢姿を、そっと、狂四郎のかたわらに、すべり込ませて来た。

狂四郎は、疲労しつくした五体に、男の精気はよみがえらぬ、と思っていたが、そのしなやかな肢体を、抱いた瞬間、みるみるそれが体内に満ちるのをおぼえた。

「おからだに、さわりまする。……わたくしは、ただ、おそばにやすませて頂くだけで――」

おりょうは、ささやいたが、その言葉とは逆に、白い肌はもう熱く燃えて、狂四郎の指頭を灼《や》くごとく、そこを濡らしていた。

熱い蜜に濡らされた花びらのように、嫩《やわ》らかな蕋《しべ》をふるわせて、すこしずつ綻び乍ら、手折られるのを待つ一瞬の昂《たか》まりを、おりょうは、絳《あか》い唇から、堪え入るような息にして吐いた。

営みは、静止の裡につづいた。

若い肢体は、嬌を含まず、態を作らず、ひそやかに掩いかぶさって来た男の病んだ身を、いたわって動かなかった。

狂四郎は、うねって来る波を凌ぎつつ、おのれを含んで、ひそと堪えている細腰を、哀しいものに感じていた。

……夜が明けた。

狂四郎が、目覚めた時、おりょうの姿は、もうかたわらになかった。

寂寥《せきりょう》が、狂四郎の胸を噛んだ。

三

三日の後、狂四郎の姿は、醒井《さめがい》宿の往還上にあった。

醒井は、美しい宿駅であった。

往還に沿うて、美しい水が流れていた。この水は、寒暑にかかわりなく、量が同じであった。

流れの中に、日本《やまと》武尊《たけるのみこと》が腰掛けたといわれる石が浮いている。

その石を眺めて憩うのを誘って、茶屋は、店さきから、水縁に、一畳の床几を移して、緋毛氈《ひもうせん》の上に莨盆《たばこぼん》やら茶道具やらをならべていた。

うららかな春の陽だまりの中で、旅人たちは、美しい水の流れに、旅情を催して、みなひっそりと動かずにいる。

狂四郎は、しかし、ゆっくりと、そのわきを行き過ぎ乍ら、旅人のうちに、こちらの生命を狙う者がいることを、直感した。

それと一瞥して判る姿の者はいなかったし、気配を示した者が、あった次第ではない。

これまで、この男の特殊な鋭い神経の働きについては、いくども述べたところである。

一種の霊感といえる。

もともと、そのように鋭く働くような神経を、持って生れて来たのではなかった。無数の死地をくぐり抜けて来た者のみが、いつの間にか備えた直感力であった。

作者が、この男を、世間へ登場させてほどなくの頃、一人の軍人に会う機会があった。ノモンハンで、中国大陸で、ビルマで、転戦をかさねたこの古強者《つわもの》は、作者に述懐したものである。

「銃弾砲弾を、幾年もくらっているうちに、例えば、塹壕《ざんごう》にひそんでいる時、一瞬ふっと、来るな、という予感が起るのです。すると、必ず、飛んで来ます。そこで、来るな、と感じた刹那、ぱっと場所を移すのです。そのおかげで、幾度生命がたすかったか知れません。人間の神経というやつは、危険に対する予知力といったものを発揮するようにつくられているようです。だから、貴方の書かれる眠狂四郎の鋭い神経の働きは、決して小説家の空想ではない、と私は人に語っているのですよ」

作者にとって、これは有難い話であった。

爾来、狂四郎は、敵の襲撃に対しては、その寸前に於て、鋭く予感しつつ、生きのびて来ている。

いまの場合が、そうであり、狂四郎は、醒井宿を出て行き乍ら、敵が襲撃して来るであろう場所までも、

——番場《ばんば》の山坂あたりか。

と、予想していた。

狂四郎の脳裡には、「太平記」に記された元弘三年五月九日北条の連族越後守仲時《なかとき》をはじめとする六波羅《ろくはら》四百三十余人が、番場山中で自害して果てた悲劇が、泛んでいたのである。

京都足利勢に敗北して、落人となった北条の連族とその随士四百三十余人は、番場に於て、足利勢の追撃を蒙って、やむなく自刃したのではなかった。

北条勢が、敗走して、関東へ落ちて行くという報に、伊吹山を本拠にしていた山賊野伏が、二三千人も徒党を組んで、待ち伏せていたのである。

越後守仲時は、糟谷三郎宗秋《かすやさぶろうむねあき》を先鋒に、佐々木時信を後詰として、落ちのびて来たが、番場の峠にさしかかった時は、総勢八百にも足りなくなっていた。

糟谷三郎は、襲いかかる賊党を、嶺《みね》へ追いあげたものの、越えて行く山間《やまあい》に、数千ともかぞえられる敵影をみとめて、絶望した。

ひとまず米山の麓にある一向宗の辻堂で、後詰の佐々木時信の引具する隊が来るのを、

待ったが、ついに、その三百騎は追いついては来なかった。

行手に待ち伏せるのは、山賊野伏だけではなく、美濃国には謀叛《むほん》の張本である土岐《とき》一族が待ちかまえて居り、遠江国《とおとうみ》では吉良《きら》一族が、城郭を構えて、弓矢をつがえている。

人馬ともに疲れ果てた落人の身で、関東まで遁れ着くことは、絶望であった。

近くの城を奪い取るには、あまりにも人数が足りぬ。

越後守仲時は、後詰の佐々木時信が、裏切って、京都へ降《くだ》ったと判断するや、

「いまは、やむなし」

と覚悟をさだめ、従容として腹をかき切って俯伏した。

糟谷三郎が、柄口まで腹に突き立てた仲時の小刀を抜きとって、おのが腹に刺した。

つづいて、四百三十余人が、のこらず、割腹して相果てた。

「血はその身をひたして、あたかも黄河の流れのごとくなり、死骸は庭に充満して、屠《と》所《しょ》の肉に異ならず」と「太平記」が述べた悲劇の場所こそ、刺客の出現にはふさわしいようであった。

四

六波羅四百三十余人が自害した辻堂は、いまは、八葉山蓮華寺《れんげじ》となって、駅中に、広く敷地をとっている。

狂四郎は、その山門を左方に眺めて、ゆっくりと通り過ぎた。

行手に、険しい坂があった。磨針峠《すりはり》であった。

ものの一町も、その急坂をのぼったころか。

三度笠をかぶった飛脚が、急ぎ足で下って来るのが見えた。

——この男かも知れぬ。

抜きつけに斬りつけて来るのを、要心しつつ、狂四郎は、わざと歩度をゆるめた。

飛脚は、すれちがった。

——来るぞ？

背すじに、その殺気をあびた。

しかし——。

襲って来たのは、背後からではなかった。

行手の坂上から、もう一人下って来ていた旅商人ていの男が、突如、懐中から、短銃を抜き出して、引金を引いたのである。

ぐらっとよろめいた狂四郎は、路傍の崖岩へ、凭りかかった。

「仕止めたぞ！」

短銃を撃った者が叫び、飛脚が、「うむ！　よくぞ！」と、応じた。

狂四郎は、二人の敵が寄るにまかせて、微動もせずに、顔を仰のかせて、岩肌へ背中をつけていた。

弾丸は、まさしく、命中していた。

敵二人は、なお油断せずに、狂四郎を凝視しつつ、距離を縮めて来た。

「お主ら──」

不意に、狂四郎が、瞑目《めいもく》したまま、声をかけた。

敵二人は、はじかれたように、跳び退った。

視線を刺客たちへ送った狂四郎の顔には、冷やかな薄ら笑いが刷かれていた。

「どうやら、運は、こちらにあったようだな。お主らには気の毒だが、この勝負、この眠狂四郎のもののようだ」

「うぬっ！」

弾丸が当ったにも拘らず、倒れないばかりか、攻撃者側をあざけってみせた。

面を朱にした旅商人の方が、猛然と、突いて来た。

無想正宗が鞘走るのは、目にもとまらず、骨と肉が断たれる音だけが、起った。

「どうする？」

狂四郎は、飛脚に問うた。

「ここで、無駄に生命をすてるか、それとも、あきらめて、次の計略をたてるかだ」

「…………」

飛脚は、首を肩にめり込ませて、道中差を胸前に横たえた構えで、じりじりとあと退《ずさ》った。

「お主、どうやら臆病風に吹かれたようだ。それがよい。……人間は、生きるためには、ときどき、臆病になる必要がある」

狂四郎は、無想正宗を腰に納めると、ふところ手になって、歩き出した。

「待たれい！」

飛脚は、呼びとめた。

狂四郎は、首だけをまわした。

「たしかに、弾丸は、御辺の胸部を、貫いたはずだが……？」

その不審に対して、狂四郎は、微笑した。

「あいにくだが、わたしには、この無頼の身を守ってくれる惚《ほ》れた女が、つき添うていてくれる。お主もすでに知っていよう。不破関の古蹟で、明日心剣と闘った時も、柏原の山里に、筑波白虎がお主らの仲間を率いて攻め入って来た時も、わたしのかたわらには、わたしの生命を救ってくれる女がいた」

「し、しかし……、ここには、居らぬ！　どこにも、見当らぬ」

「お主らの目に映らなかっただけのことだ」

「映らなかった――？　……どこにいるのだ？」

飛脚は、苛立たしげに、叫んだ。

「ここに居る」

狂四郎は、襟もとから、片手をさし出してみせた。

それに握られているのは、簪であった。

そっと音もなく抜け出た牀に、おりょうが、落していったのか、わが身の代りにのこしていったのか、この簪があったのである。

なんとなく、これを胸の襦袢裏に刺して、道中していた狂四郎であった。

簪には、短銃の弾丸が、突き立っていた。

おりょうは、三度び、狂四郎の生命を救ったのであった。

お茶壺道中

一

越知川。

えち川とよむ。

この宿駅を通って、琵琶湖へ流れ入る川の名から取ったのであるが、川の方は、同じ読みでも、愛知川である。

東海道と出会う草津までは、七里半の距離である。

愛知川の水のきれいさが、ここを煎茶の名所にしている。また、高宮からこの宿にかけて、布を織り出す家が数多あるのも、そのおかげのようであった。

旅人は、その機織りの音を、左右に耳にし乍ら、通りすぎて行く。ところが、この日は、どの家も、筬《おさ》を通す手を止めて、ひっそりと、ひそまっていた。

春の朝陽を受けた街道に、人影もなく、塵ひとつなくきれいに掃ききよめられた路上は、打ち水がようやくかわいて、神社仏閣の参道に似てすがすがしかった。

と――。
木立の中から、十歳あまりの巡礼姿の少女が出て来て、路上に草鞋跡をつけ乍ら、わらべ唄をうたって、小石を蹴りはじめた。
恰度、路の中央に、一間置きに、まっすぐ、黒石と赤石が、交互に置かれて、目路の果まで、つづいていた。
これが、何を意味するか、当時の街道沿いの住民や、旅馴れた人たちで、知らぬ者はなかったが、あいにく、稚い少女には、恰度石蹴りして遊ぶには、恰好《かっこう》の配置であった。
　ねんねん、こうろ、ころ
　天満の市は、
　大根そろえて、舟に積む
　舟に積んだら、どこまで行きゃる
　木津や難波《なにわ》の橋の下
　橋の下には、鷗《かもめ》がいるよ
　鷗とりたや、網ほしや
　網がゆらゆら、由良之助《ゆらのすけ》
この唄声をきいた者が、愛知《えち》川へ架けられた仮橋袂の番小屋から、顔をのぞけた。
道中姿の軽い身分のさむらいであった。

忽ち血相を変えて、

「こらっ！　何をいたして居る！」

と、呶鳴りつけた。

少女は怯えて、そのまま、その場に立ちすくんだ。

「退けい！　退かぬか！」

そうあびせられても、少女の両足は、すくんだなり、動かなかった。

武士は、掃目をよごさぬように路傍の草を踏んで、大股に近づくや、

「こやつ、石を蹴り居って！」

激怒にまかせて、襟もとを鷲《わし》摑みにすると、したたかに、小さな頰へ、拳をくれた。

ひいっ、と悲鳴をあげた少女は、本能の力をふりしぼって、武士の手をふりほどくと、奔り出した。

「おのれがっ！」

逆上した武士は、追い乍ら、柄袋をはずして、抜刀した。

峰をかえしたのは、対手が少女であるため手加減するのではなく、街道をけがすのをおそれたからであった。

陽光に煌めかせて、ふりかぶった——刹那、その刀が、手をはなれて、宙へ飛んだ。

すぐ脇の草径《くさみち》の方角から、小石が飛来して、その手の甲を打ったのである。

「く、くそっ！」

眉も目もつりあげて、武士は、首をまわした。

黒の着流しの、白昼の明るさの中にいるのはおよそふさわしくない蒼白な異相の浪人者が、その草径にいた。

「邪魔するかっ！　貴様も、同罪だぞ！」

武士は、喚いておいて、あわてて、左手で、刀をひろい取った。

眠狂四郎は、ゆっくりと街道へ出て来ると、美しくならべられた赤石と黒石を、わざと蹴とばし乍ら、近づいて来た。

磨針《すりはり》峠から、琵琶《びわ》湖畔へ降りて、数日を、漁師の小屋に泊めてもらって、愛知川沿いに、再び中仙道へ戻って来た狂四郎であった。

したがって、この日、街道が、このように掃ききよめられ、旅人の通行を禁じているのを、はじめて知ったのである。

「貴様っ！　本日、この街道を、お茶壺行列がある、と知って狼藉を働くか！」

武士は、狂ったように、怒号した。

お茶壺行列が、いかに権威を持っていたか、すでに、『沓掛女郎』の項で、述べた通りである。

お茶壺道中の前触れがあると、すでに前日に、街道はこのように清掃され、通行は禁じられ、沿道の田畑の耕作までも止められていた。機織りの音が止んでいるのは、そのためであった。

「妙な話だな」

狂四郎は、薄ら笑って、

「越知川から西への街道が清掃されているところをみると、江戸から宇治へ受領におもむくのであろうが、新茶の受領は、八十八夜以後である筈だ。それを、なぜ、はやばやと、季節はずれのいま頃、おもむくのか——これは、妙な話だ」

と、云った。

「黙れっ！　素浪人風情の知ったことか。下れ、下れっ！」

二

狂四郎は、しかし、平然として、踵《きびす》をまわすと、東へ向って——お茶壺行列が泊っているであろう越知川宿へ入って行こうとした。

「貴様っ！」

われを忘れた武士は、背後から、斬りつけて来た。

刃風を肩に流しておいて、游《およ》いで来るのへ、当身をくらわせた狂四郎は、すたすたと進んだ。

この折、お茶壺道中の先触れ二名が、橋を渡って来て、この光景を目撃した。

「狼藉者っ！」

肩をならべて、まっしぐらに、疾駆して来た。

狂四郎は、立ちどまった。

十歩あまりの距離を置いて、先触れたちは、同時に抜刀すると、切先をそろえた。

その構えを、冷やかに見据えた狂四郎は、

「妙な話だ」

先程の言葉を、くりかえした。

「お主らは、相当な手練者だな。お茶壺道中の先触れに、お主らのような手練者をえらぶとは、解せぬ」

これは、挑発であった。

先触れたちは、ちらと顔を見合せた。次の瞬間、一人だけ、するすると進んで来た。

峰をかえさず、青眼の白刃に、殺気をみなぎらせた。

「いよいよ、妙な話だな」

狂四郎は、薄ら笑い乍ら、云った。

「お主らは、お茶壺を通す街道を、血でけがしてもかまわぬと、判断したらしい。面妖《おか》しいではないか。左様な不埒《ふらち》な振舞いは、許されぬ筈だが、下っ端のお主らが勝手にそうきめても、一向にさしつかえないというのは、どういうことであろうか」

その皮肉な言葉に対して、猛然たる攻撃が、応えた。

斜め横に地を滑って、これを躱した狂四郎は、まだ、双手を空けたなりであった。

討手は、その初太刀に、充分の自信を持っていたとみえて、苦もなくはずされたのを、一瞬、信じがたい気色を示した。

「…………」

狂四郎は、黙って、次の攻撃を待つ。

討手は、必殺の上段構えをとった。

狂四郎は、自然な静止相をみせたなりである。

「ええいっ！」

宙を截《き》る鋭い刃鳴りとともに、討手は五体をぶちつける凄まじい勢いで、襲って来た。

同時に、狂四郎の身が、地面に吸い込まれるように沈んだ。

身を沈めざまに、股間に放った手刀が、存分の手ごたえを持って、討手をのけぞらした。

地ひびきたてて、倒れた時、もう一人の先触れのえらんだ行動は、甚だ卑怯なものであった。

ぱっと身をひるがえして、越知川宿へ向って、遁走したのである。

——どういうのだ？

狂四郎は、不審のままに、気絶した先触れに、活を入れた。

「おい、お主らが守って道中して居るのは、茶壺ではなかろう？」

こたえぬと知りつつ、一応、問うてみた。

江戸城内には、福海壺、寅申壺、志賀壺、埋木壺、日暮壺、虹壺、竜衣壺、藤瘤壺、柚狭壺、太郎五郎壺の十個の名器が用意してあった。

お茶壺奉行は、宇治の新茶受領におもむくにあたって、このうちの三個を携行した。

三個は、それぞれ、外気があたらぬように工夫された駕籠に安置されて、はこばれるのであった。

庶民が称《よ》ぶ通り、まさしく、大名以上の権威を所有する「お壺様」であった。

狂四郎は、密封駕籠にのせられたのが、「お壺様」ではなく、他の別のものではあるまいか、と推測したのである。

もとより——先触れは、かたく口をひきむすんで、こたえようとはしなかった。

その時、宿を出て、いそいで橋を渡って来る武家数人の姿が見受けられた。

先頭に立っているのは、至極温和な顔つきの、白髪あたまの老人であった。

狂四郎の前に近づいて来て、

「身共は、お茶壺奉行つき用人大久保久兵衛であるが、いずれが粗相であったか——その吟味はさておき、街道が血汐でけがされなかったことは、まずまずさいわいでござった。奉行には、騒擾《そうじよう》がしずまれば、沙汰をせぬ、と申されて居るゆえ、何事もなかったことにいたそう。引きとられてよい」

と、おだやかな物腰で、云った。

「さて——ますますもって、妙な話だ」

狂四郎は、四度び、同じ言葉をくりかえした。

「お茶壺道中に対して狼藉を働いた者は、武家町人を問わず、これを召捕って、打首にするのが、定法ときいて居る。このたびの奉行は、よほど、寛容の御仁とみえる。それとも、事を荒立てたくない内密の仔細でもおありか？」

「いや、別にかくすべき仔細はない。このたびの道中で、奉行をつとめられる島田将監殿は、江戸城内に於て、その人徳はきこえて居られる。みだりな疑惑を抱かずに、立去った方が、貴公の身のためと存ずる」

「みだりな疑惑を抱かずに——と云われる。はたして、こちらが、みだりな疑惑を抱いているのであろうか。……ともあれ、これだけは、申し上げられるようだ。そちら方が、いんぎんな態度に出られると、こちらは、ひきさがるよりほかはない、ということだ」

狂四郎は、一揖《いちゆう》してから、踵をまわした。

「行列よりさきに、こちらは、赤黒の石を踏ませて頂く。忝ない、と礼を申し上げておこう」

三

——同じ道を、西へ向って歩いて行くのだ。こちらが待っていれば、むこうが正体を現わしてくれることになろう。

狂四郎は、そう考えて、地獄越えの嶮《けわ》しい坂路をのぼって行った。

巡礼の少女を救ったのは、偶然行きあわせたにすぎなかったからであるが、お茶壺道中に対する疑惑の念を重ねるにつれて、自分が京都へ入ろうとする目的と、なにやら、関聯《かんれん》があるような気がして来たのである。

これは、この男独特の直感であった。

喧嘩《けんか》を売ったかたちになったが、買おうとせぬ対手の態度が、くさいのであった。

——面白いことになるかも知れぬ。

飄乎《ひょうこ》として、勾配急な坂路へ、孤影を落して、登って行く痩身は、すれちがう見知らぬ旅人をして、思わず路傍へ寄らせる無気味な翳を刷いて、それはもう、江戸を発《た》った頃の不死身にかえったものといえた。

やがて——。

地獄越えは、嶺に来た。

安土《あづち》山より石馬《いしば》・川並《かわなみ》に降りるこの坂路が、その名称を冠せられたのは、永禄《えいろく》年間、足利義昭が、織田信長をたのんで、兄義輝を弑逆した三好左京太夫義継《みよしさきょうだゆうよしつぐ》を討った際、箕《み》作城《つくり》、和田城などとともに落城した観音寺山城から、敗走した三好勢が、この道をえらんで、あるいは、谷へ転落し、あるいは岩石に打たれて、夥《おびただ》しい死屍をさらしたためであった。

嶺に立つと、眺めは絶景であった。

安土山の麓から、湖水がひろがり、眼下には八幡の町なみ、長命寺山、水茎岡《みずくきのおか》、多《た》景《け》島が起伏し、その彼方に、唐崎《からさき》の松や坂本や比叡《ひえ》山や比良《ひら》の高根が、春の陽ざしにかすむ。

湖上を行き交う船がくだく光の波も美しく、渚をあさる千鳥の啼《な》き声もきこえるかのようであった。

数軒の掛茶屋がならんでいて、幾人かの旅人が、険路の疲れを、甘酒で癒し乍ら、淡海《おうみ》一州の絶景を、目で追うていた。

狂四郎が、床几に腰を下ろすと、すぐに、甘酒がはこばれて来た。

その茶碗《ちゃわん》を手にするのと、

「旦那——」

声がかかるのが、同時であった。

となりの床几へ、視線を向けると、呉服物らしい大きな荷をかたわらに置いた、四十年配の小肥《こぶと》りの商人が、にこにこしていた。

「ご要心なさいまし。その甘酒は、もしかすれば、にがいかも知れませぬ」

「………？」

「いえ、ご要心なさるのに、越したことはない、と申し上げて居りますので……」

「………」

狂四郎は、茶碗をそのまま、盆へもどすと、頭をまわしてみた。

瞬間——茶店の親爺《おやじ》が、視線をそむけた。

商人が、つと立って、親爺へ向って行った。

親爺が懐中から匕首《あいくち》を抜きはなつや、狂四郎は、すばやく、甘酒茶碗を把って、投げた。

それを、親爺が、匕首で受ける隙をつかんで、商人は、躍りかかった。

組み伏せて、頸を締めあげるや、裏手へずるずるとひきずり出して行くさまを、他の旅人たちは、茫然として見送った。

商人が、もどって来た時、床几には、狂四郎一人が、残っていた。

「江戸からか？」

狂四郎は、訊ねた。

「へい」

「武部《たけべ》老人にやとわれた者だな？」

「そうでございます」

「伊賀か甲賀あたりから出て来たように見えるが……」

「おわかりでございますか。伊賀でございます」

「忍びの者とは、むかしから、つきあいがある。敵ばかりではなく、味方になってくれた者も多いので、およその見当はつく。しかし、それにしては、商人の身ごなし、口調が、自身のものになりすぎているようだ」

「伊賀を出たのは、十七の春でございましたが、それ以来、ずっと、商人で通して居るのでございます。申しおくれました。猫兵衛《ねこべえ》と申します」

ぺこりと頭を下げる伊賀者を眺めた狂四郎は、

「お前には、仲間が居るのか？」

「よくおわかりでございますな」

「猫がいるなら、犬や猿も居るのだろう」

「お見事でございます。猿太と犬助と申す二人が、てまえの連れになって、働いて居ります」

「その二人は、いま、何処に居る？」

「猿太は、お茶壺行列の中間《ちゆうげん》をつとめて居ります。此奴《こやつ》、てまえと同じように、もう二十年、折助で通して居るのでございます。犬助の方は、東海道で、巾着切になったり、馬子になったり、旅籠の番頭をやってみたり、なりわいを変えて居りますが、それもまた、てまえらにとっては、便利なことになります。……ところで、旦那は、お茶壺道中に、もう、ひと泡噴かせられましたそうで――」

「喧嘩を売ったにすぎぬ。むこうは、すぐに、買っては参らなかった。武部老人は、お前たちに、あのお茶壺行列を尾《つ》け狙わせて居るのか？」

「左様でございます。てまえは、貴方様に、お報せするように命じられて、おさがしして居りました。醒井までの足どりは、わかったのでございますが、それから、何処に――？」

「琵琶湖のほとりで、漁師の小屋に泊めてもらっていた。……茶壺駕籠の中には、茶壺のほかに、何がかくしてあるか、中間になって加わっている猿太という忍びは、もうつきとめて居るのであろう？」

「へい。人間でございますよ」

「人間？」

「相違ございませぬ。猿太が、その目で、ちゃんと見とどけて居ります」

「どんな人物だ？」

「男でございます。中年の、立派な顔だちの、なにやら偉ぶったところのみえる御仁だそうで——」

「………」

狂四郎の脳裡に、一人の人物の姿が描かれた。

「てまえらは、武部様から、行列に黙ってつきまとって行き、いずれ貴方様にお会いしたならば、指示を仰ぐように、と命じられて居るのでございます。犬助の方は、草津で、お待ちして居る筈でございます。……どのような御命令でも、やれと仰言ることなら、やらせて頂きます」

狂四郎は、それにはすぐにこたえず、しばらく、湖水へ視線を送っていたが、

「お前たちは、金のために働いて居るのか？」

と、訊ねた。

「金のため、と仰言られると、ちょっと当惑いたします。てまえらは、つまり、これが、天職、と申してはチト大袈裟《おおげさ》でございますが、物心ついた時から忍びを教えられて、育って来た者でございますから、その術で生きてゆくよりほかに、すべを知りませぬ。大工が家を建てる、指物師が箪笥《たんす》をつくる。まあ、それと同じで——」

「絶えず、生命の危険をともなっている職ではないか」

「それアしかたがございますまい。忍びでございますからね」

おのが生きる道に、みじんの疑念も抱いていない様子であった。

「そういうものか」

狂四郎は、苦笑した。

「失礼乍ら、旦那だって、てまえらと同じような生きかたをしておいでのように、お見受けいたしますが……？」

「あいにくだが、おれは、いま自身の為していることを、絶えず疑い乍ら、生きている。こうして、湖水を眺めているおのれが、真のおのれである自信はない」

「むつかしゅう、お考えなので――？」

猫兵衛という伊賀者は、陰惨なまでに暗い翳を刷いている狂四郎の、彫の深い横顔を、とまどいつつ、ぬすみ視たことだった。

三匹の忍者

一

東海道と中仙道の分岐する草津《くさつ》宿をむこうにのぞむ街道に、どっと通行人があふれていた。

半刻前に、お茶壺行列が通りすぎて、ようやく通行禁止が解かれたのである。

その夥しい通行人の中に、ふところ手の眠狂四郎と商人そのものの伊賀者猫兵衛が、交じっていた。

二人は、わざと、守山で、お茶壺行列を先にやりすごしたのであった。

「旦那――」

猫兵衛が、背後から呼んだ。その口は、殆ど動いていなかった。

「お茶壺の代りに、駕籠に乗っている人間が、何者か、見当がついておいでございますか？」

「思いつく人物は一人、居るが、はたして、その人物かどうか、わからぬ」

「その人物だったら、どうなさるおつもりなので——？」

「さあ、どうするかな？」

「行列に加わって、中間をつとめている猿太は、台所道具をかついで居ります。そのお道具の立派さと、炊事のものものしさを見て、これは、お茶壺奉行が摂る食事じゃない、と猿太はさとった由にございます。……警戒は厳重をきわめて居ります。今夜の泊りは、大津でございましょうが、本陣に踏み込むことは、容易ではございますまい」

狂四郎は、猫兵衛の話をきき乍ら、

——やはり、駕籠に乗っているのは、あの人物に相違ないようだ。

と、思った。

大名行列がいかに莫大な費用を必要としたか、というのは、寝具、炊事道具、そして、その食料すべて、持参したからであった。本陣は、ただ、泊めるだけであった。大名の中には、風呂桶まで持参するしきたりを持つ家もあったのである。

お茶壺奉行も、大名に準じた道中をしているが、炊事だけは、本陣にさせている筈であった。沿道に炊煙をあげさせぬくらい、臭気を避ける道中であるから、自身が本陣に到着してから、煮物焼物の匂いをただよわせる道理がないのであった。本陣の方で、前日のうちに、あらかじめ、料理をととのえて、待っている。

大名行列に準ずる以上は、形式として、炊事の道具も持参しているが、それを使用することは、まず、ないのであった。

にも拘らず、このお茶壺行列は、炊事をし、そのしかたがものものしい、という。お茶壺駕籠に身をかくしている人物が、摂るからである。そして、その人物が、大名以上の身分地位にあるからである。

「どうなさいます？　京に入る前に、本陣へ踏み込んで、その正体をつきとめることになさいますか？　それとも、京に入るのを、お待ちなさいますか？」

猫兵衛が、訊ねた。

狂四郎は、こたえなかった。

その時、行手に、

「馬をやらんけえ、馬を——」

殊更な大声で、客を誘う馬子が見受けられた。

「犬助のやつ、今日は、馬子になって居る」

猫兵衛が、呟いた。

痩せた老馬を曳いた馬子が、前に来ると、猫兵衛が、あたりにさとられぬように、合図した。

狂四郎は、ゆっくりとすれちがいがけに、

「このおいぼれ馬を荒馬にとりかえろ。今宵酉《とり》刻すぎに、本陣へあばれ込ませるのだ」

と、ひくい声音で、指令した。

それに対して、犬助は、大声で、

「ご浪人衆、馬をやって下せえ」

と、云った。

「奥庭まで、突入させるがよい」

「よう、旦那、乗りかけちゃ下さるめえかよう」

「場合によっては、屋内へあばれ込ませてもよい」

「へん——、ふところがオケラなら、はじめっから、そう云やがれ、痩浪人め。……おうっ、そっちの旅のおかた、馬をやらんけえ、馬をよう——」

犬助は、はなれて行った。

「旦那、今夜、踏み込みなさるのでございますか？」

猫兵衛が、さりげない様子で、脇にならんだ。

「正体をたしかめておけば、京に於けるこっちの行動に、目処《めど》がつく」

「判りました。今夜のてまえの役割を、お教え下さいまし」

「猫兵衛！　はなれていろ！」

狂四郎は、ひくく鋭く命じておいて、歩度をおとした。

中間に大身の槍をかつがせた、どこかの藩士らしい武士が、近づいて来るのを一瞥して、狂四郎の直感が、働いたのである。

二

その武士は、侘助《わびすけ》を一枝、右手に携げていた。

べつに、武士が花を手にして、道中しているのは、面妖しいことではない。侘助は、花も小さく、葉も小形で、上品な雅致ぶかい花であり、利休《りきゅう》の下僕で侘助という男が、主人のために苦心してつくりあげ、利休がそれに感動して、その椿にその名をつけた、という伝説が、いかにもふさわしい花なのであった。

通行の者たちは、風流の人と眺めて、行き交っている。

狂四郎の看かたは、ちがっていた。

江戸のぐうたらな旗本ならいざ知らず、いやしくも中間に槍を持たせる身分の藩士が、右手に花は持たぬ。右手は、いつでも、刀を抜けるように空けていなければならぬ。食事を摂る時以外は、絶対に、右手に物を持たぬのである。

携えている侘助は、武器と受けとってよかった。

武士は、街道を歩く時、中央をえらぶのがならわしであった。浪人であるこちらは、礼儀として左側を——武士にとっては右側を、すれちがうことになる。

すれちがいざまに、武器を放つには、ぎっちょでない限り、右手である。

不意の襲撃を無数に蒙って来た狂四郎には、むこうから近づいて来た武士が、右手に侘助を携えているのを一瞥しただけで、

――敵だな。

と、直感することができた。

――そうか。

狂四郎は、合点した。

――あの侘助には、火薬が仕込んである。すれちがいざまに、おれの顔めがけて、投げつける。おれの目がくらんだ刹那を、中間に化けた方が、槍を突きかけて来る、という寸法だな。

そう看てとりつつも、狂四郎は、ふところ手のまま、歩いて行く。

猫兵衛は、狂四郎より、五歩ばかり前に出ていた。

と――。

猫兵衛が、武士との距離をせばめて、立ちどまると、腰をかがめて、

「おさむらい様――」

と、呼びかけた。

「綺麗な侘助でございますね。この淡い紅はなんともいえぬ趣がございます」

そう云い乍ら、顔を花に近づけた。

もうその時、狂四郎は、猫兵衛の左脇に来ていた。

武士は、一瞬、苛立ちの表情になった。

次の瞬間――、
猫兵衛が、その侘助を、武士の手から奪いとって、跳び退いた。

「なにをいたす！」

怒号する武士に応えて、猫兵衛は、笑い乍ら、

「こういたします」

侘助を、二間ばかりはなれた路傍の石地蔵へ、抛りつけた。

凄まじい炸裂音とともに、濛《もう》と白煙が噴いて、四方へひろがった。

「神戸っ！」

「おうっ！」

手妻を看破され、それを封じられた二人の刺客は、槍の穂先と刀身をひらめかして、狂四郎に肉薄して来た。

「お主ら、仕損じた狼狽のまま、この眠狂四郎にかかって来るのか」

狂四郎は、両手を空けたなりで、冷たくあざけった。

通行人たちは、その場から逃げ、遠くからは走って来て、みるみる東にも西にも、人垣ができた。

「出直すがいい。お互いに、大道芸を披露して野次馬をよろこばせるために、剣を学んだわけではない」

狂四郎は、そう忠告し乍ら、ゆっくりとあと退った。

もとより、武器を引く刺客たちではなかった。

松の並木は堤になって居り、急勾配の斜面の下は、綺麗な流れの小川になっていた。

狂四郎が、並木の一本に背をつけた一瞬、長槍が矢の迅さで、襲って来た。

穂先が、幹にぐさと突き刺さった時には、狂四郎は、すでに、並木の外に出ていた。

自ら不利の地歩をえらんだのである。

藩士に化けた刺客は、大上段にふりかぶると、じりじりと距離を詰めて来た。

狂四郎は、敵の迫るのに合わせて、すこしずつ、斜面を後退した。

見物人の目には、狂四郎の頭が沈むにつれて、ふりかぶった武士が、いかにも追い詰めたように、映った。

「ええいっ！」

満身からの鋭気を、その一撃にこめて、閃光を、狂四郎の頭上へあびせた。

狂四郎は、斜面の中程に立って、身をひねりざま、抜きつけの迅業で、勢いあまって躍って来た敵の胴を薙いだ。

血煙りを宙にのこして、敵が流れへ落ちた時、中間ていの次の敵は、松の幹から抜き取った長槍を、遮二無二突きかけて来た。

狂四郎は、流れの際まで、降りた。

刺客は、ぴたっと、穂先を宙に動かぬものにした。

狂四郎は、無想正宗を地摺りに構えて、穂先の前に、胸をさらした。

刺客は、じりっじりっと、斜面を降りた。

その折、猫兵衛が、その名のごとく音もなく、刺客の背後に迫るや、ひょいと、長槍の石突きを摑んだ。

「むっ！」

刺客の顔面に朱が散った。

「猫兵衛、はなしてやれ」

狂四郎が、云った。

「旦那！」

「かまわぬ、はなせ。おれは、攻撃して来ぬ限り、こちらからは、斬らぬ主義を通して居る。突かせろ」

猫兵衛は、そう云われて、石突きをはなした。

刺客の運命は、前の仲間と同じであった。

高い水飛沫をあげて姿を消すのを見とどけておいて、狂四郎は、白刃を腰に納めると、並木へあがって来た。

「旦那！　てまえは、要らざるお手だすけをしたようでございます」

猫兵衛が、恐縮して、云った。

「お前が、佗助を奪ってくれなければ、わたしの目はつぶれていたかも知れぬ」

狂四郎は、何事もなかったかのように、街道へ出た。

三

静かな宵であった。

お茶壺行列を迎えた大津《おおつ》本陣は、ひっそりとして、物音ひとつひびかせなかった。いかなる大大名を泊めた場合よりも、心を配って、息をひそめるようにして、その出発を待たねばならぬのは、本陣側としては、迷惑な客というべきであったろう。

大津本陣渡辺九郎左衛門《わたなべくろうざえもん》邸は、いわゆる基本型の構造を持っていた。

建坪だけでも、五百坪以上あり、堂々たる表門、式台のある大玄関、部屋は百畳敷きの大広間を中心にして、およそ十数室。

座敷構えの最も奥まった位置に、上段の間である書院が設けられてあり、控え入側という次の間を置き、畳敷き広縁の前は、広い奥庭になっていた。

お茶壺駕籠三梃は、そのまま、書院にかつぎ込まれ、お茶壺奉行と用人と二人の侍女のほかは、近づくことさえ、禁じられていた。

控え入側には、六人の宿直《とのい》の士が、詰めていたが、ただの護衛番士でないことは、その厳しい目くばりと挙措で明白であった。

暮六つ（午後六時）の梵鐘《ぼんしょう》が鳴り出した時、長廊下を、侍女二人が、食膳をささげて、進んで行った。

書院の前には、用人大久保久兵衛が立っていて、

「大事ないの？」

と、念を押した。

「はい。ございませぬ」

侍女たちが、書院に入るのを待って、大久保久兵衛は、奥庭へ降りて、離れへ行った。

「奉行――」

呼びかけると、内から、「入られい」という声が応じた。

お茶壺奉行島田将監《しまだしょうげん》は、まだ三十年配の人物であった。

大久保久兵衛が、入って行くと、島田将監は、さきに頭を下げて、

「お役目ご苦労に存じます」

と、挨拶した。

奉行と用人との態度が、逆になっていた。

この行列のまことの指揮者は、大久保久兵衛の方であった。

「貴公、配下に幾度も、眠狂四郎を襲撃させて、失敗して居るが、京に入るまでに、討ち果さねば、貴公自身が、責を負うて、切腹をしなければならぬぞ！」

大久保久兵衛は、語気は静かであったが、容赦のない言葉をあびせた。

「覚悟の上にて、お目付のご依頼をお引き受けつかまつったからには、必ず――」

島田将監は、すこしも動揺せぬ態度を示した。

大久保久兵衛は、その誓言はもうききあいた、という冷淡な表情で、

「わしは、江戸を発足する時、お目付に、これだけの護衛では、手薄で、心もとない、と申し上げたが、やはり、そうであった。眠狂四郎に気づかれたならば、ただではすむまい、とおそれていたが、はたして、巨大な岩となって行手をふさいだ観がある。これを除くことは、殆ど不可能かとさえ思われる。……貴公自身、実は、内心そう思っているのではないか？」

大久保久兵衛は、薄ら笑ったが、その細い目は冷たく底光っていた。

「大久保殿、お言葉が過ぎはしませんか。柳生新蔭《しんかげ》党を、あまりに過小に評価されて居りますぞ」

島田将監は、そう云いかえすや、やおら起って、床の間の刀架けから、おのが差料を把った。

大久保久兵衛は、この男が一体なんの目的で、そうするのか、判らぬまま、いささか無気味な思いをする面持になった。

「えいっ！」

突如、島田将監は、抜く手も見せず、白刃を畳に突き通した。

充分の手ごたえがあった。

さっと、抜きとるやいなや、将監は、奔って、障子をひき開けた。

「くたばったか！」

将監は、庭へ跳んだ。

「生きて居るなら、出て参れ！」

呼びかけたが、床下に気配はなかった。

「やはり、くたばったな」

将監が、呟いた――とたん、室内に、異変が起った。

畳がはねあげられ、黒い影がとびあがりざま、ぴたっと、大久保久兵衛の背中に、貼りつくように、蹲《うずくま》ったのである。

「大久保殿っ！」

流石の柳生新蔭党の頭首が、愕然《がくぜん》となった。

大久保久兵衛は、手ひとつ動かす余裕もなかった。

しかし、お目付佐野勘十郎から、大事を委任された人物であるだけに、表面はすこしも動じなかった。

「してやられたの。わしが、虜囚となるとは——」

将監は——将監も、その場に釘づけになったままで、じっとすかし視て、それが、行列に加えた中間の一人であるのをみとめ、

「此奴が、敵方であったのか！」

と、呻いた。

猫兵衛・犬助とともに、武部仙十郎にやとわれた伊賀者猿太は、かなりの重傷《ふかで》を負い乍らも、呼吸のみだれもみせず、

「お年寄りには、お気の毒だが、こっちが安全な場所へ遁れるまで、一緒に行って頂きますぜ」

と、起つように促した。

「無駄なあがきは止せ！」

将監は、きめつけた。

「無駄なあがきかどうか、やってみなけりゃ、わかりませんぜ、旦那——」

「貴様、伊賀か甲賀だな」

重傷を負い乍ら、呼吸をみださぬ曲者《くせもの》を、将監は、そう看破した。

猿太は、大久保久兵衛を立ちあがらせると、

「庭の旦那、遠くへはなれて頂きましょう。床下でうかがっていた限りでは、こっちのお年寄りの方が、本当のお奉行らしい、お前様のさし出た振舞いで、不幸な目に遭わせちゃ、申しわけござんすまい。お年寄りてえのは、さき行き短いだけに、一年半年一月一日が惜しいものだ」

からかうにも似た言葉を、ぬけぬけと吐いてみせた。

対手は、忍びの者である。将監は、やむなく、行手をあけた。

猿太は、ぴったりと大久保久兵衛に吸いついて、庭へ降りた。

「足もとが暗うござんすぜ。気をつけなせえ」

猿太は、余裕のあるところをみせた。

しかし、猿太が、主導権を握っていたのは、十歩あまりを進むまでであった。

石塔の蔭から、手裏剣が放たれ、猿太の右肩を貫いたからである。

衝撃で、大久保久兵衛を突きとばして、猿太は、地面を一転二転した。

将監は、その隙をのがさず、馳せ寄った。

「無駄なあがきであったな、忍者！」

あざけられた猿太は、のろのろと起きあがって、肩から、手裏剣を抜いた。

「負け申した。どうとでもされい」

贋者寛容

一

「狼藉っ！」

「入れるなっ！」

「ああっ！」

「狂って居るぞっ！」

「鉄砲を――」

怒号と悲鳴が、表の門の内で起ったのは、その折であった。

騒擾は、そこだけですまなかった。

「何事か？」

大久保久兵衛が叫び、島田将監が、配下に猿太をまかせておいて、奔り出そうとした時には、門内へ躍り込んだ一頭の悍馬は、蓊地に、奥庭へ突入していた。

悍馬の腹には、黒い装束の男が、影になってぴったりと吸いついていたのだが、暗い中での疾駆に、殆どの人が、みとめてはいなかった。

「はて？　あれは――？」

と、わが目を疑った者も、それが人間であることを見きわめる余裕はなかった。

島田将監は、悍馬が、書院めがけて疾駆して来るや、真正面から、その脚を両断すべく、身構えた。

とたんに、悍馬は、方角を転じて、非常時用の退口門《のきぐち》に向った。

「お――曲者っ！」

将監は、悍馬の腹に吸いついた黒影を、見分けて、叫ぶや、

「大久保殿っ！　上様を、はやくっ！」

と、忠告した。

大久保久兵衛は、大急ぎで、広縁へ跳びあがると、書院に入って、障子を閉めた。

そこにいたのは、贋の西城府――家慶にまぎれもなかった。のみならず、一人だけではなく、美しい女性《にょしょう》が、つき添うていた。

「上様、御身辺をおさわがせつかまつり、恐縮至極に存じまする。万が一の御要心に、かくし部屋の方へお移り頂きとう存じます」

大久保久兵衛は、「ご免――」とことわって、二間床にあがると、山水の掛物を巻きあげて、壁をひとつ突きした。

壁は、うしろへさがり、黒い穴をあけた。

贋家慶は、こめかみを微かに痙攣させて、何か云おうとしたが、その代りに、さっと立ち上って、

「玉――、参れ！」

と、命じておいて、床壁があけた黒い穴に入った。

階段になって居り、降りたところに、十畳あまりの座敷が設けられていた。

すでに灯は点《つ》けられていて、飾りつけも調度も、すべて、上の書院に劣らぬ立派なつくりであった。襖のむこうは、寝所になっているに相違ない。

本陣には、必ず、こうした地下のかくし部屋がつくられているのであった。

贋家慶は、上段の座に就くと、苛立たしげに、

「道中、いずれ、こういう騒ぎが起ることは、わしには、わかって居ったぞ。何処のどやつか知らぬが、わしの頸根を、じわじわと締めて来居るわ。……くそ！」

いきなり、脇息《きようそく》を摑んで、畳にたたきつけておいて、

「玉っ！　寄れ！」

と、叫んだ。

つき添うた女性は、その白い肌いちめんに、身を売った大名旗本の家紋を入墨した紋ちらしお玉であった。

眠狂四郎の思案で、お玉は、名人彫政の娘おきちとともに、千代田城西の丸御殿に奉公に上り、贋家慶の面前で、恥毛を剃《そ》りおとした秘部に、おきちの手で葵《あおい》の紋を彫ってもらい、そのまま、大納言家慶付きとして、とどまり、このたび、あるじが内密に京に上るにあたって、特に、指名を受けて、供をしているのであった。

「玉！　そちほど、小面憎い女子めは、またと居らぬぞ！」

贋家慶は、お玉がそばに来ると、その手を摑んだ。

「なにを、そのように、お慍《いか》りでございますか？」

「しらばくれるな、莫連めが！　そちは、大名旗本どもに次つぎと春をひさいで、その家紋を肌に彫ったと申して居ったぞ。にも拘らず、葵の紋を彫らせてつかわしたこのわしには、今日まで、肌身を許さぬ。わしが、腕ずくでわがものにしようといたせば、舌を嚙んで果てるとおどかし居る。……存念の程、今宵は、きくぞ。なにか、かくして居ろう。申せ」

「上様、その理由は、もういくども申し上げた通りでございます。上様のおそばにおつかえするようになりましてから、わたくしの心が変ったのでございます。おなさけを下されたお大名がたお旗本衆の御家紋を、つぎつぎと肌に彫って、得意になっていた自分が、はずかしくなったのでございます。せめて、最後に彫らせて頂いた貴い御紋だけは、けがすまいと心にきめて、それゆえに、上様のおなさけを頂くことを、必死にお遠慮申し上げて居るのでございます」

「黙れ！　わしは、そちごとき莫連にだまされるようなうつけではないぞ。わしに抱かれるのを拒絶するに就いては、なにか他にかくして居る存念があるに相違ないのだ。……このかくし部屋は、そちを抱くには、ふさわしい場所だぞ。今宵は、是が非でも、そちをわがものにしてみせるぞ！」

「上様。心の燃えぬ女のからだは、死人と同じでございます」

「かまわぬ！　舌を嚙むと申すなら、嚙んでみせい！」

贋家慶は、いきなり、お玉をねじ伏せようとした。

「おゆるしを――」

お玉は、しおらしげな身ぶりで、拒もうとした。

二

贋家慶は、遮二無二のしかかって、片膝を、はだけたお玉の脛《すね》の間へこじ入れると、裳裾《もすそ》をひき裂くように肌から剝ぎ、さらに、下裳をむしった。

「こやつが！　ここへ、葵の紋を彫らせ乍ら、改心したなどと殊勝面して、わしをじらせにじらせ居って……、もう、許さぬぞ！」

興奮で喘ぎつつ、贋家慶は、ふくよかに盛りあがった秘部を、鷲摑みにし、次いで、一指を、二本の柔襞《やわひだ》の蔭の亀裂へ、もぐらせようとした。

とたん——、

「次代の将軍家が、雲助人足の真似をされる」

冷やかな声が、六曲屏風をへだてて、ひびいた。

「な、なにっ！」

愕然となって、贋家慶は、はね起きざま、屏風を蹴った。

端座して、腕ぐみしている黒の着流しの浪人者の異相を、睨みつけた贋家慶は、睨みつけ乍らも、なぜとも知れぬ悪寒が、背すじを匍《は》い降りるのをおぼえた。

「何奴だ、おのれ？」

「眠狂四郎とおぼえておいて頂く」

「眠狂四郎!?」

「お目付佐野勘十郎の口から、多くの血でけがれたこの仮名が、あるいは、お耳に入っているかと存じます」

「何用だ？」

「お手前様が、贋の西の丸殿であることを、知っている者がここにいる——それを、申し上げておきたく、参上いたしたのです。お手前様は、ただの贋者ではなく、正しくは、西の丸殿とは双生児。四十年前、於楽《おらく》の方という将軍家側室が、双生児を産んだ。双生児の生誕は、町家に於てさえも、忌むべきこととされ、後から生れた弟の方は、闇に葬られる慣習がある。まして、将軍家世子ともなれば、双生児生誕は、かたく秘される。父親である将軍家にも知らしめぬ措置がとられ、後子《あとご》は、あわや、闇に葬られようとしたが、大奥の老女の一人が、葬るにしのびず、こっそりと、城門から、かかえ出して、何処かにかくした。やがて、その後子は、遠く蝦夷《えぞ》まで連れて行かれ、エトロフ島に建てられた館で、育てられた。すなわち、お手前様徳川敏次郎《としじろう》殿です。……お手前様が、いかなる経緯によって、実の兄とすりかわって西の丸殿になりすまされたか、こちらの知るところではないが、西の丸殿になりすまされてみて、お手前様が、所詮贋者は贋者でしかない苦痛をあじわっておいでではないか、と拝察つかまつる」

「…………」

贋家慶は、何か云いかえしかけたが、ただ、眉宇をひきつらせたばかりであった。

「どう威張りかえってみたところで、おのれは、佐野勘十郎にあやつられている木偶《でく》にすぎぬ。お手前様は、すでに、そう感じておいでではなかろうか、と推測つかまつる。……もとより、お手前様もまた、十一代の血を継がれた御仁であるからには、必ずしも、贋者とは申せぬことです。われわれごとき素浪人から眺めれば、弟が兄にとって代っただけのこと、べつにさしつかえはないことのように思われます。……しかし、お手前様が、やがて、十二代の将軍職を襲われたあかつき、お手前様を操っていた傀儡師《くぐつし》が、つかむ権勢は、想像するだに、肌が粟立つというものです。お手前様は、そのおそろしさを、想像されたことがおありであろうか。……シャルシャム館ですごしていた頃の方が、西の丸で贋者としてくらすよりも、はるかに、幸せであった、と考えられたことはないであろうか。……如何でしょう？」

狂四郎は、凝と、贋家慶を見据えた。

贋家慶は、その冷たく冴えた眼眸を、受けとめるだけで、全力をあげなければならなかった。

その眼眸の中へ、惹《ひ》き込まれ、上半身がのめりそうになるのを、懸命に怺えつつ、

「その方ごとき、素浪人に、指図は、受けぬ！」

と、叫んだ。

「指図などはして居りません。ご自身で、木偶であるよりは、人間である方がよい、とお考えになっては如何であろうか、とご忠告申し上げて居るにすぎません。……わたしに指図されて、その通りにすれば、それは、依然として、木偶であるに過ぎぬ。お手前様ご自身が、決意されて、ご自身の力で、人間に還るならば、と申し上げて居ります」

「うるさいワ！　さかしらめいた口をたたくな！　わしは、内大臣大納言家慶だ！」

喚きたてるのを冷然とききながして、狂四郎は、

「そのまことの内大臣大納言家慶殿は、何処に居られるか、お手前様は、ご存じであり

ましょうか？」

「知らぬ！　わしが、家慶だ！」

三

階段を降りて来る跫音が、ひびいたのは、その折であった。

「上様――」

大久保久兵衛の声が、檜戸ごしに、きこえた。

「騒擾《そうじょう》は、おさまりましたゆえ、そろそろ、書院の方へ、おもどりあそばしまするよう――」

贋家慶は、狂四郎を睨みつけて、眉宇を痙攣させていたし、お玉は、恐怖の表情になっていた。

しかし、狂四郎だけは、腕を組んだまま、端座をつづけて、贋家慶の出様を、じっと待つ不敵な態度をみせていた。

「上様――」

大久保久兵衛が、返辞を促した。

「……む！」

贋家慶は、激しく迷う様子になった。

曲者がここに居る、と叫びたい衝動に駆られつつ、必死にそれを押えているために、満足な返辞ができかねている気色であった。

「上様――、如何あそばしました？」

大久保久兵衛は、内部のけはいに、怪しいものを感じたようであった。

「う――、い、いや、なんでもない」

こたえる贋家慶の声音が、ふるえて、それが、大久保久兵衛の神経を刺戟した。

「入りまする」

「ま、待て――」

とどめておいて、贋家慶は、とっさに、お玉にとびかかった。

「上様っ！」

大久保久兵衛の呼び声が、険しいものになった。

贋家慶の返辞はなかった。

「入りまするぞ！」

さっと、檜戸をひきあけた――とたん、大久保久兵衛は、ぐっと、生唾をのみ込んだ。

まず、あられもなく、畳の上にひろがった裳裾と下裳の裏と、そして、太股《ふともも》のあたりからむき出された白い豊かな下肢が、目に映った。

贋家慶は、その上へのしかかるような姿勢になって、片手を、あらわになった女の股間へ、さし入れていた。

「御無礼つかまつりました」

大久保久兵衛は、あわてて、後退して、檜戸の外へ出た。

階段をのぼって行く跫音をきいて、狂四郎は、衝立《ついたて》の蔭から、姿を現わした。

贋家慶は、お玉の上から、身を起すと、いかにもいまいましい形相で、狂四郎を睨みつけ、

「わしが、妥協した、と思うな」

と、云った。

「御配慮のほど、忝なく存じます」

狂四郎は、つとめて鄭重《ていちょう》に、礼をのべた。

「わしは、あの爺《じじ》いが、虫が好かぬ。それゆえ、その方がここにひそむことを、かくしてやったのだ。それだけのことだぞ。わしが、その方に屈服したのではないぞ」

贋家慶は、苛立たしげに、云った。

狂四郎は、軽く一揖したばかりであった。

翌朝――陽がさしそめた頃あい。

狂四郎は、山科《やましな》の次にある立場・奴《やつこ》茶屋の落間《おちま》の床几に、腰を下ろしていた。

店内の壁には、無数の箭鏃《やじり》が飾られてあるのが、この茶屋の特長である。先祖が、片《かた》岡丑兵衛《おかうしべえ》という射術の名人だった、という。

狂四郎が、入ってすぐに、猫兵衛が姿をみせて、かたわらに腰を下ろした。

「ゆっくりなさっておいでで、大事ないのでございますか？」

「京に入るまでは、襲っては来ない、とみた」

「てまえどもの、次の仕事を、お教え下さいまし」

「お前たちは、わたしの指令によって、お茶壺行列の正体をつきとめれば、任務はおわるのではなかったのか？」

「それが……」

猫兵衛は、笑った。

「実は、てまえも犬助も猿太も、忍びにあるまじき料簡《りようけん》を起したのでございます」

「どういうのだ！」

「まことに失礼でございますが、貴方様は、てまえどものようなやからを惚れさせる御仁でございます。……貴方様の家来になって、この——何やら面白そうな騒動に、ひと働きしてみたくなったのでございます。三人とも、これは、珍しく、意見が一致したことでございます。ふだんは、名前通り、猫犬猿の仲のわるさは、相当なものでございますがね」

「…………」

狂四郎は、ちょっと、沈黙を置いた。

「如何でございましょう。……いえ、なに、報酬欲しさに働きたいと申しているのではございませぬ。貴方様に、一臂《いっぴ》をお仮《か》しするのが、うれしいのでございます。忍びの者でも、時には、欲抜きで、生甲斐《いきがい》を見出すことはございます」

「わたしは、手下は持たぬ。……しかし、こんどの場合は、どうやら、お前らの力を借りた方が、解決が早そうだ」

「是非、ひとつ――」

「たのむか」

「ご命令をお待ちして居ります」

猫兵衛が、先に出て行くと、しばらくして、客を乗せた老いぼれ馬を曳いたむさくるしい風体の馬子が、狂四郎の前を行き過ぎて行った。犬助であった。そ知らぬふりで、間のびた道中歌を、胴間声で唄い乍ら、遠くなって行った。

馬上の客は、いかにもくたびれはてたような老婆であったが、狂四郎は、

――手負うた猿太だな。

と、看破って、ひそかに、微笑した。

猫兵衛は、三人の仲はよくない、と云っていたが、いざとなると、おのが身をなげう

っても仲間を助けるところに、そこいらの隣人同士とはちがった強い絆《きずな》がある証拠であろう。

狂四郎は、犬助が、二三町も行ったのを見はからって、茶店を出た。

その時、かなりの急ぎ足で、三味線かかえた門付女が、狂四郎のあとからやって来た。

狂四郎のかたわらに出ると、歩度を合わせた。

狂四郎は、べつに、その鳥追い姿へ、一瞥もくれなかったが、すぐに、それが何者か、知っていた。

「旦那――」

女の方から、話しかけて来た。

「旦那って、ほんとに、冷たい御仁なんですねえ」

お玉であった。

贋家慶のそばから逃げ出して来たのである。莫連だけあって、変り身はすばやかった。

「まだ、市井へ逃げもどれ、とは命じて居らぬぞ」

「だってさ、もう、あたしゃ、昨夜、旦那のお顔を見たら、我慢できなくなっちまったんです。……かんにんして下さいな。あん畜生におつかえ申し上げているのは、つくづくいやになっちまって……」

「あの人物は、べつに、嫌悪すべき気象の持主ではないようだ」

「それは、殿方の目でごらんになっているからでしょうけど、あたしだって、これで好き嫌いははっきりしている女なんです。あん畜生は、あたしの最もきらいな、ほんとに虫の好かない男なんです。旦那が、そうしろ、とお命じになるから、あたしゃ、やってはみたけど……、ねえ、旦那、あたしが肌身を許さないのは、よくよくのことだとお思い下さいましな」

「……………」

「おねがいです。せめて、京まで、お供をさせて下さいまし」

「……………」

「あたしは、旦那に惚れたから、やれと仰言ることを、死ぬ覚悟でやったんです。ちっとは、おなさけをかけて下さってもいいと思うのだけど——」

「……………」

「ねえ、よござんすね、お供をしても——」

「おれについて来れば、いずれ、生命を落すはめになるぞ」

「旦那のためなら、たとえ、火の中、水の中——あたしゃ、よろこんで……、ああ、あたしのような女でも、こんなせりふを、心から吐けるんだねえ。うれしい！」

針

一

眠狂四郎は、京都町奉行所の書院で、奉行寺沢内膳正《てらさわないぜんのしょう》と対座していた。

痩せこけて、顔色のわるい、鷲鼻の、坐っていても、絶えず、からだのどこかの部分を動かしているこの町奉行とは、二年前に、知己になっていた。光格《こうかく》上皇が在《おわ》す仙洞《せんとう》御所内に起った事件を、たのまれて、解決したことがある。

それは、内緒窮迫した御所が、美しい姫君を、大坂の豪商辰巳屋久左衛門《たつみやきゆうざえもん》へ、三千両で、売った、といういまわしい秘密であった。狂四郎が、調べてみると、姫君は替玉であり、辰巳屋久左衛門は、替玉を承知で、三千両で買った、というのが真相であった。町奉行寺沢内膳正は、真相が判ると、この事件が世間に洩れぬように配慮して、仙洞御所が三千両の臨時収入を得たことは、所司代にも報告せずに、不問に付したのであった。

この寛大な取りはからいで、狂四郎は、内膳正を、信頼できる人物と、看て取った。

京都の支配者は、所司代であった。禁中の守護、皇室、公卿《くげ》、門跡などに関する幕府の事務をおこない、さらに、五畿内《きない》、丹波、播磨《はりま》、近江八箇国の幕府直轄地の統治、西国三十三箇国諸侯の監督など、広い権限を与えられている要職であった。

所司代は、大坂城代、若年寄、奏者番を経て、この職に就く。げんに、老中筆頭水野越前守忠邦が、大坂城代・京都所司代・西の丸老中という出世の順序を踏んでいる。

しかし、所司代職は、実際には、名目をたてるだけで、実務は京都町奉行にまかせていた。所司代自身、老中の座を狙うために、一年の大半は、江戸城内にいたのである。

したがって、京都にあっては、町奉行が、事実上の権力者であった。

町奉行は、禁裏御所の警固を第一目的として相勤める、ということになっているが、実際は、御所方賄い、物入りの増減の調査、公卿方の動静の監視など、目付の役目もつとめた。さらに、五畿内の寺社朱印を指揮し、諸宮門跡といえども、その下知に従わせた。所司代に代って、西国諸侯に対する探題の任務をはたすこともあり、また、山城、大和、近江、丹波四箇国は、その支配下にあったので、公卿領であろうと、大名領であろうと、容赦なく、取締りの権力をふるった。

摂家、宮方、清華、その他堂上公卿の行跡は、すべて、町奉行の監視の中に置かれるのであった。

その勢威は、他の遠国《おんごく》奉行の比ではなく、大臣といえども、遠慮したものであった。寺沢内膳正は、三年前、京都所司代が交替するにあたって、後任の本荘伯耆守宗発《ほんじょうほうきのかみむねあきら》から特に懇望されて、大坂町奉行から転じて来た人物であった。

「まず、お主の話から、きこうか」

内膳正は、すでに、武部仙十郎から密書を受けとって、西城府家慶が贋者であることを知っていたが、それを口にせず、狂四郎に口をひらかせることにした。

坐るとすぐに、せかせかした口調で、促したのである。

「お奉行には、西の丸殿が贋者であることを、すでにご承知と存ずる」

狂四郎は、云った。

「うむ。武部老から、知らされた。あきれたのう」

「西の丸殿が、贋者に代ったのは、昨年春、京へ上られた時と、およその推測がついて居ります」

昨年春、大納言家慶は、将軍家の代理として、家斉が左大臣に、自分が内大臣になったお礼に、上洛《じょうらく》して、参内した。その時を境にして、人柄が一変してしまったのである。贋者がすりかわったからである。

「武部老の書状には、何者が、この企《たく》みをやってのけたか、ふれて居らぬが……、何者だな？」

内膳正は、狂四郎を見まもった。

「公儀目付に、佐野勘十郎と申す利け者が居ります。四年前までは、京都所司代の与力であった由。この男が采配をふるったのは、まぎれもないことです」

「ふむ――」

大きくうなずいてから、内膳正は、しきりに、貧乏ゆすりをした。

三年前に、京都所司代は、永井《ながい》肥前守《ひぜんのかみ》尚佐《なおすけ》から本荘伯耆守宗発に交替している。

永井尚佐は、京都所司代から、若年寄に転じて、今日に至っている。佐野勘十郎は、永井尚佐が、若年寄になるにあたって、所司代屋敷の与力から公儀目付に、異数の抜擢を受けたのである。

「わたしが、耳にしたところでは、若年寄、奏者番を経て、京都所司代になるのが順序だとか。……ところが、永井肥前守は、その逆の道順を辿って居る。これが、くさい」

「成程、そういえば、そうだの。……永井殿は、昨春のご上洛に、たしかに、お供の筆頭として、ついて来られた。目付になった佐野勘十郎も、供に加わっていたに相違あるまい。若年寄と目付が共謀すれば、本物と贋者をすりかえるのは、造作はあるまい。瓜《うり》二《ふた》つだそうだし、贋者の方は、その日のために、習練を積んでいたであろうし、な。……この内膳正が、夢にも気づかなんだことだ。迂闊《うかつ》、迂闊――」

狂四郎は、自分が調査した限りの事実を、述べてから、

「この贋西城府が、明日、お茶壺行列の駕籠にかくれて、上洛いたす」

と、告げた。

「ほう……、どういうのであろうな、それは？」

内膳正は、拳で膝を叩き乍ら、首をかしげた。

「なぜひそかに上洛して来たのか――これは、お奉行に、推理して頂きたく存ずる」

「ふむ――」

内膳正は、膝を叩くのを止《や》めたかわりに、別の手で、しきりに、無精髭を撫《な》でまわしていたが、

「そうか。あれかも知れぬ」

と、云った。

「将軍家ご自身が、参内されて、お礼言上をなされた際、天子様には、そのおよろこびを、歌によまれて、お手ずから、色紙にしたためられ、左大臣家斉殿と書き入れられるならわしがある。……昨春、西城府が、参内された時、天子様には、左大臣宛と内大臣宛の二枚の色紙を贈られた筈。ところが、これが、本物から贋者へ渡されなかったのであろうな」

二

すなわち——。

贋者の家慶としては、天皇から賜わった色紙を所持していれば、自分が本物である、ということの証左になるわけであった。

老中筆頭水野越前守忠邦の目が、あきらかに疑惑の色を刷いているのに、気がついた若年寄永井尚佐《ながいなおすけ》は、佐野勘十郎と密議して、贋家慶をひそかに上洛、参内させて、あらためて、天皇から色紙をたまわるように工作した。

内膳正の推理は、それであった。

狂四郎は、合点した。

「お主は、大津本陣で、贋者が、悪玉の役をつとめるにはふさわしくない小心な、お人好《よ》しである、と看た、と云ったが、わしの意見はいささか、ちがう。悪玉の役を演ずる小心者ぐらい、しまつにおえぬものはない。ましてや、その気象が、日蔭者として育ったために、歪んでいるとすれば、これは、いよいよ、手に負えぬ。……上洛を好機として、本物とすりかわってもらえれば、これに越したことはないが、本物の行方が見当もつかぬのでは、話にならぬの。……まことの西の丸殿が、生存されていることは、疑いを入れぬ、とお主は確信して居るのだな？」

「すでに死亡されているならば、佐野勘十郎が、あれほど執拗に、この眠狂四郎が西へ上って来るのを阻止しようとはしなかった筈です」

「成程――。さて、そのお行方だが――どう見当をつけるかの？」

「…………」

狂四郎は、わざと、こちらからさきに、探索手段を口にすることを避けた。

内膳正は、やたらに貧乏ゆすりをつづけていたが、ついに、投げ出すように、

「わからん！」

と、云った。

西城府家慶が、上洛して、五日間をすごしたのは、二条城であった。

その五日間は、京都町奉行職である寺沢内膳正も、二条城に詰めていた。本物が贋物とすりかわる隙は、絶対になかった筈である。

もとより、参内した時に、すりかわったとは考えられない。

不意に、内膳正は、立って、縁側に出ると、手を三つ、叩いた。

これに応えて、庭さきへ、するすると、ひとつの人影が、近づいて来た。

町奉行所抱えの隠密であった。

「昨春、西城府様ご上洛のみぎり、参内遊ばされた途次、お定めの道順を変更して迂回され、どこかに、小休息遊ばされたことはなかったか？」

内膳正は、訊ねた。

二条城から御所は、目と鼻の先の近さである。

しかし、道筋は、えらぼうと思えば、どのようにでも変更できる京の街なのであった。

「三度目のご参内のご帰途でございました。お行列は、烏丸《からすま》通りを反対に、今出川《いまでがわ》へお出になり、千本《せんぼん》から折れて、浄福《じょうふく》寺にて、四半刻（三十分）あまり、ご休息遊ばされました」

隠密は、こたえた。

「よし、判った」

内膳正は、書院へひきかえして来ると、

「本物と贋物が、すりかわった場所が、判ったぞ。浄福寺だ」

「知恩院《ちおんいん》末寺ですな？」

「そうだ。西城府様は、浄福寺にて、四半刻あまりご休息なされて居る。その折、贋者とすりかわったに相違ない」

狂四郎は、頷くと、

「では、これにて――」

と、腰を上げかけた。

「待て」

内膳正は、とどめて、

「お主一人で、本物をさがし出すことは、無理であろう。部下を与えよう」

と、申し出た。

「ご好意だけをお受けいたす」

狂四郎は、辞退した。

「どういうわけだな？」

「わたしには、三人ばかり、伊賀者が、家来を志願して居ります。渠らを使えば、充分だと存じます」

三

眠狂四郎の京都の宿は、羅城門《らじようもん》跡と称ばれているところにある古い小さな旅籠であった。

八条から九条にかけて——東寺（秘密伝法院）の五重塔を中心にした一帯には、狭い小路に、うす穢《ぎた》ない旅籠や怪しげな家がひしめいていた。他国者を排斥する気風のつよい都でも、ここだけは、素姓の知れぬ者が、多勢入り込む余地があった。

「千本屋」というその旅籠は、まわりの旅籠にくらべれば、まだ、ましな方であったが、三条、四条などのそれとは比べもならぬ貧しいたたずまいであった。

あるじは、武部仙十郎が江戸から送り込んだ密偵であったので、狂四郎は、ここをえらんだのである。

一間だけしかない二階の部屋に、紋ちらしのお玉が、寝そべって、卑猥《ひわい》なみだら絵の枕草紙を披き乍ら、狂四郎の帰りを待っていた。

「……ふふふふ――、あら、いやだねえ、この旦那、右手がどこかへ行っちまってるよ。……面妖しいじゃないのさ、この恰好は――」

絵を逆にして、と見こう見しているうちに、お玉は、急に、隙間風に、背すじを撫でられたように、首をすくめた。

「弥生が過ぎようというのにさ、京都の夜は、底冷えがするねえ」

呟き乍ら、起き上ったとたん、背後に、人の気配を察知して、はっと、首をまわした。

坊主あたまの、筒袖に軽衫《カルサン》をはいた男が、うっそりと立っていた。

無腰で、両手にも武器らしいものを何も所持していなかった。

「な、なんだい、お前さんは？」

お玉は、恐怖に駆られつつも、空威勢を示した。

「佳い女だのう。……惜しい」

「惜しい？　なに云ってやがるんだ。あたしを殺そうったって、そうは問屋がおろさねえや。あたしの肌には、葵の御紋をはじめ、三十三の大名紋が彫ってあるんだ。これが、死んで、腐っちまってたまるかい」

「あいにくだが、その皮を剝いで、なめして、百年後までのこしておく技術を、わしは持って居る」

「な、なんだって!?」

お玉は、肌が粟立った。

男は、膝をそろえて坐ると、

「惜しい！　まことに惜しい！」

と、くりかえした。

「惜しければ、殺さなければ、いいじゃないか」

お玉は、顫え声で、云った。

「そうは、参らぬ。お前は、お茶壺行列から逃げ出した女子だそうだな。逃げ出した時に、殺される覚悟をきめて居らねばならなんだ」

「ちぇっ！　あたしゃね、眠狂四郎という浪人者に惚れて以来、かたく操を守っているんだよ。あの大納言が、あまりしつっこく、あたしを、隙があれば、手ごめにしようとするから、逃げ出したのじゃないか。男に惚れた女は、なんにも怕くなんかありやしないんだ。……お前なんぞに、おどかされて、紋ちらしのお玉が、怯えるとでも思ったら、大まちがいさ」

「西城府殿も、お気の毒なお方よのう。旗本衆の妻女を、次から次に手ごめにできたくせに、淫売女に、はねつけられて、逆上なさるとは——」

男は、薄ら笑った。

その無気味な冷酷な色を刷いた表情を、眺めて、お玉は、はじめて、心底からの恐怖をおぼえた。

「あたしゃ、死ぬのはいやだ！……殺されるのは、まっぴら御免だ！」

お玉は、叫んだ。

「よし。死にたくなければ、わしの目を視るがいい。じっと、視るがいい」

男は、命じた。

お玉は、やむなく、男の視線に、眼眸を合わせた。

男の瞳は、褐色であった。白目は、濁っていた。

凝と瞶めかえしているうちに、お玉は、魂をひき込まれてゆき、意識がうすれて来た。

「よし、そのまま、ゆっくりと、仰臥するがよい」

男に命じられると、お玉は、人形のように倒れた。

いくばくかの後、お玉は、一糸まとわぬ素裸に、剝かれていた。絖に似たなめらかな光沢を持ったその白い肌は、お玉が身を与えた大名旗本の家紋を彫ることを思いたっただけあって、比類のない美しさであった。

「ふむ！」

男は、ひくく唸った。

胸から腹部にかけて、降鶴丸《くだりつるまる》、打出小槌《うちでのこづち》、花藤、竜胆《りんどう》、三蓋松《さんがいまつ》、鷹羽《たかのは》、菊水、抱茗荷《だきみようが》、九曜、水沢瀉《おもだか》、違柏《ちがいがしわ》、光琳松《こうりんまつ》、六剣輪宝《りんぼう》、八矢車、単梅《ひとえうめ》……。

そして、一度剃りすてた恥毛が、うっすらと生えかかったそこには、葵の紋が、くっきりと浮きあがっていた。

「惜しい！」

男は、三度呟いた。

「生かして、白痴にでもして、大坂のげて趣味の豪商に見せれば、一万両でも惜しまずに投げ出して、買うであろうに――」

そう云い乍ら、片掌《かたて》で、腹を撫でかけた――その時、跫音が階段にひびいた。

狂四郎は、階段をなかばのぼって来て、二階の部屋でなにか異変が起った、と直感した。

――お玉が、刺客に襲われたな！

しかし、べつにあわてず、階段をのぼりきると、しずかに、襖をひらいた。

まず――。

狂四郎の目に入ったのは、睡ったままで俯向いて立っているお玉の全裸身であった。

曲者は、その背中に、貼りついたようにひそんでいた。

「何者だ、お主？」

「鹿火屋鬼庵《かびやきあん》と申す」

「お主も、佐野勘十郎のやとわれ犬か？」

「貴公が、武部仙十郎のやとわれ犬のようにな――」

「女をどうする存念だ」

「眠狂四郎氏《うじ》、貴公の帰って来るのが、チト早すぎたようだ。わしに、つれて行かせれば、この白い美しい刺青肌は、生けるがままに、永遠にのこしてくれたものをの」

「生けるがままに？」

「気の毒であったが、秘密を知りすぎた女子の宿運であった」

「………」

狂四郎が、一歩進むと、鹿火屋鬼庵は、

「今宵は、貴公と勝負する武器を所持せぬ。……勝負は、後日」

そう云いのこして、お玉から、すっと離れた。

とみた瞬間には、もう窓へ跳んで、消えていた。

狂四郎は、倒れかかって来たお玉を受けとめて、そっと、仰臥させた。

たしかに、息は絶えていた。

しかし、どこにも傷はなかった。頸を締めた痕もなかった。窒息させられた苦悶の形相もなかった。
「………？」
どうやって、殺したのか、見当がつかぬままに、その睡ったような死顔を凝視してい
た狂四郎は、ふと、右の耳の孔から、ほんの微かな血汐が、滲《にじ》み出ているのを、みとめ
た。
視線を、それに近づけた狂四郎は、一瞬、この男らしくもない戦慄を、おぼえた。
その耳孔には、三寸あまりの太い針が突き刺してあった。
——刀で斬るよりも、これは、むごい殺しかたではないか。
狂四郎は、鹿火屋鬼庵という男の冷酷無慚《れいこくむざん》な性格を、思いやった。
——おれの敵にふさわしい。あの男の斬りかたを、工夫しておこう。

片足遁走策《とんそう》

一

京の街なかを、いずれ高名な善知識の大僧正が乗るとおぼしい立派な駕籠が、しずかに通って行く。

べつに、珍しい風景ではない。

寺僧が一人、それに、堅気の律義らしいお店者《たなもの》が一人、つき添うている。六尺の肩の軽さで、駕籠は、空と知れる。

どう眺めても、寺僧、商人ともに、その職柄そのものの顔つき、身ごなしであり、これが、伊賀の忍びの者と、看破する者は、まずあるまい。

寺僧は犬助、お店者は猫兵衛であった。

花曇りの、ほっかりと宙に満ちたあたたかさの中で、犬助は、剃りあげたばかりの青頭を、つるりと撫でて、

「どうも、脳天がうすら寒いと、おちつかぬ」

と、呟いた。

背後を往く猫兵衛が、

「坊主は、往来で、あたまなどいじらぬものぞ」

と、注意した。

全く唇をうごかさずに喋るので、通行の人々には、殊勝げに沈黙を守っているとしか見えぬのであった。

「すまぬ。……馬子にも衣裳というが、わしはやはり、すりきれ布子で、馬を曳いている方が、似合っている。法体などは、性に合わぬ」

「いやいや、よう似合って居る。むしろ、ほんものよりも、精進のあとのみえる面相なので、いささかあきれているくらいだ」

「おだてても、何も出ぬぞ。……ところで、猫兵衛、お主は、あの眠狂四郎という人物に、チト惚れすぎて居りはせぬか？」

「お主も、そうでないとは云わせぬ」

「いや、わしの方は、露見すれば、江戸城はじめ日本中が、蜂の巣をつついたような騒動になるこの事件が、面白いので、首を突っ込んでみたくなった、というのが正直なところだ。……どうもあの眠狂四郎という御仁は、うす気味わるくてならぬ」

「敵にまわせば、これほどおそろしい人物はないが、味方としては、なんとまあ、たの

も しい御仁ではないか」

「それは、わかって居る。わかって居るのだが……、会っているあいだ中、わしは、畏怖心が払いきれぬ。猫兵衛、お主には、そんな気持は、皆目起らぬかえ？」

「わしは、あの御仁に、地獄越えの嶺の茶屋で、はじめて顔を合わせた時、――この浪人衆は、屹度不幸な素姓に生れて、不運な育ちかたをされたが、心の奥底では、あたたかいものを持っておいでだな、と察した。それから、京までの道中を、供をしているうちに、わしのカンは中《あた》っていた、と知った」

「どんな人間でも――世間では悪党とみなされている奴でも、やさしい一面は持っているものよ」

「わしらは、人を疑う習性が、身にしみついてしまって居るが、時には、あたまから、人を信じきってしまうのも、必要ではあるまいか」

猫兵衛の口調は、沁々《しみじみ》としたものになっていた。

この伊賀の忍び者は、すでに四十を越えていた。十七歳で、故郷《くに》を出てから、その高度に練りぬいた忍びの術を売って二十余年間を生きぬいてきた者が吐く言葉だけに、世間の常人のそれとは、ちがったひびきがあった。

犬助は、まだ三十になったばかりなので、おのずから、意見がちがうのはやむを得なかった。

やがて——。

駕籠は、一条西の浄土宗・知恩院末寺の浄福寺の山門をくぐった。

本堂右手の方丈の玄関さきに、駕籠を据えると、商人の猫兵衛が、鄭重な物腰で、案内を乞うた。

出て来た納所に、

「大坂天満の両替屋但馬屋《たじまや》三右衛門《さんえもん》の番頭伊助と申しまするる。御住持《おじゅつ》様に、お目もじ致しとう存じます。いえ、ここで、結構でございますさかい、ちょっと、お出まし下さいますわけには、参りまへんやろうか？」

「ご用の向きを、お取次ぎいたしまする」

「へえ、それが、直接にお目もじして、申し上げとうおますさかい、何卒——。こちら様へおうかがいする前に、御本山の方へおうかがいして、お願いの儀を申し上げて、それから、こちら様へまわらせて頂いたのでござりまする」

納所は、うなずいて、奥へ入った。

しばらく待たせてから、住職が、玄関に姿を現わした。

胡麻塩の頤髯《あごひげ》をたくわえていた。色艶はいいにも拘らず、ひどく皺《しわ》の多い相貌の持主であった。

「なんの御用かな？」

「へえ。卒爾《そつじ》におうかがいして、御無礼の儀、重々お詫び申し上げまする。……実は、てまえども但馬屋は、今年一月をもちまして、代がわりをいたしたのでございます。先代三右衛門は、大層信心ぶかい男でござりまして、御本山には、たびたび寄進させて頂いて居りましたのでございます。お金のほかにも、須弥壇《しゅみだん》の翠簾《みす》やら胡麻壇の上の天蓋やら、いろいろと寄進させて頂いたわけでございます。三年前にも、熊野の山中からさがし出した糸桜を、御境内に寄進させて頂いて居るのでございまする。……その先代が、今年はじめ、ほんの十日あまりのわずらいで、亡くなりましたのでございまするが、遺言に、御本山に、三千両寄進するように、と申しのこしたのでございまする。……四十九日の法要も、滞りなく相済みましたさかい、当代三右衛門が、本日、御本山へ寄進にうかがったわけでございまする。……御本山で、仰せられるには、あまりの多額の寄進ゆえ、京洛うちの浄土宗末寺に、すそ分けがしたい、ということでございまする。つきましては、てまえどもあるじは、精進あけの厄落しの宴を、祇園《ぎおん》で催したい意嚮《いこう》を持って居りますので、御本山はじめ末院の御住持様がたを、お招きしてはどうであろうか――と、こう申すものでございますから、お駕籠を用意して、お迎えに参じたわけでございます。何卒、枉《ま》げて、お越しのほどを、お願い申し上げまするでございまする」

まことしやかに、そう告げて、頭を下げた。

大坂の豪商が、本山へ三千両を寄進し、本山がそれを末寺にすそ分けするにあたって、豪商自身が、祇園の料亭に招待しよう、という。

末寺の住職にとって、こんな願ってもない誘いはない、といってよい。

「それは、ご奇特なお心がけだな。……遠慮なく、よばれることにいたしましょう」

住職は、にこやかに、承諾した。

二

半刻（一時間）も過ぎた頃あい——。

二人の伊賀者につき添われた駕籠は、祇園御旅所のある四条 京極《しじようきようごく》の辻から、とある横丁に入って、「河原家《かわら》」という青楼の前で、停められた。

猫兵衛が、よく拭き込んだ格子戸を開けると、二階から、三味のつまびきの音が、ひびいて来た。

——もう、さきに来て居られる。

合点しつつ、猫兵衛は、駕籠から降り立った住職に、

「さ、どうぞお上り下さりませ」

と、腰を踞《かが》めた。

「但馬屋は、粋好みの御仁とみえる」

住職は、微笑して云った。

大きな料亭を避けて、わざと、こうした目立たない茶屋をえらんだことを、指して云ったのである。

「へへへ……、御住持様がたは、この方《ほう》を、お気に召すのではあるまいか、と存じまして——」

僧侶たちが、ひそかに、後家や人妻と密会したり、芸妓《げいぎ》を抱くのは、ふつうは、陰間茶屋に於てであった。

この茶屋などは、公卿《くぎょう》がたや所司代屋敷の武家たちが利用する店ではないかと、なんとなく、そんなにおいがするのであった。
十五、六の小女が、
「おいでやす。どうぞ、お二階へ——」

と、招じた。

住職は、ゆっくりと、階段をのぼって行った。

階下《した》から見上げる猫兵衛と犬助の眼眸が、別人のごとく、鋭いものになった。

と——。

住職が、階段の途中から、なにかの予感でもおぼえたように、頭をまわして、階下を見下ろした。

とたん、猫兵衛はお店者の表情に、犬助は寺僧の表情に、還った。

住職は、踊り場に立つと、咳《せき》ばらいをしてから、

「ご免下されよ」

と、ことわって、襖を開けた。

床柱に凭って、膝に三味線を置いていたのは、眠狂四郎であった。

「お――、これは、ご無礼。この二階には、も一部屋ござったかな」

住職は、とぼけた口調で、云った。

「あいにく、一部屋しかありませんな」

狂四郎は、こたえた。

「これは、妙なこと……。但馬屋三右衛門《たじまやさんえもん》殿が、お待ちなされている、とうかがったのじゃが――」

「但馬屋三右衛門の代りに、この素浪人が待ち設けていた、とお受けとり頂こう」

「とは、また、これは、どういうわけでござろうかな？」

「貴僧を、だました、ということに相成る」

「………」

「べつに、意趣があってやったことではない。貴僧の口から、一言うかがいたいことがある――それだけのこととお思い頂こう」

「なんのことでござろうか？」

浄福寺住職は、不安な表情で、首をかしげた。

「昨年春、江戸城西の丸殿が、上洛されたみぎり、三度目の参内の帰途、遠まわりをして、浄福寺で、四半刻あまり、休息された事実がある。……こちらは、調べがついて居る。かくされても、無駄だと思われるがいい」

「………」

「おみとめだな？」

「たしかに――」

住職は、うなずいてみせた。

「その際、奇怪なことが起った」

狂四郎は、対手を冷たく凝視して、云った。

「西の丸殿が休息に立寄られる前に、浄福寺の方丈の一室には、西の丸殿と瓜二つの人物がいた。……そうでは、なかったのか？　うかがいたい」

「左様なことは、絶対に――」

「なかった、と否定されるのを、承知の上で、うかがって居る。……ごらんの通り、市井無頼の素浪人が、数多の人を斬った刀をそばに置いて、うかがって居る。……正直にこたえて頂かないと、こちらの筋書きを変えねばならぬ」

「………」

「西の丸殿と、その瓜二つの人物が、浄福寺の方丈で、すりかわった事実は、貴僧がいかに否定されても、消すことはできぬ。そのすりかわりは、住職たる貴僧が、一役買わねばできぬことも、容易に推測されるところである。……如何だ？」

「途方もない云いがかりをつけられるものじゃ。……愚僧にとっては、まるでおぼえのない話でござる」

「貴僧は、見受けたところ、相当な古狸のようだ。眉毛一本動かさずに、しらを切ってみせる。見上げたとぼけぶりと、ほめてよい。しかし、こちらは、事実を知っての上で、貴僧に念を押している」

「なんと申されようと、拙僧は、全くかかわり知らぬことでござる」

「かかわり知らぬ、というのは、見て見ぬふりをしていた、という意味と、受けとってよいのか？」

「滅相もない。大納言様に瓜二つの人物が、ひそんでいたなどと——、そんなばかげた、それこそ事実無根の……」

云いおわらせず、狂四郎は、つと左手をのばして、無想正宗を把った。

三

「御浪人！　そ、そ、僧職にある者に向って、むたいな振舞いに、及ばれるのか！」

浄福寺住職は、大仰な驚愕と恐怖ぶりを示して、じりじりとあとずさった。

そのさまに、冷たい眼眸を当てていた狂四郎が、急に、自嘲の嗤《わら》いを、口辺に刷いた。

「そうか。……これは、こっちの不覚であったな」

「不覚とは――？」

「もう、猿芝居は止せ、鹿火屋鬼庵――」

狂四郎は、いまいましく吐きすてた。

とたんに、住職の態度が一変し、面相もまた、別のものになった。

「やっと、お判りになったようだな、眠狂四郎氏」

この奇妙な敵は、声音までも全くちがったものにする修業を積んでいるようであった。

「うまく、化けたものだ。感心した」

狂四郎は、なかばあきれ、なかば不快の念にかられつつ、云った。

羅城門跡の旅籠「千本屋」で、紋ちらしお玉を、最も残忍な手段で殺した鹿火屋鬼庵は、にやりとすると、小うるさげに、頤髯をむしり取ると、

「これまで、それがしの化けぶりを、途中で、看破した者は、一人もなかったが、流石は眠狂四郎氏、眼力の程、恐れ入り申した」

「こちらが、浄福寺住職を拉致すると予測して、住職に化けて待ち受けていた鋭いカンの働きに、兜《かぶと》をぬごう」

「なんの――」

　鹿火屋鬼庵は、かぶりを振って、

「これは、ただの座興に近い――いわば、遊びに類することでござる」

　と、こたえた。

「というと？」

「すなわち、貴公が、たとえ、まことの浄福寺住職を拉致したところで、本物と贋者をすりかえたのを、ただ傍観していたにすぎぬことを、白状させるだけにとどまったのでござるよ」

「…………」

「貴公が、浄福寺住職を拉致して、きき出したいのは、本物の行方でござろう？」

「…………」

「浄福寺住職ごときが、本物の行方など、知る道理があるべくもない。……眠氏、本物と贋者がすりかわった場所を、つきとめたところまでは、貴公らしい頭脳の働きだが、もう一歩さきを読むことにかけては、いささか足りなかったな」

　先手を打たれ乍らも、ふしぎに、狂四郎は、腹が立たなかった。

　お玉を殺した残忍な手段は許せぬが、この男自身を憎むことはできなかった狂四郎である。

「それで……お主の方のことだが、ぬけぬけと、化けて、ここまでやって来て、どう躱して、逃げてみせるのだ？」

狂四郎は、訊ねた。

すでに、猫兵衛と犬助は、この問答をききつけて、二階の踊り場へ、馳せ上って来て、身構えていた。

前に狂四郎を置き、忍者二人に退路を断たれて、なお、鹿火屋鬼庵は、平然として、みじんもあわてぬのである。

「逃走策なくて、なんで、眠狂四郎ともあろう稀代《きだい》の使い手の前へ、のこのこと参上つかまつろうや」

鹿火屋鬼庵が、うそぶいた——刹那。

狂四郎は、こころみに、抜きつけの一閃を、送りつけてみた。

鬼庵は、間髪を入れぬ敏捷さで、畳を蹴ると、拡げた双手を天井板へ、両足を壁に、蝙蝠《こうもり》のごとく、ぴたりと吸いつけてみせた。

これは、しかし、狂四郎の目には、両断してくれ、とねがっている姿としか映らなかった。

尤も、それだからといって、いきなり、斬りつけるほど、狂四郎は、無謀でもなかった。

凝と仰いで、しばらく、動かずにいた。

「眠氏、どうして、襲って来ぬ？」

鬼庵は、あざけるように、促した。

「いたずらに、そこに貼りついているのでは、あるまい」

「左様さな。……襲って来れば、防ぎの心得はある」

それに、応えて、狂四郎が、切先を挙げて、すっと一歩出た。

瞬間——。

鬼庵の口から、光るものが噴いた。

こちらの目を狙って、飛んで来る吹針を、狂四郎が払う隙に、鬼庵の五体が、奇怪にも、その姿勢のままで、すすっと、天井へ移動した。

当然——。

狂四郎も、一方へ身を移した。

鬼庵は、絶え間なく、口から針を噴かせた。

それは、一直線に、光の列を為して、狂四郎の目を襲って来た。

狂四郎は、払いつづけ乍ら、身をもまた、移しつづけた。

鬼庵の口腔内には、いったいどれほどの数の針が含まれているのか、かぞえきれぬくらいであった。

鬼庵は、ついに、床の間の天井へ、移動した。

一瞬――、狂四郎は、矢つぎ早に飛来する針に対して、顔をそむけざま、無想正宗を、きえーっ、と鳴らした。

濡れ手拭いをはたくような肉と骨を断つ音とともに、血飛沫が、狂四郎の頭上に、散った。

と同時に。

鬼庵の姿は、天井板を破って、屋根裏の闇に消えていた。

「おっ！」

「片足を――」

踏み込んで来た猫兵衛と犬助が、畳にころがった血まみれのものを、眺めて、叫んだ。

狂四郎は、頬から頸にかけて、一列に突き刺さった十数本の針を、抜き取り乍ら、斬り落した足へ、一瞥をくれた。白足袋が血まみれになっている。

「あの吹針をかわしつつ、片足を斬り落されるとはのう」

「まことに、見事な！」

猫兵衛と犬助は、感動の声を惜しまなかった。

すると――。

狂四郎は、苦笑を、頬にうかべて、

「その足を、よく視るがいい」と、云った。

「…………?」

猫兵衛が、蘇芳《すおう》染めになった白足袋を、把りあげてみた。

「あっ! これは――」

巧緻な作りであったが、義足にまぎれもなかった。

「なんと、あいつ、うまく、たぶらかし居ったぞい!」

犬助が、呻いた。

「義足をはめておいて、これを両断させ、仕込んだ犬か猫の血汐を撒いておいて、その隙に、遁走する。考えたものだ。猫兵衛も犬助も、大いに参考にするがよかろう」

狂四郎冷酷

一

「わしは、生身の人間だぞ！　そのことを、その方らは、忘れて居るのではないのか！」

噴くような烈しい語気で、贋家慶――徳川敏次郎は、叫んだ。

二条城の奥御殿の上段の間に、仁王立ちになって、下座にひかえた大久保久兵衛を睨みつけているのであった。

こめかみに青筋が浮いていたし、指さきが痙攣していた。

「決して、上様のご人格を、われら一同忘れている次第ではありませぬ。……のう、鬼庵――」

大久保久兵衛は、背後をかえり見た。

敷居をへだてて、次の間の襖ぎわに、正座しているのは、坊主頭の鹿火屋鬼庵であった。

「口さきでは、ごまかされぬ。その方らが、今日までの、わしに対する態度は、決して真意のあるものではなかった。それぐらいのことが看てとれぬわしではない」

「いったい、どうせよ、と仰せられます？」

「わしは、佐野勘十郎に踊らされている木偶ではないのか。最近つとに、そう思うようになった。その方らも、勘十郎に、まるめ込まれて居るのではないのか。……所詮、わしは、贋者だぞ。贋者は、ついに、最後まで、贋者でしかあるまい。いずれは、露見しよう。いや、露見する前に、わしは、勘十郎の手で、闇に葬られるおそれがある」

「なんと仰せられます！　どうして、そのような逆目が出る道理がありますものぞ」

「いや、これは、わしの疑心暗鬼ではないぞ。……勘十郎は、おそらく、兄上との談合を済ませて居るに相違ない。そうでなければ、兄上を生かして、何処かにかくしておくわけがあるまい。わしを、十二代に就ける存念ならば、兄上を、疾《と》うに亡きものにしている筈ではないのか。それでなければ、どうして兄上を生かしているのだ。生かしているということは、いずれ、わしを闇に葬って、兄上を元の座に還す、という約束をしているからであろう」

「わかりませぬな。それならば、お目付は、貴方様を、替玉にするような面倒なことを企てずに、はじめから西城府様に取り入る労をはらえばよかったことではありませぬかな」

「そうではない。はじめから兄上に、取り入るてだてはなかった。このわしを利用して、兄上に取り入ったのだ。……兄上は、四十になっても、まだ、父上から将軍職をゆずられぬまま、西の丸にとじこめられているうちに、気鬱が次第に昂《こう》じていた、という。そこで、勘十郎は、父上が他界されるまでの幾年かを、人知れぬ里で、のびやかなくらしを送らせてさし上げたい、と兄上に言上したと思われる。わしのこの想像は、必ず、中って居るぞ。まちがいはない。……父上を他界させる悪役は、勘十郎がつとめる。その暗黙の約束が、兄上と勘十郎との間に、なされた」

「それは、あまりに、邪推が深すぎると申すもの——」

大久保久兵衛は、にがにがしげに云った。

「邪推だと！　たわけ！　邪推とみなすところに、その方らが、勘十郎にまるめ込まれた証左を看ることができるぞ！　よいか、その方らが、いささかでも、わしの身を思ってくれて居るならば、勘十郎がわしを替玉にしようとした時、これを拒んで、せめて、わしを、二、三十万石の大名として、陽の目を見させようと努力したに相違ないのだ。替玉にされるがままに、黙って、これにしたがったその方らには、わしに対する真意はなかったのじゃ！」

徳川敏次郎が、そう喚きたてた時であった。

鹿火屋鬼庵が、何を考えたか、やおら腰を上げた。

つと、一歩、上段の間に入った——次の瞬間、長押《なげし》に架けられた長槍を摑みとりざま、氷上を滑るがごとき迅さで、主人を襲った。

「えいっ！」

電光の勢いで、くり出された穂先を、徳川敏次郎は、夢中で、脇差を抜いて、払った。

「鬼庵、なにをいたす！」

大久保久兵衛は、血相を変えていた。

鬼庵は、しかし、平然として、敏次郎を凝視したままであった。

敏次郎は、ふうっと熱い息を吐いて、鬼庵を睨みかえしている。

「上様、ひさしぶりで、この鬼庵の業をごらんになりますか？」

鬼庵は、そう云って、にやりとした。

「よ、よし！」

敏次郎は、鬼庵から長槍を渡されると、庭の白砂上へ、降り立った。

鬼庵は、無手で、その前面に、立った。

敏次郎は、構えるやいなや、鬼庵の胸部めがけて、遮二無二に突きかかった。

鬼庵は、ひょい、ひょい、と身軽く、右へ、左へ、そして後へ、跳び躱していたが、一瞬、翼でも持っているかのように、五体を宙へ、飛びあがらせた。

とみるや——。

敏次郎が、水平に突き出した長槍の穂先へ、とまってみせた。

「いかがでござる、上様？」

鬼庵は、問うた。

「うむ——」

敏次郎の頬に、笑みが刷かれた。

鬼庵の五体を、穂先にのせ乍ら、その重量を、すこしも感じないのであった。

蝦夷の奥地エトロフ島シャルシャムの館でくらした青年時代、敏次郎は、この鬼庵の幻妙な術によって、その孤独をなぐさめられたことだった。

鹿火屋鬼庵は、年に二度か三度、ふらりと姿を現わして、一月あまり館に逗留《とうりゅう》して、さまざまの術を披露しておいては、また何処かへ姿を消す男であった。

敏次郎には、兵法の天稟はなく、また修業の意志もなかったが、奇想をそのまま術にしてみせる鬼庵に対しては、刀をあるいは槍を把って立ち向って、その魔法に似た変幻ぶりに、興奮したものであった。

二

敏次郎が長槍を手もとに引くや、鬼庵は、空中二間余を翔けて、臥竜《がりゅう》の松の根を抱いた巨きな岩へ、降り立った。

と同時に――。

鬼庵の右手から、一条の縄が、生きもののように、宙をのびて、岩のうしろの楓《かえで》の林へ吸い込まれた。

ぴいん、と縄をひきしぼった鬼庵は、笑い乍ら、

「先日は、寺僧に化け、今日は当城の番士に化ける。伊賀衆も、多忙だの」

と、云った。

縄にひっかかったのは、犬助であった。

縄の先端につけられた鰻《うなぎ》取りに似た四つ手鈎《かぎ》に、左手の甲を、噛まれた犬助は、たぐられるままに、楓林《ふうりん》の中から、曳き出されて来た。

犬助が、右手で、縄を摑まなかったのは、流石は忍びの者であった。縄は、黒く濡れて居り、これは、もし摑めば、手の皮がべろべろに剝けてしまう猛毒とさとったのである。

岩に、五歩あまりの距離まで、曳き出されて来て、犬助は、その激痛に堪えつつ、刀の柄へ手をかけた。

とたん、

「うろたえるな、伊賀衆――。この縄は、両断すれば、その切口から赤い液が噴いて、お主の顔は、ふた目と見られぬまでに、爛《ただ》れてしまうぞ！」

鬼庵が、うそぶいた。

犬助は、舌打ちした。

敵わぬ対手と、思い知らなければならなかった。


その頃――。

眠狂四郎は、六角堂にほど近い、蛸薬師《たこやくし》通りから、ちょっと横丁に入ったしもた家の、猫の額ほどの小さな庭に面した茶の間で、三味線を膝にのせて、のんびりと、小唄をくちずさんでいた。

この家は、大坂の豪商さぬき屋に落籍《ひか》された祇園の芸妓の妾宅であった。

京には、こういう、つつましく目立たぬ妾宅が無数にある。旦那は、せいぜい三月に一度しか現われぬのだが、女は、文字通り日蔭の身を、こうした横丁でひっそりとくらしていて、一年のうちかぞえるほどしか外出しないのであった。祇園祭のような大きな行事に、見物に出るか、寺詣でをするぐらいで、花見どきにも、うかれ出るようなことをせぬ。

この家の女は、曾ては祇園で一、二を争った名妓であったが、その美しい容姿を世間から、かくしてしまって、もう七、八年になる。

べつに、さぬき屋に、惚れているわけでもなかった。さぬき屋は、肥満した醜い男で、その剛腹は、あきないにかけては、充分に発揮されるが、およそ女にもてる男ではなかった。それに、もう六十を越えていて、男としては不能に近い、と自分で正直に告白している。

狂四郎とは、なんとなく親しくなり、京大坂に数軒ある妾宅を、

「敵の多い貴方様ゆえ、これらを、定宿になさるとよろしゅうございます」

とすすめ、あまつさえ、

「お気が向けば、どの女でも、ちょっとつまんでごらんになっては、如何でございましょう」

と、笑ってみせたものだった。

そういう大商人であった。

狂四郎は、さぬき屋のような男に接するたびに、男の大きさが、武家から商人に移ってしまった感慨をおぼえるのであった。

きぬというその妾は、珍しく外出して、十四、五の小女が、台所で小猫のために、鰹《かつお》節《ぶし》をかいている音が、カタカタとひびいていた。

京にも、ようやく、うららかな春がおとずれて、しっとりとした空気が、甘い。

　主を待つ

女ごころの哀しさは

手活《てい》けの床の牡丹花《ぼたんばな》
花の占めたる
位置のたしかさ

この折――。

格子戸が開き、人の訪れる声がした。

「へーい」

台所から、小女が、暗い廊下を通って、出て行った。

茶の間に入って来たのは、猫兵衛であった。小わきに、死んだようにぐったりとなった御殿女中をかかえていた。

もう五十の坂を疾に過ぎた老女であった。

これは、二条城の留守居年寄であった。狂四郎が、猫兵衛に、拉致して来るように命じたのであった。

二条城には、将軍家上洛のみぎり、これを世話する女中たちが、江戸城大奥から、遣されている。

その女中たちの総支配として、万事とりしきっている年寄を、拉致して来るように、狂四郎は、猫兵衛に命じたのである。

三

二条城の奥向きから、最も権力を持った年寄を拉致して来るのは、容易なわざではなかったが、猫兵衛は、みごとに成功してみせたのである。

「犬助と二人でやったのではないのか？」

狂四郎が、訊ねると、猫兵衛は、笑い乍ら、

「犬助め、贋様の方に興味があるようでございまして、そちらの方へ忍んで行きましたが、……あの鹿火屋鬼庵と申す幻術使いめが、お側にひかえて居りますゆえ、もしかすれば、犬助の奴、見つけられて、ひどい目に遭うて居るかも知れませせぬな」

猫兵衛は、こたえた。

「………」

狂四郎は、それにはこたえず、凝と老女の貌を瞶めた。

「眠様、この女子が、西城府様のお行方を、知っているのではないか、とお考えになりましたので――？」

「かも知れぬ。……武部老人が調査したところでは、この杉重という女は、譜代旗本のうちでも家柄の出で、家に不幸があって、十五、六の頃、江戸城大奥へ、お目見に上ったそうだ。中臈《ちゆうろう》から年寄に進む約束であったろう。……ところが、十八歳の時――恰

度、四十年前だが——急に、旗本某家へ嫁ぐという名目で、暇をとっている。生涯奉公の誓紙をさし出した者が、途中で、意志を変えた例はない。……奇妙なことは、この女は、嫁ぐかわりに、この二条城に、再び、お目見として上り、そのまま、地位を登って、今日に及んでいる。……武部老人の推測では、この女が、双生児のかたわれを、江戸城からつれ出して、かくまう手だすけをしたのではあるまいか、ということだ。そうだとすれば、佐野勘十郎が、替玉とすりかえる企てに、この女も、一役買ったのではないか、と容易に想像できる」

「成程——」

猫兵衛は、うなずいた。

「しかし、こういうたぐいの女の口を割らせるのは、尋常の手段では、叶うまい」

「思案は、あるのでございますか？」

「…………」

狂四郎は、凝視をつづけていたが、不意に、

「猫兵衛、いやな役割を買ってもらおう」

と、云った。

「それア、旦那のおたのみでございますれば……」

「その裳裾を、はぐってもらおう」

「へえ——？」

「まとって居るものは、みな剝いでくれぬか」

「へ、へい」

猫兵衛は、命じられるままに、その衣裳の裾を、つまみあげた。

重ねた下着も、丈長襦袢《ながじゅばん》も、腰巻も、下肢から、するすると、捲りあげられた。

肥《ふと》り肉《じし》の、ぽってりと太い脛《はぎ》、膝、太腿が、忽ちあらわになった。

「拡げさせてもらおう」

「へい」

猫兵衛は、膝へ双手をかけたが、失神したからだには、意外に力があり、逆にかたく合わせようとはしても、容易に脚をひらこうとはしなかった。

無理に、力をこめて、猫兵衛が、ぐいと拡げさせると、狂四郎の鋭い眼光は、女が秘めて人目にふれさせぬ箇処へ、そそがれた。

やや、あって——。

「よかろう」

狂四郎は、云った。

猫兵衛は、いそいで、衣類で掩うてやった。

「猫兵衛——」

「へい」

「この女は、いまだ男に一度も、接して居らぬ」

「へえ……」

「そこで……、お前の役割だが——犯すのだ」

「え——？」

「お前が、のしかかって、わがものにした時、女の目をさまさせる。……おのれが、いま、どういう情況に置かれているか、目ざめたとたんに、思い知らせる。それだな。……女の口を割らせるには——まして、五十八歳の男を知らぬ婆《ばあ》さんに泥を吐かせるには、この非常の手段しかないようだ」

四

「旦那——」

猫兵衛は、当惑しきった面持になった。

「この役目は、てまえには、まことに、どうも……」

「女を抱いたおぼえがない、とは云わせぬぞ」

狂四郎は、冷然と云った。

「それア、てまえも、これまで、女をだまさなければ、果せぬ仕事も引き受けて参りましたが、……手ごめにしたおぼえは、いまだに一度も――」

「いま、やるのだな」

狂四郎の無表情には、氷の冷たさがあった。

「やらなければ、いけませぬかな」

猫兵衛は、いかに狂四郎の命令でも、ためらわずには、いられなかった。

「ほかに手段はない」

狂四郎は、断定した。

やむなく――。

猫兵衛は、老女を、かかえあげると、

「では、ちょっと、失礼つかまつりまして……」

とことわって、二階へ、のぼって行った。

狂四郎は、再び三味線をとりあげると、つまびき乍ら、口ずさみ出した。

　首尾の花見はいつしか、過ぎて、

　「東には祇園、清水《きよみず》、落ち来る滝の
音羽の嵐に、地主《じしゅ》の桜は、散りぢり」

　　泣いてくらすも恋し鳥
と――。

狂四郎の手が、停められた。

——血汐が匂うが……？

いぶかった時、格子戸が開けられた。

「お客さんどすか？」

小女が、台所から、茶の間へ顔をのぞけた。

「お前は、ひっ込んでいてよい」

狂四郎は、云った。

唐紙が開かれた。

よろめく足どりで、姿を現わしたのは、犬助であった。

左手を、懐中にかくしていた。顔面は土色と化していた。

崩れるように坐り込むのを、眺めた狂四郎は、

「どうした？　血汐がにおうぞ」

と、云った。

「へ、へい。やられました」

「鹿火屋鬼庵にか？」

「そ、その通りなんで……。あ、あいつは、まったく、途方もねえ幻術使いでございまさ」

犬助は、喘ぎ乍ら、二条城奥庭に於けるいきさつを、報告した。

「……そうか、贋西の丸の突き出した槍の穂先に、とまってみせたか」

「どうにも考えられねえことを、やってのけやがって……、あきれたもので——」

「それで、お前は、毒縄にひっかかって、どうした?」

「しかたがねえから、左手を、二条城にすてて来たのでございます」

犬助は、懐中にかくした左手を、とり出してみせた。まさしく、左手は、手くびから切断されて、巻きつけた白布は、なお血汐を滲ませていた。

犬助は、自らの手で、左手を斬り落して、遁れて来たのであった。

女心策

一

二条城の留守居年寄・杉重《すぎえ》は、長い時間の失神から、意識をよみがえらせた時、おのれが置かれているのが、どういう状態であるか、とっさにさとりかねた。

まず——。

下腹部に、なにやら、巨きな、固い異物が、きっちりと塡《はま》っている感覚が、脳裡に来た。

次いで、おのが下肢が、むき出しになって、大きく拡げられていることを知った。どうして、下肢の肌膚《きふ》が、ひえびえと、夜気に、じかにあてられているのか——杉重には、判らなかった。

男を知らぬ五十八歳の老女であった。物心ついて以来、着換える時と入浴の時以外は、そのからだを、あらわにした経験はないのであった。

羞恥よりも、当惑をおぼえつつ、杉重は、拡げられた脚をせばめようとした。

とたん——。

杉重は、悲鳴をあげた。

何者かが、自分の上にいるのだ。

杉重は、悲鳴によって、はっきりと意識をとりもどして、目蓋をひらいた。

男の顔が、三尺の上に、在った。見知らぬ顔であった。

杉重は、二条城の奥で、厠《かわや》に入ったところを、後頭を打たれて、気絶したのであった。

襲撃者を見るいとまさえもなかったのである。

「…………」

「…………」

一瞬、四つの眸子が、宙で合った。

杉重を、名状しがたい羞恥が襲ったのは、次の瞬間であった。

自分の置かれた状態が、判ったのである。

見知らぬ曲者に犯されていることの屈辱よりも、男女の営みを自分がさせられている羞恥の方が、先に来た。

処女であるとはいえ、すでに六十に手のとどこうとするおのれに、こんなにも烈しい羞恥心がのこっていたことも、同時に、杉重は知らされた。

杉重は、目蓋を閉じた。動きもしなかった。

上にいる男も、動かなかった。

それなり、いくばくかが過ぎた。

と——。

なぜか、杉重は、泪があふれ出ようとして来て、微かな狼狽をおぼえた。

泪をくいとめるために、杉重は、口をひらいた。

「何者じゃ、そなたは——？」

「申しわけなき儀——お許し下されませ」

名のる代りに、鄭重な言葉で詫びた。

「何者じゃ、と問うて居ります」

「伊賀の忍び、とお思い下されませ」

「…………」

——忍びの者なら、秘密を守ってくれる。

杉重の胸中で、狡猾な呟きがなされた。

杉重は、それきり、口をきかなかった。

男は、ようやく、蠢きはじめた。

微かな痛みが、下腹部から、四肢へひろがるのを感じ乍ら、杉重は、一指さえも動かさぬように、怺えた。

男の動きが激しくなり、

「ご無礼――」

その一言とともに、体内に射込まれるものがあった。

瞬間――、杉重は、全身が熱くなり、思わず、男の肩にとりすがった。

……男は、すばやく、上からはなれた。

はなれると同時に、衣類で、そこをかくしてくれ、

「お許しのほどを――」

と、詫びた。

杉重は、起き上って、身じまいをととのえた。けだるさに、からだを動かすのが億劫《おっくう》であった。

正座してから、しばらく、ぼんやりと、宙へ眼眸を置いていた。

男は、下座にうずくまって、沈黙を守っている。

杉重は、男が何か云ってくれるのを待ったが、その沈黙の深さに、しだいに苛立った。

「わたくしを、拉致して、このように、はずかしめて……、なんの存念であろうか！」

「…………」

「二十歳の美しいむすめならば、欲情にかられての振舞い、と申せようが、このような

色香の失《う》せた年寄りを、なぜ、犯したのであろう?」

「…………」

「こたえませぬか?」

杉重は、はじめて、男へ、視線をくれた。

商人そのものの風体をした四十年配の忍者であった。律儀さが、全身に滲んでいるようである。

俯向いたきり、こたえようとせぬ。

「存念なくして、犯す道理がありますまいぞ!」

杉重は、気位の高い大奥年寄の顔にもどっていた。

二

猫兵衛は、ようやく、頭を擡げた。

「貴女様は、このてまえに、操をお与えなさいました」

「なにを云やる! 意識を失わせて、奪ったのではないか」

「手段は如何様にもあれ、貴女様は、てまえのものに相成りました。これは、貴女様も、おみとめなさらなければなりませぬ」

「…………」

「失礼でございますが、てまえは、貴女様をお抱きする時、いとしい新妻と契る心得を持ったのでございます。お年とはかかわりなく、貴女様のお肌は、清純無垢なものでございました。まことに忝なく存じた次第でございます」

「…………」

「まことに身勝手な申し分かも知れませぬが、男と申すものは、女体を抱く場合、ふたつの気持がございます。いとしい、と思うて抱く場合と、わがものにしてくれよう、と思うて抱く場合と——。これは、天地の差がございます。……てまえは、誠心をこめて、貴女様を、いとしいと思いつつ、お抱きいたしました。うそいつわりではございませぬ。……おたずねのごとく、これは、存念あっての無法の振舞いでございました。てまえは、それゆえにこそ、貴女様を、新妻としていとおしむ気持を起し、守ったのでございます」

「…………」

「忍びの申すことなど、信じられぬ、と仰せかも知れませぬが、てまえは、どうしても、このことだけは申し上げておかねばなりませぬ」

猫兵衛は、そう云って、両手をつかえた。

「……それで、わたくしに、どうせよ、と申すのであろう？」

「てまえのあるじが、おたずねすることに、おこたえ下さいまし」

猫兵衛は、すっと、消えた。

杉重は、一人になると、にわかに、秘処にのこっている異物を塡められた触感を、つよく意識せざるを得なかった。

――自分は、この年齢になって、はじめて、女のつとめをさせられたのだ。

自分に云いきかせてみた。すると、およそ四十年もの長い歳月を、無駄にすごしてしまったような思いが、湧いた。

かたわの半生を送ってしまった悔いが、今日から、自分をさいなむような気がした。

「失礼いたす」

声があって、唐紙が開かれた。

入って来た者を一瞥して、杉重は、

――これが、眠狂四郎という浪人者であろう。

と、直感した。

杉重は、このたび、秘密裡に上洛して来た贋家慶の守護役大久保久兵衛と鹿火屋鬼庵との会話の中に、一人の強敵の名が、しばしば出て来るのを、耳にしていたのである。

対手は、杉重の直感通りに、その名を名のってから、

「貴女と契った猫兵衛と申す伊賀者は、この後、貴女がのぞまれるならば、内緒の良人として、時折り二条城へ参上して、貴女とまじわる、と申して居る」

と、云った。

「わたくしの口から、何事かを訊き出すために、女子の弱味につけ込んで、たぶらかそうというのであろう」

「貴女が、すでに、一刻前の貴女ではないことは、あきらかですな」

「用向きを申すがよい」

「貴女は、四十年前、江戸城大奥から、暇をとって、宿下りをされた。旗本某家へ嫁ぐという名目であったが、嫁がずに、この二条城に、お目見として上った。仔細があって、江戸城から二条城に、身を移した、と判断される」

「…………」

「四十年前、と申せば、恰度、将軍家世子が誕生された年だ。ところが、この生誕に問題があった。すなわち、於楽の方は、双生児を産んだ。将軍家世子が、忌むべき双生児であったことは、世間にひたがくしにされなければならなかった。……想像するに、於楽の方付きの年寄が、双生児のかたわれを闇へ葬るように命じられ乍ら、ふびんに思って、これを何処かにかくして、育てることにした。なにさま、大奥という女護ヶ島から、こっそりかかえて抜け出るのは、容易なわざではなかった。その年寄一人の力では、どうにもならぬ。その時、一人の若いお目見が、必死の手助けをした。……その若いお目見というのが、貴女ではなかったのか？」

狂四郎の鋭く冴えた眼眸が、杉重のおもてを刺した。

「…………」

杉重は、こたえぬ。

「この想像は、はずれて居らぬ確信が、こちらにはある。……四十年前の出来事だ。双生児のかたわれを、生きのびさせた人々は、殆ど生存しては居るまい。若いお目見女中だけが、こうして、二条城の奥向きに、留守居年寄となって、生きのびているということになる。……さて——、因果の小車の火宅の門を出でざれば、めぐりめぐれど、と謡曲の砧《きぬた》にあるが、めぐりあわせの奇妙で、貴女は、四十年ぶりに、自分が生命を救った双生児のかたわれと、この二条城で、再会した。感慨なきを得ぬものがあったに相違ない。その際、目付佐野勘十郎としては、貴女という女性《にょしょう》は、おのが口車にのせるには、おあつらえ向きの存在であったことだ」

「…………」

「上洛して来た実兄西城府を、この隠れ弟とすりかえるという企てを、佐野勘十郎は、貴女に打明けて、これに荷担することを承諾させた。そして、企ては、見事に成功した」

狂四郎の言葉には、よどみがなかった。

三

杉重は、けんめいに、無表情を装おうとしたが、自分で自身の顔色が、血の気を引いていることが、判った。

対手の推理は、欠けるところなく的中していたのである。

大久保久兵衛が、おそれていたのも、むべなるかな、と納得できた。

杉重は、猫に追いつめられた窮鼠《きゅうそ》の自分を感じた。

「沈黙されていることは、事実に相違ない、とみとめたものと、受けとらせて頂こう。……ご老女、貴女は、ここに至って、素直におなりにならねばなるまい。これは、替玉の西城府にとっても、不利になることではない」

「…………」

「貴女は、替玉となって、江戸城へ行った贋殿が、再び、二条城へやって来たのを眺めて、何か感じられるところがあったに相違ない」

「…………」

「贋殿が、あきらかに、替玉となっていることに、堪えがたくなっている様子を、貴女は、看て取られたのではないか？　いや、はっきりと、看て取られた筈だ」

「わ、わたくしは……」

杉重は、喘ぐように、熱い息を吐いた。

狂四郎は、薄ら笑った。

「正常な神経を所有し、生の血をかよわせている者ならば、贋者として一年もすごせば、そのことに、嫌悪するのは、当然なのだ。佐野勘十郎という狡智の男にあやつられている木偶であることに堪えられなくならねば、どうかしているのだ。……贋の内大臣大納言家慶であるよりは、日蔭者でもおのれ自身であった方がよい、と考えるようになるのは、まともな人間である証左だ。……貴女にも、贋殿の苦悩は、汲みとることがおできの筈だ」

「…………」

「そこで、こちらは、贋者は元の日蔭者の世界にもどって頂き、本物には本物の座に還って頂こうと、その手つづきをつとめて居る。世間に気づかれぬうちという厄介な条件つきゆえ、貴女にも、このような災難を蒙らせることになるのですな」

「わたくしに、どうせよ、と云われるのじゃ？」

「なに、かんたんなことだ。貴女が知って居られることを、こちらに、ちょっと、口をすべらせて頂けばよい。それだけのことです」

「わたくしが、知っていることということと……？」

「本物が、目下、何処に、くらしているか——その場所を、お教え頂きたい」

「存じませぬ！　それは、佐野勘十郎殿だけが、知って居りましょう」

「さあ、それは、どうであろうか？」

狂四郎は、皮肉な表情になった。

「こういう企てを実行するには、主謀者に助力する者が、幾人か居らなければならぬ。まかりまちがえば、おのが一命がふっとぶ冒険ゆえ、助力する者も、万事納得した上で、肯《うなず》くものだ。主謀者としては、納得させるためには、全部とは云わぬまでも、八分がたは打明けるに相違ない。……貴女も、佐野勘十郎が、本物を暗殺してしまう、とでも云ったのであれば、荷担はされなかったろう。その身を、安全な場所に移して、悠々自適のくらしを送らせる、と約束したからこそ、貴女は、すりかえに力を添えたのではなかったか？」

「…………」

「佐野勘十郎は、まちがいなく、貴女に、その悠々自適の場所を打明けた筈だ。……それが、何処か、お教え頂こう」

理に叶った攻めを受けて、杉重は、顔を伏せざるを得なかった。

しかし、目下は、贋家慶の敵であるこの浪人者に、その場所を、やすやすと打明ける気には、なれなかった。

佐野勘十郎は、たしかに、本物の身柄を移す場所を、杉重に告げていた。

はたして、そこに、本物が、くらしているかどうか、杉重には判らなかったが、佐野勘十郎の語るところでは、閑居するには、この上もない良い場所であった。

およそ、四半刻(三十分)も、沈黙の時間が、流れた。

狂四郎が、組んでいた腕を解いた。

「こたえて頂けぬ以上、二条城へおかえしすることはできぬが……、一夜を明かしてしまえば、貴女は、もはや、帰還することは不可能と相成る」

そう云われて、杉重は、びくっと肩を顫わせた。

狂四郎の云う通りであった。明日を迎えてしまえば、大久保久兵衛らは、この年寄が、拉致されたものと判断するに相違ない。そうなれば、たとえ明日帰城しても、もはや味方としては取り扱ってくれまい。いや、生きのびて、無事に帰城できたことを、なぜか、と疑うに相違あるまい。

今日のうちに、是が非でも帰城しなければならなかった。

帰してもらうためには、白状しなければならぬ。

杉重は、焦躁した。

その様子を視て、狂四郎が、つと立ち上った。

「どうせ、打明けるなら、この人相の悪い男よりも、貴女を妻とした男の方が、よろしかろう」

そう云いのこすと、狂四郎は、部屋を出た。

ゆっくりと階段を降りる狂四郎を、猫兵衛が、下で、緊張した面持で、迎えた。

「白状いたしましたので……？」

茶の間に、狂四郎が坐るのを待って、猫兵衛が、訊ねた。

かたわらに横たわった犬助も、興味を持って、狂四郎を見上げている。

「お前の役目のようだな、きき出すのは——」

狂四郎は、云った。

「と申しますと？」

「おれは、どうころんでも、あくまで敵の立場にいる。これに向って、素直に、泥は吐けまい。……お前なら——お前は、亭主の立場を得たのだから——あちらさんも、打明けやすかろう」

「それア、しかし……、やっぱり、旦那が、きき出して下さるのが……」

「猫兵衛、たとえ手ごめにもせよ、からだを奪った男に対しては、女は、弱いものだ。……まだ、時間は充分ある。お前が、もう一度、抱いてやるのが、必要なようだ、口を割らせるのは——」

「へ、へい」

猫兵衛は、なさけない目つきになった。

「お前は、なかなか、うまい殺し文句で、まるめ込んだようだ。ついでに、わたしも、口を添えておいた。これからは、そっちがのぞみとあれば、内緒の亭主は、時折り、二条城に忍び込んで、契る料簡でいる、とな」

「と、とんでもない！　冗談ではありませんよ、旦那――」

「嘘も方便だろう。……やってもらおう。二度目は、むこうも、反応を示して来るだろう。闇にして抱けば、結構いけるのではあるまいか」

狂四郎は、笑った。

「やれやれ――、とんだ役目をお引き受けしたもので……」

「内心では、まんざらでもないのではないか」

「滅相もない！」

猫兵衛は、かぶりを振った。

狂四郎は、猫兵衛が、しぶしぶ二階へ上って行くと、手をたたいて、小女を呼び、酒を持って来るように命じた。

「旦那――」

犬助が、のろのろと身を起した。

「お前もやるか。酔えば、すこしは、痛みがうすらぐだろう」

「いや、酒は、遠慮しまさ。それよりも、うかがいてえことがあります」

「なんだ？」

「旦那は、いってえ、心底からつめてえ御仁か、それとも、心の臓には、あたたかい血をたくわえておいでなのか――、どうも、わからねえ。猫兵衛の方は、すっかり旦那を信じきって居りますが……」

狂四郎は、冷酒を、あおってから、双眸をほそめ、ちょっと沈黙を置いて、こたえた。

「稲妻や昨日は東、今日は西、という其角《きかく》の句があるが、対手次第で、つめたくもなったり、あたたかくもなったりしているうちに、おれは、どうやら、おのれ自身が判らなくなって来たようだ」

鳥《と》羽《ば》絵《え》

一

およそ、半刻（一時間）が過ぎた。

茶の間の長火鉢の猫板に、狂四郎が冷で飲んだ徳利を、空にして置いた時、二階から降りて来る跫音が、きこえた。

入って来た猫兵衛は、照れくささをごまかそうとして、すぐには口をきかず、猫板の徳利を把った。

狂四郎も黙って、台所に立つと、別の徳利を持って来て、猫兵衛に与えた。

茶碗になみなみとついで、ひと口に飲みほした猫兵衛は、

「二条城大番頭小屋の、小座敷の床の間にかけてある鳥羽絵が、教えてくれよう――、それだけ、白状いたしました」

と、告げた。

「鳥羽絵――？　遠まわしに、泥を吐いたものだな。大奥の老女らしい」

狂四郎は、苦笑した。

「猫兵衛、手ぬるいぜ。二度目に抱かれりゃ、婆さんは、もうすっかり、おめえの下で、女になりやがったんだろう。もっとはっきりと口をすべらせられなかったものか。おめえの遠慮がすぎたのじゃねえのか」

壁ぎわに寐ている犬助が、ずけずけと、云った。

「わしは、わしのやりかたでやるよりほかはなかった」

猫兵衛は、投げ出すように、こたえた。

「よかろう。こちらが、足をはこんで、その鳥羽絵を拝見することになる。……ねむらせているのだな？」

狂四郎は、立ち上った。

「へい」

「ご苦労だが、かついで、二条城へ、はこんでやってくれ。城内へ忍び込んだなら、わたしが、わざと、番士に見咎められて、騒動を起す。その隙に、お前は、婆さんを居間へ寐かせて来るとよい」

そう命じた。

「旦那！」

犬助が、むくっと起きた。

「番士や与力や同心が、山といても、旦那は、屁《へ》もありますまいが、鹿火屋鬼庵がいますぜ、鬼庵が——」

「仰《の》るか返《そ》るか咽喉吭《のどぶえ》の針だな。これまで、そうして来たし、これからもそうするのが、わたしの流儀だ。猫兵衛にしても、お前にしても、おのがやりかたで、今日まで生きて来たのだ。人間というやつは、どうやら、一本の道筋しか辿れぬように生れついているらしい」

この言葉をきくと、犬助は、はじめて、この人物に心から信伏したように、ふかくうなずいて、

「旦那——これを」

と、懐中からとり出した蠟びきの薄紙をさし出した。

二条城の見取図であった。

狂四郎は、ひろげてみて、江戸城の本丸とも二の丸とも、全く構造がちがうのを知った。

大番頭小屋をとりかこむようにして、与力小屋、同心小屋、そして、東西南北に表長屋、中長屋がならんでいた。

大番頭小屋そのものが、城代の大番組頭《おおばんぐみがしら》が住む建物であるだけに、規模は宏壮《こうそう》であった。

鳥羽絵が掛けてある小座敷といっても、二十畳敷きで、大書院と中庭をへだてた奥にあった。これに近づくには、玄関からは、使者の間、取合を過ぎて、次の間とのあいだの廊下へ踏み込まねばならぬ。まず、不可能であった。

庭からまわるとすれば、二重の塀を越えて、東からは与力小屋、南からは同心小屋を突破しなければならぬ。

庭園は、あまりに広すぎて、今夜のように星あかりだけの闇では、迷うおそれもある。

「犬助、この大番頭小屋の前の庭が、どのようなつくりになっているか、見たか？」

「あいにく、あっしは、表御殿の庭に忍んだので、そっちの方は、見とどけてはいねえんで……」

「…………」

狂四郎は、どの方角から、小座敷へ踏み込むべきか、まよった。

「旦那――、あっしが、もし、忍び込むとしたら、その北内長屋とへだてる塀を越えて、湯殿でさ。湯殿から勘定場、勘定場から料理の間、それから、まっすぐに小座敷へ――という順序にしますぜ」

「では、そうしよう」

「但し、旦那は、忍びの者じゃねえ。勘定場のとなりの役人詰所の宿直《とのい》に、きっと見つけられますぜ」

「見咎められるのも、筋書きに入れてあるのだから、恰度頃合いではないか」

「小座敷の前の廊下、次の間、取合などに、仕掛けがしてあるにちがいねえんだから、見つかっちゃ、まずいんでさ。あっしらなら、天井を匍って、小座敷に行けるんだが……、旦那は、それができねえとなると――」

犬助は、舌打ちして、

「左手を二条城にのこして来るんじゃなかったぜ。これア、あっしの役目だ」

と、無念の呟きをもらした。

猫兵衛が、二階から、死んだようにぐったりとなった杉重を、かつぎおろして来た。

「行こう」

玄関へ出ようとする狂四郎に、犬助が、

「旦那！　廊下板や畳が、どんでんになっている仕掛けと、鬼庵の幻術に、くれぐれも、ご要心を――」

と、忠告した。

二

狂四郎は、杉重をかついだ猫兵衛と、表御殿の庭園で、別れた。

猫兵衛が、奥御殿へ向って、遠ざかるのを待って、白砂の平庭を、横切って行き、わざと、巡邏《じゅんら》の番士二人と、真正面からぶつかった。

一人を倒し、一人に、「曲者っ！」と叫ばせておいて、まっしぐらに、表御殿内へ、奔り入った。

表御殿内が騒然となった時、狂四郎は、大番頭小屋と北内長屋をへだてる中塀を越えていた。

二条城内には、在番、番頭、定番らの下に、それぞれ与力が二十騎、同心が三十人従って居り、さらに番士が百人以上いたのである。

これらに、一挙に殺到されたならば、いかに眠狂四郎といえども、めざす小座敷に踏み込むことは、困難であった。

与力・同心が、急報によって表御殿へ向って馳せ出て行き、わずかの人数しか残らぬ大番頭小屋へ、潜入する策をとることによって、その小座敷に踏み込む可能性があった。

狂四郎は、湯殿に、踏み込んだ。

犬助は、そこから勘定場、料理の間の順序を指示した。しかし、湯殿から小座敷へは、これは、すこし遠まわりであった。

脱衣部屋から、囲炉裏を切ってある二十四畳敷きの次の間へ踏み込んだ方が、近かった。

狂四郎は、敢えて、その近路をえらんだ。

脱衣部屋との仕切り襖を、二寸あまり、そろりと開けて、狂四郎は、突然、おのれのうかつに気づいた。

自分が、表御殿ではなく、大番頭小屋に忍び入ったことは、城代はじめ贋家慶の付添い方に、さとられてはならぬのだ。

眠狂四郎が、大番頭小屋に忍び入った目的は、小座敷に掛けた鳥羽絵を観ることであった、と敵がたに考え及ばせるのは、絶対に避けねばならぬ。

茶所をへだてて役人詰所があり、そこに数人が残っている気配がある。これらを、仆すことは容易としても、それは忍び入った証拠をのこすことになる。

また——、

いくつかのどんでんの仕掛けを、無事に躱したとしても、それもまた、忍び入った証拠になろう。

狂四郎は、その場に、立往生した。

およそ二十もかぞえる時間を、狂四郎は、むなしく、そこに影となって、佇立していた。

と——その時。

彼方に、怒号と悲鳴が起った。

表御殿からであった。

——猫兵衛が、囮《おとり》になった！

老女杉重を、長局のその居間へ寐かせておいて、猫兵衛は、奥御殿から表御殿に奔り込んで、わざと発見されたのである。

とたんに、役人詰所の番士たちが、ざわめきたった。

「曲者は、ここへ参らんぞ。ここで腕を拱《こま》ねいていて、他の者に手柄を立てさせることはあるまい」

「しかし、組頭に、小座敷を守備せよ、と命じられて居るのに……」

「囲炉裏をまわしておけばよいではないか。われわれが居らずとも、かりに踏み込んで来たとすれば、鼠は鼠取りにひっかかる」

「それも、そうだの」

二人の番士が、急いで、次の間に入って来ると、囲炉裏の縁に、手をかけた。

三寸角の黒光りする桜材の縁が、するすると廻された。

襖の隙間から、それをぬすみ視た狂四郎は、

——そうか。これがどんでんの仕掛けか。

と、合点した。

番士らが、馳せ出て行くのを待って、次の間に踏み込んだ狂四郎は、炉縁を、元に廻し戻した。

そして、次の間から、廊下を越えて、小座敷へ、悠々と踏み込んだ。

二間床の壁に、狂四郎が、見出した鳥羽絵は、寺院の堂宇が燃えて、火に追われた犬やら猿やら兎《うさぎ》やら蛙《かえる》やら鹿やら鳩《はと》やらの鳥獣人物どもが、あわてふためいて遁げ出した戯画であった。

——どこの寺院なのか？

近づいてみたが、何寺とも記されていなかった。

ただ、片隅に、薄墨で、「庚午年大火《かのえうま》」とのみ、記されてあった。

これだけでは、何寺が焼けたのか、狂四郎の知識では、判じ難かった。

覚猷《かくゆう》鳥羽僧正は、横にひろがる絵巻物の形式の創始者である。

したがって、この絵もまた、何処かの寺の縁起物語絵巻の一部分に相違ない。

——本物の西城府は、何処かの寺院にいる、ということだ。

老女杉重の告げたことがまちがいなければ、このことだけは明白であった。

狂四郎は、次の間へひきかえすと、炉縁を廻しておいて、湯殿へ移り、そこから抜け出して、中塀を越えた。

風の早さで、表御殿の庭園へ奔った狂四郎は、二百人にも近い多勢に包囲されつつ、けものの ようにあばれている猫兵衛の姿を、高張提灯のあかりの中に、みとめた。

「猫兵衛、遁げろ！」

狂四郎は、叫んだ。

番士・与力・同心らは、忽ち、狂四郎めがけて、殺到して来た。

狂四郎は、鋭く視線をまわして、鹿火屋鬼庵の姿を、もとめた。

鬼庵の姿は、なかった。

狂四郎は、遁走する代りに、つなみとなって寄せて来る敵陣へ、突入した。

いかに、敵が多人数であっても、一命をなげ出して襲って来る刺客陣ではなく、ただの幕臣たちであった。

先頭に立って攻撃しかけて来る数人を、はねのければ、あとにつづく者たちがきわめてもろく、道をあけることを、狂四郎は知っていた。

衆を恃《たの》んでいるにすぎない番士役人というものは、棒きれや竹竿をふりかざしている逆上した一揆の農民たちよりも弱いのであった。

あっという間に、突破した狂四郎は、表御殿内へ、とび込んだ。

追いかけた一同が、うろうろしている隙に、狂四郎は、御座の間へ、踏み込んでいた。

侵入をふせぐいとまもなく、三人の番士が、峰撃ちをくらって、その場へ横たわった。

その光景を、上段から、寝間着姿の贋家慶——敏次郎が、眦を裂かんばかりに瞠目《どうもく》して、目撃した。

大久保久兵衛が、これをかばって、抜刀していたが、これは、まるで兵法の心得のない構えであった。

どうやら、鹿火屋鬼庵は、この二条城から抜け出て、春の夜の洛中に、なぐさめをもとめているらしい。

狂四郎は、二三歩迫ると、

「お手前様が、木偶であることを止めて、人間に還るほぞをきめられたか、どうか、それをうかがいたく参上いたしましたが、……こっそりと、人目を忍んで、お目にかかるべきところ、こちらも、生身の者ゆえ、つい、神経の配り加減がゆるんで、この騒擾をひき起してしまい、申しわけなきことに存じます。春の夜の甘い空気のせいにして頂きましょう」

と、云った。

「去れっ！　わしは、木偶ではない。佐野勘十郎の木偶でもなければ、おのれ如き素浪人に操られる木偶でもないぞ！」

「墓穴は、すでに、その足元に掘られて居ります。料簡次第だ」

狂四郎は、さらに、一歩迫った。

「寄るなっ！」

大久保久兵衛が、必死になって、ふりかぶった。

「老人！　わたしに、歯向う代りに、騒ぎたてている面々を、とりしずめられたらどうだ？」

「なに！」

「一同が、ここへ押し寄せて来れば、わたしも、自衛上、お手前のあるじを捕えて、脅さねばならぬ。贋者とはいえ、西城府の実弟に対して、手荒なまねはしたくはない」

「黙れっ！　退らぬか！」

「窮鼠は、猫を嚙む。場合によっては、お手前のあるじを斬ることになる」

「な、なにを申す！」

大久保久兵衛としても、鹿火屋鬼庵という強い味方がいない今は、いたずらに、恐怖するばかりで、なんの思案もなかった。

「はやくして頂こう、……こちらも、夜が明けぬ前に、退散したい。あらためて出なおすことにして、今夜はおとなしくひきさがろうと、こちらが殊勝な考えを持っているうちに、お手前も、年寄りらしく、小ずるくたちまわってもらいたいものだ」

三

東の空がしらんだ時刻、狂四郎は、蛸薬師のさぬき屋妾宅へ、戻って来た。

猫兵衛は、まだ帰って来ていなかった。

きぬというその女は、帯も解かずに、待っていた。

いかにも京女らしい、おっとりとした顔だちの、餅肌の美しい女であった。

「お熱いのを、一杯どうどす？」

すすめられて、盃を把った狂四郎は、

「中間ていの男が、そこに寐ていたはずだが……？」

と、訊ねた。

「出て行かはりましたんどすえ。二階でおやすみになるようにおすすめしたのどすけど、なんや不機嫌そうなご様子で、ここは寐心地がよくなさそうだ、と云やはってなあ」

「犬助という名を持っている男だ。女の匂いのする夜具は、苦手なのだろう。どこかの寺院の縁の下をさがしに行ったのかも知れぬ」

「片手を無《の》うしていやはるのに……」

「五体の鍛えかたが、ちがうのだ」

「旦那はんも、不死身のお方やと、うかがっとりますえ」

きぬは、艶冶な笑顔をつくった。

「夜明けの据膳か」

狂四郎は、薄ら笑った。

「どうぞ、召し上ってみておくれやす」

不能者に近くなったさぬき屋に、操をたてて、きぬは、この一年ばかり、空閨をかこって来ていた。

さぬき屋から、

「眠様が、その気におなりになったら、お前は、よろこんで、さしあげるがええ」

と、云いふくめられていたきぬであった。

狂四郎は、黙って、立ち上ると、二階へ上って行った。

きぬは、そのつもりになった。

いそいそと、身仕度して、階段をのぼって行くと、意外にも、ひそひそと話し声がきこえて来て、きぬは、踊り場へ立ちすくんだ。

「旦那は、尾行されたのに、お気づきではなかったので……？」

いつの間に、帰って来たのか、猫兵衛であった。

「横丁の入口に、三人見張って居ります。伊賀衆と看て取りました」

「それで、お前は、屋根づたいに戻って来たわけか」

「そうなので……、どうなさいます？　いま、すぐ、おひきあげなさいますか？」

「据膳を、食わねばならぬのだが――」

狂四郎は、こたえた。

立ちすくんだきぬは、からだが熱くなった。

「そんなのんきなことを仰言っている場合じゃございませぬ」

「このおっとりと静かな京の市《まち》なかで、斬り合うような野暮なまねは、向うもせぬだろう。……ところで、猫兵衛、お前の方は、どうして、おくれた？」

狂四郎は、訊ねた。

「へい――」

猫兵衛は、顔を伏せた。

狂四郎は、笑って、

「猫兵衛、あの杉重という老女を、三度抱いたな？」

「へい。かくれ場所としては恰度いい、と思いつきましたし、それに、犬助にあざけられたことも頭の中にのこって居りましたので、西の丸様のご在処をはっきりときき出してやろうと存じましてね」

「杉重は、しゃべらなかったろう。その代り、女になって、狂ったように身もだえたのではないか」

「まるでごらんになったように、おあてなさいます」

「お前を、この後、幾度も、忍んで来させるためには、秘密をそうやすやすとしゃべるものではない。こうなると、女は、しぶとく、強い」

「大番頭小屋の小座敷には、鳥羽絵がかかって居りましたか？」

「かかっていた。かくれ場所は、寺だとだけ、判った」

それから、しばらく、私語が交わされていたが、やがて、声は絶えた。

踊り場に立ちつくすきぬのからだが、ひえきった。

「入って来てもよいぞ」

狂四郎が、呼んだ。

「夜明けの据膳の味を、ためしてみよう」

鼠《そ》賊《ぞく》

一

翌日――、

眠狂四郎は、京都町奉行所へおもむき、奉行寺沢内膳正に面会すると、大納言家慶のかくれ場所が、何処かの寺院らしい、と告げた。

「その鳥羽絵に、庚午年大火と記されてあったというのだな？」

内膳正は、まるで肩のあたりに蚤《のみ》でもいるかのように、上半身をしきりに、うごかし乍ら、小首をかしげていたが、

「ちょっと待っていてもらおう」

立ち上ると、

「書庫で調べて来る」

とことわって、せかせかと、出て行った。

狂四郎は、腕組みして、待ち乍ら、

――二条城の城代は、若年寄永井尚佐が京都所司代時代に、同じ穴の狢《むじな》になっていた。ということは――京都所司代であった者と二条城城代と所司代屋敷与力であった佐野勘十郎の三人の協議によって、西城府の監禁場所が決定されたことは、かれらの縄張り地域内という推測が成り立つ。すなわち、この京都から、あまり遠くない場所だ。

と、推理の筋道を辿った。

内膳正は、なかなか戻って来なかった。

狂四郎は、黙然として、宙に眼眸を置いているうちに、不破の古蹟で決闘して、斃した明日心剣の俤を、よみがえらせた。

明日心剣――旗本御家人篠原雄次郎は、死んではならぬ男であった。にも拘らず、死んで行ったのである。

――あの時、あの男は、何故、おれに遺書など書かずに、直接打明けて、味方になって欲しい、とたのんで来なかったのか？

大垣藩当主戸田氏庸（十五歳）が、心剣の実子であるという秘密を、お目付佐野勘十郎の手に握られたことが、心剣を刺客にしたのであった。

しかし、心剣は、この眠狂四郎がどういう人間であるか、ということを、充分知った筈であった。それゆえにこそ、遺書をのこしたのである。

それほど信頼すべき人間と知っていたならば、敢えて勝負を挑まず、その力を借りる気持に、どうしてならなかったのか。

刺客たることに終始して、死んではならぬ身が、不破の古蹟の路傍の土になってしまったのである。

——それにしても、なんという窮屈な律義な生涯を送ったものか。

旗本御家人篠原雄次郎が、大垣藩主戸田氏庸の実父になったのは、渠自身が、それをのぞんだのでもなければ、やむにやまれぬ事情によるものでもなかった。

柳生道場の朋輩であったという、ただそれだけの知己である戸田氏教から、たのまれて、不能者の氏教に代って、その妻を抱いたにすぎないのであった。下種《げす》の云いかたをすれば、篠原雄次郎は、種馬にされただけのことであった。

氏教の妻が懐妊し、男児をもうけた、ということは、すでに、雄次郎自身とはかかわりのない出来事であったのだ。男児は、氏教の嫡子として、この世に生を享《う》けたのだ。

篠原雄次郎は、種馬にされたために、おのれの姓名もすてなければならなかった。

さらに、十五年の歳月を経乍ら、その秘密を守るために、佐野勘十郎の狗《いぬ》となって、ついに、この眠狂四郎の無想正宗の下に、一命を落さなければならなかった。

こんなばかげた生涯が、またとあるであろうか。

おのれの人生と比べて、あまりにも極端な対蹠《たいしょ》を示す明日心剣の生涯を、想いやって、狂四郎は、しだいに、胸中が、鉛のような重いものでふさがれるのをおぼえずにはいられなかった。

——おれが、渠に代って、佐野勘十郎を斬って、戸田家の秘密を保ってやったところで、心剣自身の生命は還っては来ぬ。

狂四郎が、呟いた時、ようやく、せかせかした跫音が、廊下にひびいた。

入って来た京都町奉行の片手には、古びた書物が、携えられていた。

「判ったぞ！　これじゃ、これ——」

ひらいたところを、ぱんと平手打ちして、狂四郎の前へ投げてみせた。

それは、「聖徳太子伝補闕記《ほけつき》」の一節であった。

『……庚午年四月三十日夜半有災斑鳩寺《いかるが》』

そう記されてあった。

つづけて、

『斑鳩寺罹災《りさい》之後、衆人不得定寺地』

と、記されてあるところをみると、これは、世人をおそれおののかせた非常な大災であったのである。

斑鳩寺が焼失したので、幾年後かに、分散して、蜂岡《はちおか》寺、高井《こうせい》寺、三井《みい》寺をつくった、と「補闕記」はしるしている。

狂四郎は、一読して、眉宇をひそめた。

「わたしは、寺社に関する知識が、きわめて乏しい男なので……、斑鳩の里に、斑鳩寺という寺が、現存して居りますか？」

「それだな。斑鳩寺とは、すなわち、法隆寺を示している」

「……？」

「学説によれば、斑鳩寺と法隆学問寺とは、全く別個で、推古帝十五年に、まず斑鳩寺が建立され、つづいて法隆学問寺が造られた、というのだな。天智帝の御世に、斑鳩寺と法隆学問寺が、同時に焼失した。その後、再建されたが、これは、斑鳩寺としてではなく、法隆寺として、新しい寺院となったそうな。……つまり、斑鳩寺は、焼けて失くなったが、法隆寺として姿をかえたのじゃから、斑鳩寺すなわち法隆寺と称しても一向にさしつかえはない、という次第であろうな」

「成程――」

狂四郎は、うなずいた。

「わしは、書庫で、まず手はじめに、日本紀《ぎ》をひらいてみた。日本紀の記事や年代は、きわめて怪しくて、信じられんところがある。天智帝九年庚午の歳《とし》四月三十日夜半、法隆寺が一屋あまさず大火災で烏有《うゆう》に帰した、という記事がのっている。わしは、――はあ、これじゃな、法隆寺のことか、と思ったが、なにしろ、日本紀の記事というやつは信じ難いところがあるので、別の古書をひらいてみた。法隆寺は、聖徳太子創建のままだ、と書いてある。つまり、庚午の火災は、太子在世中のことで、現在の伽藍《がらん》は、太子ご自身の手で再建されたもの、と解釈してある。……この補闕記を把ってみて、天智帝九年の庚午の火災はまちがいであることが、明白となった。……鳥羽絵は、斑鳩寺すなわち法隆寺の炎上を描いたものに相違ない」

「西の丸殿は、法隆寺にかくれておいでになる、ということですな」

「左様――」

内膳正は、うなずいてから、

「法隆寺とは、意表を衝かれたのう」

二

狂四郎としても、このかくれ場所は、意外であった。

どこかの山中の、名も知られていない古寺に、とじこめられている、と想像していたことである。

日に数百人、時には千人以上もの参詣人がある法隆寺に、家慶をかくした、というのは、どういうこんたんであろう？

「このかくれ場所をえらんだのは、若年寄永井尚佐と二条城城代の大番組頭と、そして、佐野勘十郎の三人密議した結果と考えられます」

「うむ」

「法隆寺に監禁することを、どうしてこの三人が思いついたか――ちょっと、合点しかねます。もしかすれば、二条城の留守居年寄に、われわれは、まんまと、一杯くわされたのかも知れぬ」

狂四郎は、云った。

「お主にそう云われると、そんな気もするの」

内膳正は、貧乏ゆすりをつづけ乍ら、双手をこぶしにして、膝を叩いた。

なにやら思案をめぐらす時の、これは癖かも知れない。

その時――。

突如、真上の天井裏で、もの凄い物音が発した。

物音は、それだけで絶えたが、狂四郎の神経には、音を消したままで、目まぐるしい争闘が、くりひろげられているさまが、はっきりとつたわって来た。

曲者が、天井裏に忍び込み、それに向って、奉行所抱えの隠密が襲った、と判断された。

狂四郎は、町奉行所へやって来る途次、ずっと尾行されていたのである。気づいて、わざとそ知らぬふりで、尾行させて来たのであった。

狂四郎は、天井裏の争闘が――一人が仆れて、終った、とさとるや、すばやく、無想正宗を携げて、廊下へ出た。

廊下の天井裏を生き残った者が、移動して行く。

それを追って、狂四郎は、跫音を消し乍ら、進んだ。

長い廊下が、鈎の手に曲って、さらに長くつづいて、やがて、行きどまりになった。

そこから、別棟へ、渡り廊下がつないでいた。

黒い影が、天井裏から抜け出て、渡り廊下へ跳んだ。

これは、まぎれもなく侵入した曲者の方であった。

跳び降りた瞬間、真向いに、眠狂四郎が、うっそりと佇立して待っているのを見出して、愕《ぎょ》っとなる様子を示した。

「お主、二条城やといの忍者にしては、どこやら、泥くさい臭気が立って居るぞ」

狂四郎は、ひややかに、あびせた。

「…………」

対手は、黙って、じりじりと後退した。

「どうした？　おれを仆さねば、この場を遁れられぬぞ」

「…………」

「庭へ跳べば、おれの小柄も飛ぶ。うしろの廊下には、もう奉行所の隠密方が、進んで来て居る。おれにかかって来るか、それとも、隠密陣を突破するかだ」

「…………」

「それとも、もう一度、天井裏へもぐることにするか」

からかわれて、対手は、忍び手裏剣を数本投じて来た。

狂四郎は、無手で、これを躱した。一本は襟を刺し、一本は袂を貫いた。

「逃げ腰で、撃って来ても、中らぬ」

狂四郎は、あざけった。

と——。

忍者は、腰の小刀を、鞘毎抜きとると、その場へ坐って、それを前に置いた。

「降参つかまつる」

奉行所の隠密たちは、すでに、その背後へ、馳せ寄って来ていたので、遁れ難いと観念した神妙さを示した。

「忍びにしては、降参のしかたが、いささかかんたんすぎるようだ」

「お手前の強さは、すでに承知つかまつる」

「闘ってみての上で、納得したらどうだ？」

「いや、すでに、お手前の強さは、猿太と犬助から、きいて居り申す」

「お主は、あの三人の仲間の伊賀者か？」

「同郷でござるが、いまは仲間ではござらぬ。鼠左衛門《ねずみざえもん》と申す」

三

狂四郎は、鼠左衛門という伊賀の忍者をつれて、町奉行所を出ると、

「猿太と犬助が、寐ている処へ、案内してもらおうか」

と、命じた。

鼠左衛門は、困惑の面持で、

「そ、それは……」

と、しりごみした。

「いやだというのか？」

「べ、べつに、いやだとは申さぬが……、ちょっと、そのう——」

「降参したのだぞ、お主は」

「わかって居り申す。わかって居り申すが……、なろうことなら、これで、お見逃しを、お願いいいたしとうござる」

「それは、いささか虫がよすぎる。……降参した以上は、こっちの指示に従ってもらおう」

「眠殿——」

鼠左衛門は、ぺこりと頭を下げた。

「お許し下され。それがしは、猫兵衛も猿太も犬助も、ご老中側用人の武仙殿に、やとわれたから、ただ、お手前に従っているのではなく、すでに、心服して居ることを、承知つかまつる。……それがしは、つまり、その——そこを利用して、猿太と犬助に、私も仲間に加えてくれ、とたのんだのでござる」

「それで、猿太と犬助は、お主に心を許して、わたしに従って働いている仕事の内容を、打明けた、というのだな？」

「左様でござる」

「お主は、しかし、仲間に加わらず、おのれ一人の料簡で、この秘事に、首を突っ込んで、なにか、うまい汁を吸おうと、考えた。——そうなのだな？」

「申しわけござらぬ。お許し下され。この通りでござる」

鼠左衛門は、もう一度頭を下げた。

狂四郎は、言葉をつづけた。

「うまい汁を吸うために、わたしのあとを尾けまわして、町奉行所の書院の天井裏に、忍び込んだ。……そして、奉行とわたしの交わした話を、ぬすみぎいた」

「たしかに、ぬすみぎき申した。……しかし、それがしの頭脳では、どうも、お話の内容が、よく読みとりかね申した。斑鳩寺と法隆寺が、同じだとか……」

「空とぼけないでもよい。お主は、ちゃんと読みとった筈だ」

「…………」

「空とぼけて居らぬ、というのなら、あらためて、きかせてもよい。まことの西の丸殿――将軍家世子家慶殿は、目下、斑鳩の法隆寺に、監禁されて居られる。わたしは、そのことをつきとめた。……ひそかに上洛して来て、二条城に逗留中の内大臣大納言家慶は、贋者であり、この贋者と、法隆寺に監禁されている本物とを、どうやって、世間の耳目にふれぬように、すりかえて、本物を、江戸城へおかえしするか――わたしと猫兵衛、犬助、猿太の仕事は、これだ。べつに、一文にもならぬ仕事だな」

「よ、よく、わかり申した」

「お主が、降参したのであれば、犬助、猿太の前で、わたしを立ちあわせて、自分もあらためて、仲間になると誓えばよかろう。そうすれば、犬助も猿太も、お主を許してくれるのではないか」

「忝のうござる。……犬助らがやすんでいる家へ、ご案内つかまつる」

鼠左衛門は、安堵《あんど》したように、狂四郎の前に立った。

洛中洛外、京の都は、いたるところ名所旧蹟である。

如意ヶ嶽《にょいがたけ》を右方に仰いで、北白川《きたしらかわ》から、一乗寺《いちじょう》に入れば、そこにもさまざまの昔譚《がたり》をつたえる旧蹟が、ちらばっている。

村の入口は、降松《さがりまつ》といい、宮本武蔵《みやもとむさし》が吉岡《よしおか》一門七十余名をむこうにまわして、血みどろの修羅場をくりひろげた。いまは、その松も枯れて、田野がひろがっているばかりであるが、降松の名は、すでに「太平記」にも出ている。平敦盛《たいらのあつもり》に一子があった。敦盛が、西海に滅んだのち、敦盛夫人は、その嬰児《みどりご》を、源氏に奪われまいとして、この降松の小さな家にかくした、という。

辰巳の山上には、頑仙祠が建ち、石川丈山《いしかわじょうざん》が嘉遁《かとん》の地として、ここに庵《いおり》をむすんだ。舞楽寺《ぶがく》村山腹には、天王《てんのう》社があって、紅葉の名所。天王社の下には、金福寺《こんぷく》があり、その裏手に、芭蕉《ばしょう》がしばしば寄宿して、その建物に、芭蕉庵の名をのこした。詞人吟客は、京都へ来れば、必ず、ここを訪れる。

一乗寺村の東の禅刹、円光《えんこう》寺の本尊千手観世音は、運慶《うんけい》作として有名であり、その後方の山上は、東昭宮である。足利学校という書生受業の旧館を、ここに、とどめている。

伊賀の忍者鼠左衛門は、狂四郎を、一乗寺村入口の降松まで、案内して来て、

「宮本武蔵は、ここで、吉岡道場の者を、まこと、七十余人も対手として、闘ったのでござろうかな？」

と、訊ねた。

「本人が、そう書きのこしたのであれば、そうと信じるよりほかはあるまい」

「一人で、七十余人も対手にして、よく生きのびられたものでござる。……眠殿には、

そのような経験は、ござったろうか?」
狂四郎は、それにこたえる代りに、
「犬助らは、この一乗寺にいるというのか?」
と訊ねた。
「ほれ——あの乾《いぬい》の、小さな森がござる。比良木《ひらき》の杜《もり》、と称して居り申すが、中に祠が
ござる」
鼠左衛門と狂四郎は、田の中の小径を辿って、その森に近づいた。
森の入口に来て、狂四郎は、
「ご苦労であった」
と、云い、
「ここが、お主の冥土への入口か」
と、あびせた。
瞬間——。
鼠左衛門は、一間余を跳んで、向きなおった。
狂四郎は、冷笑し乍ら、なお、ふところ手のままであった。
「対手がわるかったようだ、鼠左衛門。わたしの動静をかぎまわっているのは、お主一
人ではなく、お主の仲間がいるものと考えたことだ、猫兵衛らとはちがったお主自身の

仲間が、だ」

「…………」

だました、と思っていたおのれが、だまされていた、と知らされた鼠左衛門は、狂気じみた形相と化していた。

「佐野勘十郎にやとわれているのか、それとも、お主らだけが徒党を組んで、野盗めいた働きをしているのか、それは、知らぬが、明白なことは、わたしにとって、迷惑な存在だということだ。……お主一人を斬ることは、造作はなかったが、ついでに、一味も片づけることにして、案内させた。やむを得ぬ仕儀だな。……野盗は野盗らしく、せいぜい、田舎分限者の土蔵ぐらいを、破っていればよかったのだ。……あきらめてもらおう」

その宣告が、おわらぬうちに、鼠左衛門は、奇妙なけたたましい叫びを噴かせた。

祠の中から、五、六人、とび出して来た。

狂四郎は、おちつきはらって、ゆっくりと、進みはじめた。

斑鳩の里

一

眠狂四郎としては、これまで、忍者の集団を対手として、闘った経験は、豊富である。したがって、渠らの攻撃方法に就いては、ほぼ知りつくしている、といってよかった。

その痩身を、野に移すかわりに、五体の翻転の不自由な松の木立の中へ、すすっと運び入れたは、そのためであった。

忍者の攻撃方法の知識に乏しい者ならば、いずれへも自由に奔ることのできる広い場所をえらんだに相違ない。

忍者たちは、狂四郎の予測通り、狂四郎を中心の点にすると、おのれらを線として、目まぐるしく円を描きはじめた。

雑木の間隔はきわめて狭いのであったが、渠ら七人は、宛然《さながら》平地を駆ける迅さを示した。

狂四郎は、わざと動かなかった。

一瞬――。

一人が、背後から、宙に躍って、襲いかかって来た。

頭上から、突きおろす一撃と、下から抜きつけの一閃を放つのと、いずれに遅速があった、とも見えなかったが、次の刹那、忍者は、石のごとく地面へ落ちた。

狂四郎の方は、颪の迅さで、円を描く敵の、その線上へ、身を移していた。

身を移したとみるや、無言の気合を発して、立木を両断しはじめた。

直径二寸乃至《ないし》三寸の生幹を、一颯の刃音の裡に次々と両断する冴えた業は、狂四郎独特のものであった。

のみならず、それは、まばたくほどの間さえも置かなかった。

一木を両断する閃光を、そのまま、次の立木を両断させるのに、継続させた。

烈しく枝葉を鳴らして、右へ、左へ雑木が倒れてゆくにつれて、忍者たちは、円を描くことをはばまれ、その速力も落ちた。

いわば、倒れかかる立木によって、一筋の糸でつないでいたように保っていた渠らの気脈が、ばらばらにされたのであった。

各個それぞれが、狂四郎を襲わざるを得ない立場に置かれたのである。

こうなると、利は、狂四郎の方にある。

一人、二人、そして三人と、狂四郎は、斬り仆してゆく。

ついに、二人を残した。

一人は、鼠左衛門であった。

狂四郎は、はじめて静止して、

「鼠左衛門、どうだ、こんどこそ、降参するか」

と、あびせて、冷やかな微笑を、口辺に刷いた。

「くそ!」

鼠左衛門は、あまりの狂四郎の強さに対する恐怖とあざけられた屈辱で、眦を裂き口をひらき、こめかみを痙攣させていたが、一瞬、叫喚とともに、自暴自棄に似た跳躍を示した。

狂四郎の頭上を翔け過ぎた時、その首は、胴とはなれて、雑木の高枝へひっかかった。

ついに、狂四郎は、敵を一人にした。

この忍者だけは、最初から冷静を持して、むしろ、絶えず、遠くに身を置いていた。

あるいは、七人中最も忍びの術に長《た》けていて、狂四郎が容易に斃せる対手ではない、と看て取っていたものと思われる。

しかし、一人にとり残され乍らも、遁走の気色は、みじんも示さなかった。

狂四郎は、ゆっくりと、迫った。

忍者は、二尺あまりの忍び刀を、胸前に横たえて、待つ。

その折であった。

不意に、狂四郎の後方から、

「蛇市、刀をすてろ！」

と、声がかかった。

猫兵衛であった。

「お前らの敵う御仁ではない。刀をすてろ！」

蛇市と呼ばれた忍者は、すっと一歩退くと、忍び刀を、かたわらの雑木の幹に突き刺しておいて、顔を伏せた。

猫兵衛は、狂四郎の脇を抜け出て、蛇市に近づくと、いきなり、烈しい平手打ちを、その顔へくらわせた。

猫兵衛が、ここへやって来たのは、町奉行所へ行き、狂四郎が一足ちがいで、降参した鼠左衛門という伊賀者をつれて立去った、ときいたからであった。

猫兵衛は、むかしの仲間である鼠左衛門が、野盗になりさがって、この一乗寺村に巣食っていることを、知っていたのである。

「旦那、許してやって下さいまし。この蛇市は、てまえの甥《おい》でございます」

猫兵衛は、そう詫びて、蛇市に土下座を命じた。

「鼠左衛門にそそのかされて、斯様なていたらくをさらして居りますが、まだ、たたきなおせば、性根がもとにもどるかと存じます」

「お前がそう云うのなら、恰度いい機会だろう」

「いえね、旦那に、いっそ片づけて頂ければ、べつに惜しい奴ではないのでございましたが、ふと、思いついたことがございましてね」

「………」

「旦那――。よくごらん下さいまし。こいつのからだつき、顔つき……、旦那の替玉にできるのじゃございますまいか。それに、餓鬼の頃から、人真似の巧みな奴でございました」

「わたしに、替玉は要らぬ」

「それが、要るのでございます」

猫兵衛は、おのれがまわした智慧を披露する笑顔をつくった。

二

猫兵衛は、狂四郎が町奉行所へおもむいたあと、ふっと気がかりになることがあって、不敵にも、昨夜あれほどの騒動を起した二条城へ、忍び込んだのであった。

猫兵衛の直感力は、鋭かった。

留守居年寄杉重は、奥向きの一室で、大久保久兵衛の前に据えられていたのである。

「昨日、お許は、夕餉の膳にも就かずに、ずっと臥牀されていたそうなが……、今朝がた、妙なことを、女中の一人が、申して居ったのを、耳にいたした。それで、念のために、おたずねつかまつる」

「なんでありましょう？」

「お許が、夕刻、厠に入られて、そのまま、出て来られなかった、と申して居るのでござる。不審に思うていたところ、あの騒動が起り、その女中が、お許の居間に馳せつけたところ、いつの間にやら、牀にやすまれていた。……つまり、お許は、三刻（六時間）ばかりの間、行方知れずになられて居った、という次第でござるな」

「その女中は、なにを申しますことやら。——わたくしは、たしかに、厠には、かなり長く入って居りました。一昨日以来、腹痛がつづいて居りましたゆえ、厠には、いくたびもかよいました。……厠からもどって、すぐに、居間にひきこもって、やすみました。行方知れずになったなどと、なんというたわけたことを申しますものやら……」

しかし、大久保久兵衛は、その弁解をきいても、容易に納得しなかった。

どうして奥医師を呼んで、診せなかったのか、とか、なぜ女中に看護させなかったのか、とか、かなりしつっこく、問い詰めた。

杉重の態度が、みじんの動揺もみせなかったので、大久保久兵衛は、ようやく許したが、疑惑の念をすててはいない様子であった。

猫兵衛は、このさまを、天井裏からのぞき視しているうちに、ふと、ひとつの思案をめぐらしたのであった。

杉重が居間にひきとるのを、見はからって、猫兵衛は、天井裏から、その目の前に降り立った。

杉重は、まるで救いの主が現われたように、猫兵衛にすがりついて、

「わたくしを、ここから、つれて逃げてたもれ！」

と、かきくどいた。

「分別のないことを申されるものではありませぬ。むこうが疑うてかかっているのであれば、その裏をかくのが、大人の智慧と申すものではありませぬか」

猫兵衛は、杉重を抱いてやり、片手を胸にさし入れて、乳房を愛撫してやり乍ら、ささやいたものであった。

「大人の智慧とは――？」

杉重は、胸からひろがる官能の疼きに、身を崩しつつ、問いかえした。

「正直に、打ち明けられるのでございますよ、眠狂四郎に拉致されたとな」

「そ、そんな……」

「いいえ、正直に打ち明けられるのは、そこまででございます。眠狂四郎に、西城府様のかくれ場所を教えよ、と脅かされて、しかたなく、その場で思いついた処を、告げた、

と仰言るのでございます」

「ど、どこだと告げた、と申せばよい？」

「左様――。四国のはずれあたり――宿毛《すくも》などは、如何でございましょう」

「宿毛――」

「宿という字に、毛と書きます。高知からずっと南にある漁村でございます。西城府様は、そこにおいでになる、と眠狂四郎に告げた、とお教えなさいまし。……いえ、大丈夫でございますとも！　勇気をお出しになって、おやり下さいまし。このまま、疑惑の目で見られたまま、怯えているよりは、思いきって、逆手をとってみるのが、かしこいやりかたでございます」

猫兵衛に入れ智慧された杉重は、もうその時は、ひとたびおぼえた男の味に溺れることに夢中で、

「わたくしに、勇気を出させたくば……」

と、くどいたのであった。

猫兵衛としては、いささかうんざりであったが、やむなく、その裳裾をはぐったのであった。

「……という次第でございましてね」

猫兵衛は、狂四郎に、云った。

「いま頃は、あの年寄は、大久保久兵衛に、そのように白状しているはずでございます。貴方様の替玉が入用なのは、このことでございます」

「この甥を、わたしになりすまさせて、四国へむかわせる、という算段か」

狂四郎は、苦笑した。

「左様でございます。これア、われ乍ら、妙案だと存じます。……蛇市《へびいち》、目をあげて、旦那をよく視るがいい。替玉になれるな？」

猫兵衛に云われて、蛇市は、狂四郎を仰いだ。

「どうじゃ、なれるな？」

「うむ――」

蛇市は、頷いてみせた。

「これは、絶対に仕損じてはならぬ役目だぞ。すくなくとも、四国に渡るまでは、尾行者どもに、眠狂四郎と信じ込ませるのだ。……尾行して来るのは、一人だけではあるまい。お前は、眠狂四郎になりすましたからには、一人ぐらいは、鮮やかに斬ってすててみせろ。他の者に、その腕前をみせて、相違ない、と信じさせる。……やれるな、蛇市？」

「やれる」

「誓え！」

「誓う！」

「もし、露見して、そのまま、何処かへ遁走するようなことがあれば、この猫兵衛が、地の果てまで追いつめて、お前の首を刎《は》ねるぞ」

「叔父御、安心してくれ。わしは、この旦那に、なにやら、魅せられた」

蛇市は、そう云うと、あらためて、狂四郎に向って、

「やらせて頂きます」

と、頭を下げた。

三

二日後――。

夜明け前に、京を発った一梃の早駕籠が、奈良街道を下った。

斑鳩の里に入ると、狂四郎は、駕籠を止めて、外へ出た。

法隆寺に、本物の家慶が、監禁されているとすれば、その周辺は、警戒が厳重な筈であった。

勿論、公然と番所が設けられたり、警備の士がそれと判る姿で歩きまわっている次第ではあるまい。

内密に、監視役が配備されているに相違なかった。

狂四郎は、まず、その監視役に、ぶっつかることをのぞんで、往還をひろいはじめた。

法隆寺を、数町さきにのぞんだ地点に、立場があった。

狂四郎は、数軒ならんだ茶店の、はずれの一軒に入った。

他の茶店は、あるじが土くさい年寄りばかりであったが、その一軒には、白い顔がぱっと浮き立つような器量のいい娘が、赤いちりめんの前だれをつけて、客を呼んでいたからである。

――鄙《ひな》には稀な器量というだけでなく、この垢ぬけた姿は、武家の作法を身につけている。

狂四郎は、鋭く看てとったのである。

「ようこそ、おいでやす。なににしまほ？」

愛想よく、小首を傾けてみせた。

狂四郎は、甘酒を所望した。

うららかな春日であった。

野には、菜種の花が、黄の毛氈を敷きのべたように咲きほこっていた。

つい目前の小川沿いの土手には、雪柳が、咲き満ちて振りなこぼしそ小米花、という句そのままに、純白の米粒のような花をつけて、蝶を呼んでいた。

「はい、どうぞ、召し上っておくれやす」

はこばれた甘酒茶碗を、狂四郎は、手に把ったが、そのまま、眼眸を、雪柳へ置いていた。

お茶汲み娘の視線を、背中に感じ乍ら、狂四郎は、それなり、絵にでも入ったごとく、動かなかった。

「お客さん——」

しびれをきらしたように、お茶汲み娘が、声をかけて来た。

「どうしやはりましたえ？」

狂四郎は、われにかえったように、

「甘酒に、虫が入った」

と、こたえた。

「ほんまどすか？」

お茶汲み娘が、のぞき込もうとするよりはやく、狂四郎は、おもてへ、甘酒を撒いた。

手水鉢《ちょうずばち》ぎわの石の上で、猫が一匹、陽だまりのあたたかさを愉《たの》しんで、まるくなっていた。甘酒は、それにも、かかった。

猫は、ひょいと起きて、甘酒で濡れた毛を、なめはじめた。

とたん、

「あ！」

お茶汲み娘が、ぱっと走り出て、すくい取るように、猫を抱きあげると、奥へ駆け込んでしまった。

——ふむ。やはり、毒をまぜていたか。

狂四郎は、さとった。

小銭を置いて、茶店を出た狂四郎は、あとは、まっすぐに、法隆寺を目指すばかりであった。

その行手をはばむ者が、現われるであろうことは、承知の上であった。

まんじゅう笠をかぶった雲水の列が、うしろから、やって来た。

頭をまわした狂四郎は、その歩きかたを一瞥して、

——こいつらか。

と、合点した。

雲水の歩きかたではなかった。

狂四郎は、わざと歩度をのろくした。

雲水の列は、さっさと通りすぎた。

殿《しんがり》の者が、狂四郎の前に出た時、

「おい——」

狂四郎の口から、声がかけられた。

「お主ら、西の丸殿を警備している面々だろう」

その言葉に、十一人の雲水の足が、ぴたりと停められた。

「わたしは、西の丸殿が、法隆寺に在る、とかぎつけてやって来た野良犬だが、お主らは、こういう野良犬を狩る役目ではないのか？……こっちは、面謁をねがってやって来た。お主らが、これをはばむのなら、ここで、善男善女を仰天させる修羅場となる。それとも、人目のつかぬ場所をえらぶか？」

殿の雲水が、向きなおった。

「貴公の名は？」

「眠狂四郎。この仮名は、西の丸殿も、ご存じの筈だ」

「貴公の名は、われわれも承知して居る」

「佐野勘十郎から、ここへも、通報があったのか。もし万一、眠狂四郎がかぎつけて近づいて参ったら、討ちとれ、と――」

「いや、ちがう。われわれは、佐野勘十郎というお目付の配下ではない」

「………」

「上様じきじきのお声がかりにて、おん身を守護する一党と知るがいい」

「どういうのだ？」

しかし、対手がたは、それに就いては、それ以上こたえず、

「上様が、この法隆寺に在すことを、知った者は、生かして還せぬ」

と、宣告した。

狂四郎は、冷たく笑って、

「こっちは、西の丸殿を、元の座につれもどすべく、やって来た」

と、云った。

すでに、他の十人の雲水は、かくし持った刀を、衣の下から、抜き出していた。

「白昼、世間もはばからず、この往来で、やるのか。内密の警備陣としては、少々うかつにすぎるのではないか」

狂四郎が、云うと、殿の者は――この人物が、頭領のようであったが――片手を挙げて、雲水たちを抑えた。

刀は再び、衣の下にかくされた。

「えらぶ場所は、そちらにまかせる」

狂四郎は、云った。

すると――、

「跟いて来るがよい」

頭領が、促した。

そのまま、まっすぐに、法隆寺に向って、進んで行くのだ。

――どういうのだ？

狂四郎は、判断に苦しんだ。

修羅場をくりひろげるならば、法隆寺からすこしでもはなれた場所を、えらぶべきではないのか。

この様子では、こちらを、法隆寺につれ込もうとしている。

法隆寺山内に、決闘場所がある、というのであろうか。

狂四郎は、不審のままに、うしろにしたがって、ふところ手で、歩いて行った。

雲水の列は、しずしずと、南大門をくぐった。

五重塔

一

法隆寺山内は、途方もなくひろい。

かなりの参詣人を入れているのであろうが、その影は、ほとんど見あたらない。

地面が雪のように白く、見事な枝ぶりの老松のたたずまいが、その白色に映えて美しい。

南大門をくぐって、歩み入るにつれて、心気おのずから澄みわたる。

十一人の雲水の殿を行く頭領が、二王門の前で、狂四郎を、停めた。

「ここにて、暫時、待て」

「…………」

狂四郎は、ふところ手で、雲水の列が、二王門をくぐって行くのを、見送った。

二王門の屋根のむこうに、五重塔が、そびえていた。その右手に、金堂の屋根が、のぞまれる。

狂四郎は、かなり長い時間、そこに立たされていた。

——あの面々は、柳生道場からえらばれた公儀御庭番ではなかろうか。

狂四郎は、雲水姿になった警備の士たちのことを考えていた。

柳生道場からえらばれた公儀御庭番とは、これまで、幾度か、決闘した経験を持つ狂四郎であった。

数年前、京都阿弥陀ヶ峰《あみだがみね》に於て、二十名にも及ぶ公儀御庭番と、死闘した挙句、虜囚の身になったこともある。

円月殺法を含む一刀流絶妙の秘術のことごとくを、渾身にふるって、ついに、敗れたものであった。御庭番側は、火薬がはじけて鮮烈な閃光を散らす特殊龕燈《がんとう》で、狂四郎の目を晦《くら》まし、さらに、細長い筒から長針を噴かせて、顔面にあびせかけておいて、頭上から、投網を降らせると、狂四郎を生捉ったのであった。

剣を把ればいずれも一流の使い手が、卑劣と思われる意外の術策を用いるのが柳生流御庭番であった。

あの雲水たちが、そうであるとすれば、こちらは、生きて法隆寺から出ることは、まずおぼつかぬ。

——賽《さい》の目が、どう出るか、こっちは、待つよりほかはない。壺を振るのは、むこうさんだ。

そう呟いた時、二王門から、頭領が一人で現われた。

「案内いたす。こちらへ——」

狂四郎は、二王門をくぐった。

見渡すと、五重塔の前面の置石に、人影がひとつだけあった。

宗匠頭巾をかぶり、袖なし羽織に、軽衫をはいていた。

頭領は、近づくと、地面に膝をついて、

「眠狂四郎をともないましてございまする」

と、告げた。

「うむ——」

その人物は、かるく頷いただけで、べつに振りかえろうともしなかった。

狂四郎は、すこし位置を移した。

「控えい！」

頭領が、叱咤した。

狂四郎は、膝まずき乍ら、その人物の横顔を視た。

江戸城西の丸の主家慶にまぎれもなかった。

曾て——。

西の丸に、幽霊が出現して、家慶の世子政《まさ》之《の》助《すけ》（当時六歳）を深夜おびえさせる事件が起き、狂四郎は、その下手人をつきとめて、家慶から感謝されたことがあった。

その後も、いくたびか、面謁する機会があって、顔は馴染であった。

「狂四郎――」

家慶は、五重塔へ、眼眸を置いたまま、呼んだ。

「この自分を迎えに来た、と申したそうだの？」

「ご老中水野越前守殿の御依頼にて――」

狂四郎は、こたえた。

「越前の側用人――武部仙十郎、と申したか――あの年寄りは、この自分が、拉致されて、何処かに監禁されている、と考えたのではないか？」

「自身の意志で、ここへ参った、と仰せられますか？」

「そう申せば、嘘になろう。だが、べつに、永井尚佐らに、おどかされた次第でもないぞ。……狂四郎、そちは、建物というものに、興味を抱かぬか？」

「法隆寺が、一名斑鳩寺と呼ばれていることさえも知らなかったうつけでありますれば……」

「狂四郎、この五重塔を、眺めるがよい。四方正面――本面は阿弥陀の三尊、東面は文《もん》殊《じゆ》大士、浄名居士《こじ》、西面は荼毘入棺《だびにつかん》、北面は涅槃《ねはん》――いずれも、鳥仏師《とりぶつし》が、土をもって造ったという。自分は、元服した年、伊勢詣での途次この五重塔を眺めて以来、これに魅せられて居る」

「………」

狂四郎は、家慶の意外な言葉をきいて、とまどいをおぼえた。

「もとより、唐招提寺《とうしょうだい》の五層塔も、薬師寺の六層塔も、自分は好きだ。しかし、この法隆寺の五重塔ぐらい、自分を魅了する塔はない。……魅せられついでに、自分は、この五重塔について、今日までさまざまの書物を読んで参った。……自分には、学者の才能はないが、この五重塔に関する限り、いかなる学者よりも、知識が豊富である自信を持って居る」

二

家慶は、語りつづけた。

「……法隆寺が、聖徳太子によって造立されたことは、そちも存じて居ろう。だが、太子造立の伽藍も塔も、天智天皇九年庚午の歳四月三十日の夜半に、焼失してしまった、という記録がのこって居る。世人は、しかし、最初の法隆寺が、焼失して、現在のものは再建されたものであることを知らず、聖徳太子造立のままに、残っているもの、と信じて居る。……いまの学者たちも、再建されたものとは知らぬ者が、多い。庚午の火災を知って居る者も、その一部が焼けただけで、主要伽藍、塔はそのまま残った、と信じて居る。……自分は、書物をあさった挙句、聖徳太子が造立された金堂も講堂も五重塔も経蔵も、むしろ規模の小さなものではなかったろうか、と想像した。……自分は、こういう調べに、おのれ自身、意外なくらい熱中できる性情であることを、知ったのだ」

「………」

狂四郎は、黙然として、きいているばかりであった。

「自分は、書物だけで調べることにあきたらず、十年ばかり前、ひそかに庭番を遣わして、実地に調べさせてみた。中門、金堂、五重塔付近からは、焼け土を見つけることはできなかった。講堂、鐘楼、経蔵付近には、あきらかに、焼け土の層があった。……では、庚午の火災では、金堂、五重塔は、焼けなかったのか。太子伝補闕記には、衆人寺地を定むることを得ず、とあるではないか。すべてが烏有に帰したからこそ、あらたに、いずれの地に再建すべきか——衆人は、その地を容易に定めがたかったのだ。……遣わした庭番は、さらに、この五重塔の心柱の下に、空洞があることを、発見して、礎石の中に、舎利などを納めた器物とともに、一面の海獣葡萄鏡《かいじゆうぶどうきよう》が収蔵されているのを、ひそかに、取り出して、江戸へ持ち帰って来た。……自分が、ここへやって来たのは、その鏡を、元にもどす目的もあったのだ」

家慶は、ものにとり憑《つ》かれたように、しゃべりつづけた。

狂四郎には、全く興味のないことであったが、四十歳まで一切の権力の埒外に置かれていたこの将軍家世子にとって、おのれが情熱を傾ける唯一の事柄なのであった。

対手に興味があろうとなかろうと、そんなことには頓着せずに、しゃべりつづけるのも、いかに真剣に心をうち込んでいるかという証左のようであった。

法隆寺に於ける最古の建物は、金堂と五重塔と中門の三棟と、これをとりまいている廻廊であるが、各棟の礎石を見ると、これがそれぞれちがっている。金堂の礎石は、大形の自然石を、表面を削って、之に柱を据えている。五重塔の礎石は、その側柱礎が直径二寸五分、高さ二寸の円柱座に地覆座を付加した形式のもので、その心礎の位置に、九尺九寸の空洞をつくってある。中門の礎石は、すべてが自然石で、表面を削ってはいない。

法隆寺の研究は、まず、この礎石からはじめられなければならぬ。それによって、わが国最古の建物が、いかにして築かれたか、あきらかになるだろう。

……およそ半刻（一時間）近くも、一人でしゃべりつづけてから、ようやく、家慶は、われにかえって、

「狂四郎。江戸城西の丸に於ては、自分には、このように心を傾注するものは、なにひとつありはせぬぞ」

と、云った。

「将軍家世子たる身を忘れる愉しさ、と仰せられますか」

いささかの皮肉を含めて、狂四郎は、云いかえした。

家慶は、しかし、言葉通りに受けとって、

「うむ。愉しい。実に愉しい。金堂、五重塔と、東院、夢殿との礎石の相違を、みとめた時の悦びなど、なにものにもかえがたいものがあったな。……狂四郎、江戸へ戻って、越前の側用人につたえてくれぬか。いましばらく、知らぬふりをしていてくれ、と自分が申していた、とな」

「では、もし、近い日に、将軍家がご他界になり、貴方様になりすました御仁が、その職を襲われ、若年寄永井尚佐、目付佐野勘十郎らが、その側をかためてしまい、貴方様には、永久に江戸城にお還りになれぬこととなったならば、如何なさいますか？」

「…………」

家慶は、はじめて、顔をこわばらせて、狂四郎を視かえした。

狂四郎の双眸の色は、冷たかった。

家慶は、狂四郎にそう云われて、そういう事態も起る可能性に、気づいたのであった。

しばらく沈黙を置いてから、家慶は、云った。

「あれは、自分の実弟だ。自分と瓜二つであった。性質もわるくないとみた」

「しかし、上様は、斯《こ》の御仁を上様の面前へともなった者らの腹蔵するこんたんを、お看取りではなかったことです」

「…………」

「ご自身では、気軽にお考えになったことでございましょうが、贋の御仁が、西の丸に入られてから、多くの犠牲者が出て居ります」

狂四郎は、その具体例をあげてみせた。

家慶の面貌は、しだいに苦しいものに変った。

三

贋家慶が、将軍の座に坐ったならば、どれほど多くの犠牲者が出るか、測りがたい、と狂四郎に云われて、家慶は、叫ぶように、

「あれを、ここに呼ぼう。そうすれば、世間にも気づかれず、自分は、江戸へ帰れるぞ」

と、云った。

その単純な思案ぶりに、狂四郎は、内心苦笑し乍ら、

「お呼びになれば、やって来るとお考えあそばす？」

「つれて来ればよい。つれて来させる」

「二条城が、修羅場となりましょう。二条城内には、与力、同心、番士合わせて三百人以上も居ります。これらが、内密に上洛した御仁を、貴方様とかたく信じて、警固にあ

たって居ります。貴方様をお守りしている御庭番衆は二十名にも満たぬ数と存じます。いかに柳生流の手練者であっても、三百人がかためる二条城へ押し入って、斯の御仁を拉致して、当寺までおつれすることは、難事でございます」

「では、どうすればよい？」

「上様ご自身が、こっそりと、京都へおもどりになる——」

「うむ」

「二条城にて、貴方様と斯の御仁が、すりかわられる策以外には、てまえには思案はありませぬ」

「その時、あれは、どうなる？」

家慶は、不安な面持で、訊ねた。

「…………」

狂四郎は、こたえなかった。

家慶は、その沈黙の意味を、読みとった。

「それは、いかぬぞ！　それでは、あれが惨めすぎる。……あれは、くだらぬ迷妄の慣習によって、日蔭者にされたのだ。自分の実弟にまぎれもないのだ。……たとえ、西の丸に於て、放埒《ほうらつ》の行状があったにせよ、いまさら、闇に葬るのは、なんとしても、あわれではないか」

「…………」

「ほかに思案があろう。……悪心を抱いている側近の者らを、斬るのはよい。その者どもを斬れば、なんとかなろう。そうではないのか、狂四郎？」

「…………」

狂四郎は、わざとこたえなかった。

家慶は、苛立った。

「狂四郎！　あれを殺すことは、まかりならぬぞ！」

その声の高さに、物蔭に控えていた十一人の雲水が、さっと、姿を現わして、馳せ寄って来ると、忽ち狂四郎を包囲した。

同じ日――。

二条城へ、ふらりと戻って来た鹿火屋鬼庵は、大久保久兵衛から、三日前の夜半、眠狂四郎の夜襲に遭うたことを、告げられた。

「なにが目的で――？」

鬼庵は、訊ねかえし、狂四郎の口上によれば、贋家慶が木偶であることを止めて人間に還るほぞをきめたかどうか、それをたしかめたくて参上した、ということであった、ときくと、眉宇をひそめた。

「あの男が、ただそれだけの目的で、押し入って来たとは、思われぬ。目的は、ほかにあった、と判断してよい」

「西城府のかくれ場所を、つきとめる目的で――というのか」

「左様――。そうでなければ、面妖しい」

　すると、久兵衛は、にやにやして、

「狂四郎は、すでに、西城府のかくれ場所をつきとめた上で、この二条城へ押し入って来たのじゃよ」

「……………？」

「つまり、西城府のかくれ場所を白状した者を、返しにやって来た」

「白状した者!?」

「杉重というあの留守居年寄を、狂四郎は、手下の忍び者に、拉致させ、泥を吐かせておいて、返しに来た。ついでに、お上の面前で、侵入して来た目的をうそぶいて行き居った、という次第だ」

「老人、あんたがおちついているところをみると、あの年寄が、狂四郎をいつわった、というのだな？」

「流石は、留守居年寄だけのことはあった。狂四郎を、みごとに一杯食わせた」

　久兵衛は、杉重が三刻（六時間）ばかり行方知れずになった事実がある、ときいて、これを糾問したこと、その時は杉重はしらばくれたが、後刻思いかえして、たしかに眠狂四郎に拉致された旨を告白し、しかし、西城府は土佐の宿毛に在ると狂四郎をだましたゆえ安心して欲しいと云ったことを、鬼庵に、つたえた。

鬼庵は、黙ってきいていたが、

「眠狂四郎ともあろう男が、御殿女中ごときに、そうやすやすとだまされるものであろうか？」

と、首をひねった。

「だまされた証拠がある」

久兵衛は、云った。

「証拠？」

「狂四郎は、昨日、西国街道を、西へ向って行った。五人ばかり、尾行させたが、どこかの湊から、海を渡れば、これは、彼奴《きやつ》がまんまと一杯食わされた証拠ではないか」

「…………」

鬼庵は、なお疑惑が溶けぬ表情を保った。

眠狂四郎という人物について、鬼庵は、その人となり、過去の行状を、手をつくしてしらべていた。

御殿女中などに、まんまと一杯食わされるような甘い人物ではないのだ。そう思っている大久保久兵衛の方が、甘いのではないのか？　お目付から教えられているのであろう？」

「杉重という年寄は、西城府のかくれ場所をはっきりと、お目付から教えられているのであろう？」

「教えられて居る」

「………」

鬼庵は、凄い目つきで、宙を見据えた。

「鬼庵――、杉重が狂四郎に籠絡されて、逆に、わしをだましたのではないか、と疑うのか？」

「あり得ることだな」

鬼庵に冷やかに返辞をされて、久兵衛も、ようやく、不安の面持になった。

「杉重をもう一度、糾問するか」

「籠絡されているものなら、こんどは、必死になって、わが身を守るだろう。狂四郎にありていに白状したなどとは、口が裂けても、云うまい」

「鬼庵――。狂四郎は、相違なく、西国街道を西へ行ったのだぞ」

「つじつまが合いすぎるのだ。それが、かえって、あやしいのだ。……杉重という年寄に、西城府は土佐の宿毛にいる、といつわった、と云わせておいて、いかにもだまされたふりをして、西へ向って歩いてみせる。あの男らしいやりかたではないか。わしが、しらべた眠狂四郎とは、そういう男なのだ。……海を渡ってみせておいて、西国の何処からか、まっすぐに、奈良へ向う。その手を考えているのかも知れぬ」

「ともかく、杉重を、もう一度、糾問いたそう」

久兵衛が、立ち上った時、庭をまわって、商人ていの男が、いそいで、縁さきへ来た。

西国街道を西下した眠狂四郎を尾行して行った隠密の一人であった。

もたらしたのは、今朝がた、兵庫から二里の東須磨《ひがしすま》という宿場はずれで、味方が一人、狂四郎に斬られた、という報告であった。

久兵衛は、どうだやはり眠狂四郎は宿毛に西城府が在ると信じているのだ、と鬼庵を見やった。

鬼庵は、しかし、黙然として、表情を崩さなかった。

鬼

一

内大臣大納言家慶と眠狂四郎のあいだには、碁盤が据えられ、烏鷺《うろ》の争いがつづけられていた。

狂四郎は、家慶に井目を置いていたが、すでに、形勢は全く不利になっていた。

家慶は、盤面に目を落して考えている狂四郎を、見まもって、

「狂四郎、自分は越前から、そちのことを、きいたことがある。そちは、生甲斐というものを持たぬそうだの？」

と、云った。

「生甲斐でございますか。生甲斐は……この石かな」

狂四郎は、黒石を置いた。

「ほう――」

家慶は、その黒石が、十数目の味方を、一挙に救う力を持っているのを、みとめた。

「これは、うかつであったな」

急に、熱心に、思慮をこらしはじめた。

こんどは、狂四郎が、余裕を持つ番であった。

「上様、今日は、控えの間に、柳生衆の気配がありませぬが――」

「その方が、そばにいてくれれば、それで、警固は充分であろう」

そのこたえに、狂四郎は、はっとなった。

「上様！　よもや、柳生衆を、二条城へさし向けられたのではございますまいな？」

「いかぬか？」

家慶は、狂四郎へ、顔を擡げた。

昨夜、家慶は、柳生隠密党に、二条城へおもむき、実弟敏次郎を、拉致して、法隆寺へつれて来るように命じたのである。

――まずい！　下策だ。

狂四郎は、内心そう吐いてから、視線を庭へ移した。

陽は傾いて、松が地上に匍《は》わせた影は長かった。

――馬をとばしても、もう間に合うまい。すでに、庭番たちは、二条城に迫って居るだろう。

「狂四郎、自分の思案は、あやまっていたか？」

「おそらく――」

「なぜだ？　どうして、あやまっていたのか、教えてくれ」

「柳生衆が、警固の番士や与力同心に発見されずに、御実弟を連れ出すことは、まず至難。これが、ひとつ。御実弟の側近には、鹿火屋鬼庵と申す智能も腕も秀《すぐ》れた者が居り、この男が、拉致を企てたのは、法隆寺警備の柳生衆と看破するに相違ないこと。これが、ふたつ。当然、鹿火屋鬼庵は、柳生衆に指嗾《しそう》した者が居ると疑い、それがこの眠狂四郎に相違ない、と推測するであろうこと。これが、三つ。……眠狂四郎が、上様は法隆寺に在す、と知って、そこに至っているならば、もはや、猶予はならぬ、と鬼庵がおそるべき決断のほぞをかためること。これが、四つ」

「おそるべき決断とは？」

「上様を弑逆する――これであります」

「鹿火屋鬼庵と申す者、そちも、手にあまるか？」

「ただ者ではありませぬ。尋常の果し合いのできぬ、玄妙の術使いでありますれば、てまえが、これまで闘った敵と比較することができませぬ」

「庭番どもが、戻って参れば……」

「おそらく、その半数、いや三分の二が、二条城から戻って参らぬのではありますまいか」

「ばかなっ！　かれらは、一騎当千の強者《つわもの》ぞろいだぞ！」

「鹿火屋鬼庵は、その強者たちの過半を討って取るだけの玄妙の術使いであるということになります」

「………」

家慶は、盤面へ、視線を落した。

「負けじゃな」

「御意――」

「どうすればよい？」

「勝負は、これ一番だけではありませぬ」

「うむ！」

「三番勝負とすれば、あと二番を勝てばよいわけでございます」

二

公儀御庭番・柳生隠密党十一人は、その夜、戌刻《いぬのこく》（午後九時）を期して、二条城に潜入した。

二条城の表御殿は、江戸城本丸や西の丸の表御殿と、ほぼ構造は、同じであった。

諸大名が詰める帝鑑の間、山吹の間、竹の間などと、将軍家私室のあいだには、能舞台が設けてあり、広い白砂の平庭がひろがっていた。

柳生の面々は、庭苑《ていえん》から楽屋に忍び入り、まっすぐに舞台に進み、そこから橋掛りを渡って、左折して、一気に、奥へ突入しようとした。

影が掠めるに似た迅さで、長廊下を駆け抜けようとした刹那——。

先頭の者の踏んだ廊下板が、はじけて、濛っと白煙が噴き、毒とさとってひるんだところを、天井から数十本の手裏剣が、投じられた。

この奇襲で、三人が斃れた。

五人が屈せず、御膳建と御三の間のあいだの雲紙天井の下へ、突入し、三人が能舞台前の平庭へ跳んだ。

御三の間の次は、囲炉裏の間であった。そこから、納戸構え、上段の間とつづく。

囲炉裏の間へ馳せ入った五人を待ちうけていたのは、十梃の鉄砲の筒口をそろえた伏勢であった。

轟然たる銃声の中で、さらに三人が斃れた。

「ひきあげい！」

平庭から、頭領の声が、闇をつらぬいた。

その平庭へ、番士、与力、同心三百余人が、なだれをうって、殺到した。

柳生隠密党は、またさらに、そこで、三つの屍骸を置きすてなければならなかった。

騒擾がおさまった時、大久保久兵衛は、囲炉裏の間に斃れている曲者の一人の顔を、睨みおろして、

「何者だ、こやつら？」

と、憤怒の声をふるわせた。

「柳生御庭番――まさに、相違ない」

鹿火屋鬼庵が、背後でこたえた。騒擾のさなかは、何処にいたか、姿を現わさなかったが、毒煙と手裏剣と鉄砲を以て、その半数を討ち取ったのは、鬼庵の策であった。

「柳生御庭番!?　そんなたわけた！」

「これらが、法隆寺守護の面々だと申したら、なぜ襲撃して来たか、お判りであろう」

「……………？」

久兵衛は、しかし、とっさに、判断のつきかねる当惑の表情になった。

「お判りにならぬか？」

「法隆寺にいる警固の隠密どもが、どうして、ここへ夜襲をしかけて来たのか？」

「お判りにならぬようだな」

鬼庵は、皮肉な冷笑をうかべると、

「教えて進ぜよう。奥向きから、留守居年寄を、つれて来て頂きたい」

鬼庵が、老女杉重をひき据えたのは、能舞台の中央であった。

「先日、大久保殿がうかがった由でござるが、あらためて、それがしから、おうかがいつかまつる」

その凄味のある視線を、杉重の双眼へ、射込むように、鋭く当てた。

杉重は、必死に、その視線を受けとめているうちに、すうっと意識が遠のきかけて、思わず目蓋を閉じようとした。

「目をつむられるな！　それがしの目から、目をはなされてはならぬ！」

鬼庵の声音は、千本の針を放つほどの威力があった。

杉重は、めくるめくような眩暈に襲われ乍ら、目蓋をふさぐことが叶わなかった。

そのうちに、鬼庵の顔が、遠のき、暗紫色の烟《けむり》のなかに、おぼろにかすんだ。

それにつれて、ふしぎな恍惚《こうこつ》とした陶酔感が、杉重の身をひたして来た。

「杉重殿――。眠狂四郎に拉致されたそなたは、どのような扱いを受けられたな？」

「あ、あの……あの時は――」

「ふむ、あの時は、どのような扱いを受けられた？」

「失神したなり……」

「ふむ、失神したなり？」

「どこへはこばれたのか、知らぬうちに……」

「ふむふむ、知らぬうちに？」

「………」

「われに、かえった時、どうされて居った？」

「……はずかしめを――」

「はずかしめを？　眠狂四郎に、でござるか？」

「い、いえ――、伊賀の忍びの者に……」

「わかり申した。そなたは、気がついてみたならば、伊賀の忍者に、操を犯されているさなかであった。左様でござるな？」

「は、はい」

「それから、忍者は、そなたに、せいぜい甘い言葉を投げて、懐柔につとめたのでござるな？」

「………」

杉重は、おのが秘処が、どきっどきっと息づくのを感じた。

――猫兵衛、おねがいじゃ、たすけてたもれ！

胸のうちで、叫んだつもりであったが、鬼庵は、ちゃんとそれをききとり、

「成程、忍者は、猫兵衛と申したのでござるか。さて、その猫兵衛のたずねることを、そなたは、拒絶されることは、できなかった。そなたは、犯されたとは申せ、はじめて、

男に身を与えて、おのれが女であることを知らされたのでござるからな」

杉重は、うなずいた。

「そなたは、猫兵衛に、どのように返辞をなされたのか？　さ——おきかせ頂きたい」

杉重は、喘いだ。白状させられる苦しさのためではなかった。猫兵衛が愛撫してくれる口と指の感触が、肌によみがえって来たからである。

「どうされた？　猫兵衛に、なんと返辞をされたのでござる」

「……大番頭小屋の、小座敷の床の間にかけてある、鳥羽絵を、眺めれば、西の丸のお上の、お行方が、わかる、と——」

「よくわかり申した。正直にこたえられた。忝ない。……で、その後、猫兵衛が、この二条城に、忍び入って来て、大久保殿に対して、眠狂四郎に拉致された旨は白状し、そのかわり、上様のお行方は、土佐の宿毛だといつわるように、指示したのでござったな？」

「あ——ああ、猫兵衛！　わたしを、救うて……」

杉重は、宙へ双手をさしのべた。

つと——。

鬼庵は、杉重へ寄ると、そっと抱きかかえてやり、

「よし、よし、救うて進ぜる。救うて進ぜるゆえ、さ——花嫁御寮のように、そっと、

おとなしゅう、仰臥して、待ちなされ」

と、云いきかせた。

橋掛りの入口に立つ大久保久兵衛は、鬼庵が、いったい何をしでかそうとするのか、見当つかぬままに、固唾をのんで、見まもった。

三

鬼庵は、人形のようにおとなしく杉重が仰臥すると、ゆるゆると裳裾を、はぐった。

みるみるうちに、十数本の百目蠟燭のあかりの中で、老女の下肢が、あらわに剝かれた。

杉重の寐顔には、ただ官能の疼きに身をひたした恍惚たる表情があるばかりである。

鬼庵の双手が、膝をつかみ、しずかに、左右へ押しひろげた。

「……ふむ！　濡れて居るわ！」

鬼庵は、いまいましく呟きすてて、懐中から、すっと、およそ五寸もある長い針を、抜き出した。

針が、きらりと白い光を放った時、

「鬼庵っ！　待てっ！」

呶声《どせい》が、平庭をへだてた広縁から、かけられた。

贋家慶——敏次郎であった。

狂気のごとく、庭へ跳んで、奔り寄ると、

「ならぬ！　ならぬ！　そ、それは、ならぬ！」

絶叫して、とび上って来ようとした。

久兵衛が、馳せつけて、敏次郎を抱きとめた。

「上様！　杉重は、裏切者でございまするぞ！」

「は、はなせっ！……鬼庵っ！　ならぬぞ！　そ、その年寄は、わしが生れた時、救うてくれた女子じゃ。わしが、この世に在ることができるのは、杉重のおかげじゃ。……殺すことは、まかりならぬ！」

敏次郎は、久兵衛を突きとばすと、鬼庵にとびついて、その長針を、奪い取ろうとした。

とたん、

「うっ！」

と、呻いて、敏次郎は、どどっとよろけた。

鬼庵の肱《ひじ》で、したたかに、股間を突かれたのである。

「上様——、裏切者は、斯様の仕置きを蒙るものでござる」

五寸の長針は、恥毛の蔭の柔襞の奥へ、容赦なく刺し込まれた。

「ああっ！」

杉重は、弓なりに反った。

そして、それきり、事切れた。

「淫靡《いんび》な夢をむさぼっているさなかに、くたばったのでござるゆえ、女子としては、幸せな最期と申せる」

鬼庵は、冷然と吐きすてておいて、立ち上ると、橋掛りをすたすたと遠ざかって行った。

「鬼め！　彼奴、鬼の生れかわりじゃ！」

敏次郎は、憎悪をこめて、その後ろ姿を睨みつけた。


敏次郎は、休息の間の上段に褥の中で仰臥して、天井を仰いでいた。

——鬼め！

鹿火屋鬼庵に対する憎悪だけで、脳裡が一杯になっていた。

——彼奴のために、わしは、贋者にされたのだ。彼奴が、佐野勘十郎に、わしをひきあわせ、兄上の座を奪う密謀をやったのだ。彼奴さえいなければ、わしは、このような木偶には、ならなかったのだ。……そうだ！　眠狂四郎と申す浪人者が云った通り、わしは、木偶なのだ。狂四郎は、わしに、云った。おのれ自身で、決意して、おのれの力で、人間に還れ、と……。よし！　わしは、人間に還ってやる！

敏次郎は、襖のむこうの下段の間に控えている宿直の士の気配を、うかがった。

音のせぬように、起き上ると、衣服を着かえ、大小を腰に佩《お》びた。

障子戸を、一寸きざみに開けて、畳廊下へ抜け出た。

左へ鈎の手に曲れば、小座敷になり、そこから、庭へ脱出することができる。

敏次郎は、小座敷まで、跫音をしのばせて歩き、襖へ手をかけた時、なにか、前途に明るい灯を見つけたような気分になった。

しかし——。

襖を開いた瞬間、敏次郎は、絶望した。

小座敷には、鬼庵が端座していたのである。

敏次郎の心理の動きを、手にとるように見通して、ちゃんと、その逃亡しようとする順路の途中で、待ちうけていた。

「どちらへ、お出かけあそばす、上様？」

皮肉な言葉を投げて来た。

「…………」

敏次郎は、無言で、肩を大きく上下させた。

次の瞬間——。

敏次郎は、抜きざまに、猛然と斬りつけた。

右の手くびに激痛が走った時には、もう刀は、飛んで、床の掛物へ突きささっていた。

鬼庵は、依然として、端座したままである。

「どちらへ、行こうとされて居りましたな、上様?」

鬼庵は、かさねて訊ねた。

「法隆寺だ!」

敏次郎は、叫んだ。

「法隆寺へな――」

「わ、わしは、兄上に、江戸へ――西の丸へ、還って頂くのだ。……わしは、わし自身にもどるのだ。人間に還るぞ!」

「みすみす、天下人になるよろこびを、放棄する、と仰せられる」

「将軍家になっても、贋者では、すこしもうれしゅうないわ!」

「ご自身を、贋者だとお考えあそばすから、お悩みになる。自分は本物だ、と考えなおされては、いかがでありましょうな」

「黙れっ! 贋者は、終生、贋者だ。贋者が本物になれるか!」

「貴方様は、将軍家に――十二代をお継ぎになる資格をお持ちのお方であります。断じて、贋者ではござらぬ」

「兄上がいる、兄上が!」

「その兄上が、この世からお姿を消されたならば――？」

「鬼庵っ！」

敏次郎は、脇差を抜くと、鬼庵めがけて、たたきつけた。

鬼庵は、ちょっと、首をひねっただけで、白刃を後方へ、掠めさせた。

「まことに、お気の弱いお方でありますな、貴方様は――」

「おのれらに、さげすまれて……、くそ！　そこをどけ！　わしは、法隆寺へ行くのだ。法隆寺に行って、兄上に、なにもかも申し上げて、わしは、犯した罪をつぐなうぞ」

「どうしても、行くと仰せられますか！」

「行く！」

鬼庵は、ゆっくりと立ち上った。

敏次郎は、あっと叫ぶいとまもなく、当て落されて、その場へ、崩折れた。

そこへ、大久保久兵衛が、あわただしく、入って来た。

「どうしたのじゃ？」

「主人自身が、裏切者になろうとすれば、家来たる者、どうすればよかろう、と目下思案中だ」

鬼庵は、ばかばかしげに、吐き出した。

雌　雄

一

今日も――。

法隆寺五重塔の前の置石には、宗匠頭巾をかぶり、袖なし羽織に、軽衫をはいた大納言家慶の姿が、在った。

この広い境内を巡る廻廊の片隅に、眠狂四郎と猫兵衛が、控えていた。

「ああして、毎日、五重塔を眺めておいでになって、すこしも、退屈なさらないところが、われわれ下民との相違でございますかね」

猫兵衛は、ひくい声音で、云った。

「将軍家たるべく生れた者が、必ずしも、政治の能力を備えているとは、限らぬようだ。学者の能力を与えられて、生れて来たとすれば、ああやって、五重塔を終日倦かずに眺めている方が、幸せだろう」

狂四郎が、こたえた。

「しかし、いずれは、御当代がお逝きなされば、公方様におなりになるのでございましょう。……とすれば、五重塔を眺めておいでになるおひまがあれば、ご自身がご本丸にお入りになられた際には、あれをあらため、これを変えて、といまからお考えになって頂きたいものでございます。五重塔などに夢中になっておいでのご様子では、われわれ下民にとって、ご政道が、心細うなりまするな」

「………」

「なにせ、御当代は、せっせと、五十余人ものお子様を、おつくりになることばかり、はげまれて、ご政道の方は、とんと、目を向けられぬ模様でございましたから、肥える者は肥える一方、痩せる者は痩せる一方に相成って居りまする。ほんのひとにぎりの人間が、ぜいたくをしつくしている世の中は、どこやら、ご政道にまちがいがあるような気がいたしまするな」

上は、城の奥向きから、下は、裏店まで、長い歳月にわたって、つぶさにその表裏をのぞいて来た者の言葉であった。

批評や懐疑を絶対に許されぬ立場に置かれた者が、おのずと、その目を疑わされて、権勢や金力に対する不信の念を、心に生んでいるのであった。

――この言葉を、あの人物に、きかせたいものだ。

狂四郎は、思った。

猫兵衛は、狂四郎の口辺に、微かな皮肉な色が刷かれるのを視てとると、別の意味に受けとって、急に、首をすくめて、

「てまえごとき者が、とんだ大それた口をきいてしまいまして、おききのがしをお願い申します。……二条城の留守居年寄は、まことに、お気の毒なことをいたしました」

と、話題を変えた。

家慶の指令によって、柳生隠密党が、二条城へ、侵入した夜、猫兵衛もまた、忍び入っていたのである。

猫兵衛は、隠密党の大半が、無慚な横死を遂げるのを見とどけたのち、さらに、留守居年寄杉重が、鹿火屋鬼庵の手で、むごたらしい殺されかたをするのを、目撃して来た。

しかし、猫兵衛は、狂四郎には、杉重が鬼庵によって殺された、と報告しただけで、どのような殺されかたをしたか、ということは、語らずに、胸に納めていたのである。

「眠様――」

「…………」

「鬼庵めは、この法隆寺を屹度襲って来るでございましょうな？」

「来るだろうな」

「どうなさいます？」

狂四郎は、問われて、視線を、猫兵衛の顔に向けた。

猫兵衛は、真剣な表情になっていた。

「お前は、あの杉重という老女の仇を討ってやりたい、と考えているのか？」

「そ、それほどの気持ではありませぬが、……あやつは、しかし、許せぬ男でございます！」

猫兵衛は、すこし狼狽し乍らも、その表情に、はっきりと覚悟のほどを示していた。

「お前では、鬼庵は、討ちとれまい」

「旦那——、なろうことなら、てまえに、やらせて頂きとう存じます」

「お前たち三人の任務は、お茶壺行列の正体をつきとめることで、終了したのだ。武部老人にやとわれて、それだけの仕事の報酬しかもらって居らぬ筈だ。……ところが、お前たちは、勝手に、わたしに惚れたと云って、援助を申し出てくれた。おかげで、こちらは、大いにたすかったことだが、すでに、猿太が逝き、犬助も片手を喪った。……お前自身は、わたしに惚れてくれたのかも知れぬが、猿太と犬助は、必ずしも、そうではなかったかも知れぬ。年配のお前が、やる、とほぞをきめたので、若い猿太と犬助は、やらざるを得なかったのかも知れぬ。……やといもせぬ男のために一命を投げ出して働くということは、伊賀衆の掟を破ることだろう。……お前を、鬼庵と闘わせることは、できぬ」

「旦那！」

「鬼庵との勝負は、わたしが、つける！」

狂四郎は、きっぱりと、云った。

二

鹿火屋鬼庵から、眠狂四郎に宛てて、果し状が送られて来たのは、それから小半刻（一時間足らず）後であった。

柳生隠密党が、監視所にしている立場茶屋に、鬼庵が、入って来て、そこのお茶汲み娘に、

「これを、眠狂四郎に渡してもらおう」

と、手渡したのであった。

果し状は、娘によって、隠密党の頭領・篠崎嘉八郎《しのざきかはちろう》に、もたらされた。

篠崎嘉八郎は、十人の部下を率いて、二条城に侵入し、辛うじて一命をとりとめると、深傷の部下の一人と、還ることができたが、全身に無数の傷を蒙って、牀に臥していた。

部下の方は、夜明けた頃、息をひきとっていた。

しかし、起き上った篠崎は、自ら狂四郎のいる一室へ、死人のような身をはこんだ。

「貴公に、これを――」

わなく手で、さし出された狂四郎は、篠崎の草色をした顔面を一瞥して、

——もういくばくの生命でもないようだ。

と、看てとった。

書状には、きわめて簡単に、

雌雄を決すべく、申し入れ候
日時　今宵暮れ六つ（午後六時）
場所　見返りの丘

それだけ記されてあった。

「それは、果し状と存ずるが——」

篠崎嘉八郎は、狂四郎を凝視して、問うた。

「左様——」

狂四郎は、頷いた。

「鹿火屋鬼庵と申す男、只者ではないゆえ、貴公といえども、容易に仆すことはできまいが……、この身では、助太刀はおぼつかぬ」

「雌雄を決すべく、と書いてある。助太刀はご無用——」

「しかし、対手は、手段をえらばぬ奴と存ずる。……数日うちには、江戸から——柳生道場から、三十名ばかり、到着いたすが……、それまで、果し合いを延ばすように、申し入れては、如何であろう」

「わたしは、衆を恃んで、敵を仆すことを好まぬ。これまでがそうであったし、これからも、そうでありたい」

「貴公、上様のおん身を、考えて頂けまいか。もし、貴公が、敗れるようなことが、あれば、上様のおん身を、守護し奉る者が、居らぬ。……上様のおん身に、もし、万が一のことがあれば――」

篠崎は、喘ぎつつ、必死に、狂四郎の冷たい双眸へ、視線をすがりつかせた。

「上様のおん身は、この猫兵衛と申す伊賀者が、守護いたす」

狂四郎は、こたえた。

篠崎は、かぶりを振った。

「この者、一人だけでは……、到底、お、おぼつかぬ」

「こちらを、信頼して頂こう」

狂四郎は、こともなげに約束してみせて、腰を上げた。

篠崎は、何か云おうとしたが、とどめることは不可能とさとると、わが身の不甲斐なさに、頭を垂れた。

猫兵衛は、南大門まで、送って出て来て、不安な面持で、

「旦那、必ず勝って下さいませぬと、てまえは、大納言様をお守りする自信は、ございませぬ」

と、云った。

「自信は、なくともよい」

それが、狂四郎の返辞であった。

「ど、どうしてでございます？」

「おれが、鬼庵に勝つからだ」

「へえ……？」

「信頼して居らぬようだな」

「いえ、して居りますとも！　して居るには居りますが、篠崎さんの仰言いましたように、もし、万が一――という場合がないとは、限りませぬゆえ……」

「猫兵衛――」

「はい――」

「お互いに、おのれ自身が、この世から消えたあとのことまで、思慮をはらうのは、止そうではないか」

「へえ……」

「おれもお前も、べつに、将軍家から恩顧を蒙った人間ではない。いわば、野良犬だ。

……こうやって、西の丸殿を、守護しようとしていることすら、考えてみれば、妙な話なのだ。もののはずみ——そんなところだ。たったひとつしかない生命を落さねばならぬ忠義心を持合せているわけでもなければ、義理がある次第でもない。乗りかかった船だから、乗るまでのことで、別の目から見れば、ばかげた行為だ。ましてや、おのれ自身の死後のことまで——他人様の安否を案じる必要が、どこにある？」

「そう仰言られれば、たしかに、その通りでございます。てまえは、なろうことなら、貴方様の助太刀をいたしとうございます」

「猫兵衛、お前の今宵の任務は、西の丸殿の身辺警護だ。そば近くに坐って居れば、それでよい」

狂四郎のふところ手姿は、そのまま、まっすぐに、淡々《あわあわ》とした夕陽が落ちる斑鳩の野へ、出て行った。

三

家慶の仮住居は、東院の裏手にある方丈であった。

これは、ごく近年になって建てられたもので、どこの寺院にでも見受けられるたたずまいが、つりあいがとれぬために、いずれとりこわされる予定になっていた。

猫兵衛が、狂四郎が出て行ったあと、ずっと控えているのは、三十畳敷きはあろうと思われる広い板の間であった。

家慶の居間は、そこから二室ばかりへだてた奥に在った。

——いやな予感がする。

猫兵衛は、自分に呟いていた。

先程、篠崎嘉八郎が、家慶に、

「もし万が一、眠狂四郎が敗北いたすようなことがありますれば、鹿火屋鬼庵は、必ず、その足で、まっすぐに、当寺へ押しかけて参ると存じますれば——」

自分が身代りとなって、その居間にいて、おん身自身を、どこか探し難い場所へ、避けておいであそばすように、と乞うたのであったが、

「その懸念に及ばぬ」

と、しりぞけられたのであった。

眠狂四郎が斃れれば、もはや、法隆寺山内で、敵をふせぎきれるものでもないし、自分が法隆寺を抜け出て、他の寺院にひそんだとしても、鹿火屋鬼庵という男が、おそるべき術策の持主ならば、必ず探しあてるに相違ない、というのが、家慶の意見であった。

篠崎としては、家慶からそう云われれば、その通りなので、ひきさがらざるを得なかった。

おのれが、敵と充分に互角の闘いができてこそ、身代りとして役立つのであった。

篠崎に、できたのは、猫兵衛に、「たのむ！」と頭を下げることだけであった。

それだけに、猫兵衛の双肩には、責任が、ずしりと重くかかっていた。

いやな予感は、この板の間に坐った時から起って、払っても払っても、まとわりついているのであった。

……暮六つを告げる梵鐘が、鳴りはじめた。

見返りの丘で、眠狂四郎と鹿火屋鬼庵の果し合いは、開始されたに相違ない。

――南無！

猫兵衛は、思わず、目蓋を閉じて、合掌した。

その時――。

猫兵衛は、総身の神経が、敵の襲来を察知する野生のけもののように、びりっと緊《ひ》きしまるのをおぼえた。

――敵だ！

――庭に、敵が、いるぞ！

猫兵衛は、はねあがると、音もなく、廊下へとび出した。

家慶の居間の前に奔って、襲来に備える身構えをとった。

およそ百ばかりかぞえる緊迫の時刻が、移った。

不意に――。

「上様、お生命を頂戴つかまつる」

その声が、居間からひびいて、猫兵衛をして、愕然と色を失わせた。

無我夢中で、障子をひき開けると、こちらの配った心気をどう避けて、侵入したか、鹿火屋鬼庵の姿は、もうそこに立っていた。

家慶は、古書を積んだ几《つくえ》の前に、坐っていた。

流石に恐怖で顔面こそこわばっていたが、自分に対して白刃が襲って来る、ということなど、夢想だにしなかった身分地位に在る者の、この事態をどうしても信じがたい態度を示していた。

鹿火屋鬼庵が、ゆっくりと差料を、腰からすべり出させるのを視て、猫兵衛は、逆上した。

狂四郎に、果し合いの時刻と場所を指定しておいて、突如として、同じ刻限に、この法隆寺へ、やって来たのである。

「卑怯者っ！」

絶叫しざま、猫兵衛は、懐中から、忍び刀を抜きはなった。

とたんに、廊下の闇の中から、

「猫兵衛、この勝負は、おれがつける、と云った筈だぞ」

狂四郎の声が、かかった。

「旦那っ！」

猫兵衛は、狂喜した。

狂四郎は、猫兵衛のわきを抜けて、鬼庵と向い立った。

「鹿火屋鬼庵、お主に、おびき出されるほど、この眠狂四郎は、間抜けではない」

「ふん――」

鬼庵は、裏をかいたつもりが、逆に裏をかかれた不快さを、凄い目つきに露わにしていたが、口辺ではせせらわらってみせた。

「場所をここに移しただけのことだ。……上様が惚れた五重塔の前で、雌雄を決するか」

「よかろう」

狂四郎は、応じた。

すると、家慶が、われにかえったように、喚いた。

「ならぬぞ！　五重塔を、その方らごとき無頼の徒の血で、けがしてはならぬ！」

四

しかし、やはり、決闘は、五重塔の前で、行われた。

空には、月が昇っていたし、廻廊には、たくさんの法燈がともされていたので、対峙した狂四郎と鬼庵の姿を、鮮やかに浮びあがらせた。

五重塔が、巨大な生きもののように、どっしりとわだかまって、この勝負を、見戍《みまも》っているかのごとくであった。

庭は、建物と人との黒い影を濃く截りぬいて、雪を降らせたように、白かった。

狂四郎は、敵の意表を衝いて来る攻撃に備えて、対峙するや、無想正宗を地摺りにとった。

鬼庵の方が、抜こうとはしなかった。

と――。

狂四郎の視力が、狂った。

そうとしか思われぬ奇怪な変化《へんげ》ぶりを、鬼庵が見せたのである。

徐々に、鬼庵の軀身が、伸びて来たのであった。

錯覚ではなかった。

一寸、二寸、三寸――その伸びかたは、ずっと遠く、金堂の前で固唾をのむ猫兵衛の目にも、はっきりとみとめられた。

およそ四寸余も、六尺を越える高さに伸びて、それは、ようやく、停った。

そして、それなり、鬼庵は動かず、狂四郎も動かなかった。

見戍る猫兵衛には、一刻も、それ以上の長い時間に感じられた。

一瞬——。

鬼庵の長身が、四尺の短かさに縮んだ。と見えた次の刹那、目に見えぬ翼でもあるもののように、宙に翔けあがった。

ただの高さに、飛んだのではなかった。

五重塔の三層の屋根あたりまで翔けあがって、狂四郎の頭上はるかを、飛び越えた。

目に見えた勝負は、それだけであった。

鬼庵は、狂四郎の後方——三間あまりの地上へ、降り立った。

その五体は、元の身丈に還っていた。

狂四郎が為したのは、ゆっくりと向きなおっただけで、同じ地点を、動こうとはしなかった。

猫兵衛は、溜めていた息を、一気に吐いて、ほっと肩を落した。

鬼庵の上半身が、ゆらりと揺れた。

その胸に刺し立った白刃が、法燈のあかりを反射して、光った。

鬼庵が、宙高く翔けあがった瞬間、狂四郎は、無想正宗を、双手から放って、手裏剣と化したのである。

狂四郎の足もとには、一尺数寸の短い刀が、真二つに折れて、落ちていた。狂四郎の放った無想正宗が、鬼庵が空中から放ったこの刀を両断しておいて、鬼庵の胸を刺したのであった。

鬼庵の五体が、地ひびきたてて倒れるや、猫兵衛は、いっさんに駆け寄って来た。

狂四郎が、鬼庵の屍《むくろ》に歩み寄って、無想正宗を胸から抜きとるのを、眺め乍ら、猫兵衛は、

「おどろきました！」

それだけ、云った。

「この男の五体が、伸び縮みしたことか？」

「は、はい――」

「造作もないしかけだ。発条《ばね》を足につけていたのだ。その伸縮で、こちらをおどかしてみせたところに、この男の敗北があった。所詮は、自身の術におのれがやぶれたことになる」

屍からはなれて、歩き出した時、狂四郎の口から、ひくい呟きがもらされた。

「どうやら、ほどなく、幕の降りる時が来たらしい」

切腹の座

一

佐野勘十郎が、江戸から急遽、京都へやって来たのは、それから十数日後であった。大久保久兵衛からの密書を受けとったためであった。

贋家慶――敏次郎が、二条城に入ってから、突如、心がわりをして、御所へ参内することを承知せぬばかりか、法隆寺へおもむいて、実兄家慶に謝罪し、その処断にわが身をゆだねる、と云いはって、どうしても肯《き》かぬゆえ、お目付自ら、上洛されて説ききかせて頂きたい。

そういう文面であった。

「いったい、どういう料簡か！　九分九厘まで、征夷大将軍の座が、おのれのものになる、ときまったところで、変心するとは！」

勘十郎は、密書を、火鉢の中へ投じ乍ら、なんとも名状しがたい憤怒にかられたことだった。

蘭学医師・渋江養庵によって、将軍家斉の生命を縮める手筈を、ととのえて、贋家慶の帰城を待っていた勘十郎であった。

「首に縄をかけても、江戸へひきずりもどしてくれる！」

勘十郎は、敏次郎の顔を思い泛べて、思わず声に出して、罵ったものであった。

駕籠ではもどかしく、東海道をまっしぐらに、馬で駆け通して来た。

さいわいに――。

大久保久兵衛は、眠狂四郎が鹿火屋鬼庵と相討ちになって果てた旨を付記していたので、勘十郎は、道中の途次、狂四郎から襲撃を受ける心配をせずともすんだ。

勘十郎ほどの頭脳の切れる人物が、二条城に入った時、城内の空気が変っていることに、いささかも気がつかなかったのは、うかつというほかはなかった。しかし、それは、贋家慶に対する憤怒が脳裡を占めていたためであった、と釈明できなくはなかった。

しかし、大久保久兵衛が姿を現わさぬのを、取次ぎの者の、

「他出されて居ります」

という言葉通りに信じたことは、弁解の余地のない、全く勘十郎らしからぬうかつであった。

勘十郎は、まっすぐに、奥へ通った。

贋家慶は、夕食にはまだ半刻（一時間）もある頃合だというのに、寐衣《ねまき》姿で、褥に臥

して、若い女中二人に、からだをもませていた。

勘十郎が、挨拶したにも拘らず、顔をそ向けて、擡げようともしなかった。

勘十郎は、険しい語気で、女中たちを下らせると、

「上様、この佐野勘十郎が、今日まで、どのようなご乱行をなさろうとも、ただ黙って、城中及び城外の耳目にふれぬよう、腐心して参ったこと、よもお忘れではございますまい」

「………」

「貴方様が、西の丸にお入りになってからの、この一年あまりのご乱行は、まことに、あきれはてた狂気沙汰でございましたな。旗本の妻女を、次つぎと大奥へ召しては犯し、これを諫《いさ》めた近習を、三人も手討ちにし、また、理由もなく、お庭の手入れをしていた植木職人までも手討ちになされた。そのために、どれほどの多くの者が、上様をお怨《うら》みして、横死いたしましたことか。なかには、伜の嫁を犯された大番頭の老人などは、本丸老中水野越州殿の面前にて、割腹して相果てようと計って居ります。そのような不祥事《こと》を、世間の取沙汰にならぬように、どれほど、それがしが、苦労して、隠蔽し、糊塗して参ったか——いちいち申し上げるまでもなく、上様には、よくおわかりであった筈。にも拘らず、当方の千思万慮を無視されて、やれ西の丸のくらしがいやになったとか、やれ蝦夷の空が恋しゅうなったとか、勝手な我儘《わがまま》を申されて、ついには、得体の知れぬ

女子を、大奥へ上げて、その股間へ、葵の御紋を彫らせる冒瀆《ぼうとく》をも敢えてなさいましたな。それがしは、それでも、なお、黙って、眺めて居りました。……貴方様が、本丸にお入りになるまでは、どのようなご乱行をなさろうとも、これを隠蔽糊塗するのが、それがしの役目と存じて、じっと堪えて参った次第。しかし、貴方様が、参内して聖上から色紙をたまわることを拒否され、あまつさえ、奈良へおもむいて、お兄上の前に、これまでのご乱行を白状する、という気まぐれを起された、とき及んでは、それがしも、もはや、我慢いたしかねまするぞ。それでは、若年寄永井尚佐殿はじめ、われら一党が、なんのために、今日まで、苦心の上にも苦心を重ねて、事を推し進めて参ったのか——すべては、水の泡と消えはててしまう、ということになれば、貴方様ご自身に覚悟をして頂かねばならぬのは、当然の仕儀と申すもの。とくと、お考え頂きとう存じます」

勘十郎は、一気に述べたてた。

贋家慶は、枕に額をのせたなり、微動もせぬ。

「上様！」

「………」

「上様！　おききになって居りまするな？　ご存念の次第によっては、この勘十郎は、致し様もあるとほぞをかためて、江戸から馬をとばして参ったのでござる！」

二

額を枕にのせて、動かなかったその人が、ようやく、身を起した。

しかし、なお沈黙を守って、佐野勘十郎の険しい形相を、視かえした。

勘十郎は、つづけた。

「明日早朝、参内されて、聖上より色紙をたまわること。そして、明後日、江戸へご帰還なさること。よろしゅうございますな？」

有無を云わせぬ鋭い語気で、きめつけるように、云った。

「佐野勘十郎、その方ほどの者が血迷うたようだな」

その言葉をきいて、勘十郎は、はっとなった。

面貌は、まさに瓜二つだが、その声音は、あきらかに、別のものであった。

愕然と、息をのむ勘十郎に対して、大納言家慶は、微笑を投げた。

「おのが口から、罪状を白状した以上、覚悟せよ、佐野勘十郎」

「……う！」

勘十郎は、呻いた。

——どうしたことなのだ？　いつの間に、すりかわったのか？

勘十郎は、狼狽しつつ、はじめて、大久保久兵衛が自分を出迎えなかったのは、このためであったのだと気づいた。

　家慶は、べつに、憎悪も憤怒も示さぬ穏やかな表情で、

「わしが、法隆寺五重塔に魅せられていることを知った永井尚佐とその方が、それを巧みに利用して、三年の期限つきで、あれをわしの身代りにして、西の丸に入れたのであったが、思えば、永井とその方の申し出を、そのままに、うかうかと受けとったわしが、うつけであった。わしは、三年経てば、また、西の丸へ還るつもりであった。それが、できぬ事態を招くなどとは、夢にも考えなかった。それほど、わしは、法隆寺五重塔に魅せられていたことに相成る。……永井とその方は、相謀って、あれをして十二代を継がせたあかつきには、兄たるわしを、亡きものにするこんたんであったのだな。そうとさとらなかったわしの方が、たしかに、うつけであった。……しかし、永井とその方が、左様な悪心を起してくれたおかげで、わしは、この一年間、毎日倦くことなく、五重塔を眺めることができたのじゃ。礼を申さねばならぬ」

「………」

　勘十郎は、もはや遁れられれぬ身となった、と知ると、おちつきはらって、家慶の言葉をきいた。

　背後の襖が、ひらかれた。

　勘十郎は、頭をまわして、そこに、贋家慶——敏次郎を見出した。

こうして見比べると、双生児とはいいえ、あきらかに、面貌に区別がついた。

——やはり、贋者は、贋者でしかない。

勘十郎は、内心みとめざるを得なかった。

「勘十郎——、鹿火屋鬼庵は眠狂四郎に討たれ、大久保久兵衛は切腹いたしたぞ。その方の奸計《かんけい》のために、わしの生命を救ってくれた杉重も、エトロフのシャルシャムでわしを育ててくれた者どもも、悉く相果てたぞ！……その方が、そそのかさなければ、わしらは、いまなお、シャルシャムの館で、平穏にくらして居ったのだ。わしという人間は、所詮は、生れ出た時に、葬られるべき、それだけのねうちしかない者であったのだ。その方らが、わしの人となりを看て取れなかった筈はない。兄上とは、雲泥の差のある未熟者と知りつつも、敢えて、将軍家を襲わしめようとしたところに、その方らの誤算があったのじゃ。自業自得と申すよりほかはないぞ。観念せい！」

それに対して、勘十郎は、返辞をする代りに、不意に、声をたてて、笑った。

「なにが、おかしいのだ！」

敏次郎が、呶鳴った。

勘十郎は、なおしばらく笑いつづけていたが、急に、冷たい顔面にもどると、

「仰せの通り、佐野勘十郎、一代の不覚でございました。同じ相貌と同じ性情を持ってお生れなされたお二人でも、江戸城内にお育ちなされたのと、蝦夷の果てでお育ちなさ

れたのとでは、全くの別人になられることに、思いいたらなかったのは、まさに、佐野勘十郎、一代の不覚！　相貌が同じのご兄弟なれば、贋者は本物になり代ることができる、とかんたんに思案したのは、今にして考えれば、なんとも、滑稽きわまる浅はかさでございました。……つつしんで、お詫びつかまつります」

勘十郎は、敏次郎に向って、平伏した。

「勘十郎、兄上のご慈悲のおとりはからいを以て、当城内に、切腹の座を設けてつかわしたぞ」

「有難き幸せに存じます」

勘十郎は、身を立ててから、

「最後のお願いがひとつございますが、おききとどけたまわりますよう――」

と、申し出た。

「きこう」

「介錯《かいしやく》の儀、是非とも、貴方様にお願い申し上げたく存じます」

「よし、介錯は引き受けてつかわす」

敏次郎は、承知した。

三

その時、眠狂四郎は、大番頭小屋の鳥羽絵の掛けてある小座敷に、寐そべっていた。からだの中を、冷たい風が吹き抜けて行くようなうつろな気分であった。

——そうだった。通り雨が、おれを、このたびの異変にまき込んだのであったな。

鳥羽絵に、眼眸をあて乍ら、胸の裡で、呟いた。

昨年の夏——。

旅で馴染になった薬売りの松次郎が、諏訪町の角に蕎麦《そば》屋をひらいた、ときいていたので、ふと、立ち寄ってみることにした。そして、そこで、一人の旗本大身の子息と知れる熨斗目《のしめ》をつけた十歳あまりの少年に、出会った。

それが、きっかけであった。

旗本大番組頭長岡采女正の一子守一は、母が父から毎日のように責めたてられる地獄図絵を、見るに堪えられず、母方の祖父に救いをもとめに行こうとしていたのである。

「……家を滅ぼしとうはない！」

少年が、ふと口をすべらせたその一言を、狂四郎は、きき咎めて、ふっと、その屋敷の内部を覗《のぞ》いてみる気を起したのであった。

おのが身をはこんだところに、必ず凶変が起ることを、つい忘れていたといえる。

——おれが、乗り込まなければ、長岡采女正は、横死せずに済んだかも知れぬ。そして……采女正の妻は、おれから犯されはしなかったのだ。

狂四郎は、目蓋を閉じた。

押上村の古刹竜勝寺に、預けておいた采女正の妻・志津の俤が、泛んでいた。

もはや、わが子のいる長岡家に帰るのぞみのないあの女の、此後の身のふりかたは、どうなるというのか？

狂四郎は、江戸を発つにあたり、大晦日の夜、志津を抱いていた。

その折、幾箇月かののちには、必ず帰って来て、そなたを抱く、と約束をしておいた。

しかし、それは、夫婦になるという約束ではなかった。

いずれは、すてる女であった。

すてられたあと、あの女に、生きて行く力があるかどうか？

——志津もまた、死ぬだろう。

狂四郎は、かっと、双眸をひらいた。

「おれに抱かれた女だ。死ぬよりほかはないのだ！」

独語をもらした時、猫兵衛が、するりと入って来た。

「そろそろ、舞台に大詰が来て居ります」

「…………」

「流石は、これだけの大芝居を演《や》ってのけた千両役者だけありまする。どたん場を迎えて、すこしもわるびれず、それアもう、堂々とした態度でございますよ」

「…………」

「大納言様から切腹を命じられますと、悠然と受けたばかりか、贋様に向って、介錯をして頂きたい、とたのんだじゃございませんか。大向うから、声のひとつも、かけてやりたい見世場になりました」

その報告をきいたとたん、狂四郎は、何を感じたか、はね起きると、急ぎ足に、小座敷を出た。

猫兵衛は、あっけにとられて、小首をかしげた。


狂四郎が、ふっとおぼえた不吉な予感は、的中した。

佐野勘十郎が与えられた切腹の座は、留守居年寄杉重が、鹿火屋鬼庵によって、むごたらしい殺され様をした能舞台であった。

逆さ屛風を立てた前に、勘十郎が、白装束姿で端座し、介錯を引き受けた敏次郎は、橋掛りに佇立していた。

平庭をへだてたこちらの広縁には、家慶が坐っていた。

警固の士たちは、平庭を空けて、はるか遠くの隅々に控えて、しわぶきひとつせずにいた。

「つかまつる！」

勘十郎は、三方の上の短刀を、手に把った。

敏次郎は、なんの疑いも抱かず、その背後に立つべく、橋掛りから舞台へ進み入った。

その瞬間であった。

勘十郎の白い姿が、躍り立ったとみるや、敏次郎へとびかかった。

「ああっ！」

悲鳴をほとばしらせつつ、差料を抜こうとしたが、そのいとまを与えられずに、敏次郎は、脾腹《ひばら》をしたたかにえぐられた。

次の刹那には、敏次郎の手から、その差料は、勘十郎の手に移っていた。

勘十郎は、飛鳥の勢いで、平庭へ跳ぶや、まっしぐらに、家慶めがけて疾駆した。

狂四郎が、その場へ姿を現わさなかったならば、家慶は、あるいは、勘十郎の一撃の下に、屍体となっていたかも知れない。

狂四郎が、風の迅さで、勘十郎の行手をふさいだ。

勘十郎は、大上段にふりかぶった。

勘十郎は、総身すべての機能を、憤怒の焔として、燃え狂わせていた。

鹿火屋鬼庵と相討ちになった筈の狂四郎が、出現したのである。この素浪人一人の働きによって、九分九厘まで成っていた策謀が、音たてて崩れ落ちたことを、咄嗟に、勘十郎は、さとったのであった。

おのが手飼いの手練者を総動員して、この素浪人を襲わせ乍らも、ついに、討つことが叶わなかったのである。

たとえ、おのれが地獄へ落ちて、あらゆる責苦に遭おうとも——それを条件としてでも、この素浪人だけは、あの世への道連れにしたかった。

狂四郎の方は、その凄まじい憤怒の焰をあび乍ら、冷然として、まだ、無想正宗の柄にも、手をかけず、

「お目付に、最後に、ひとつだけ、うかがっておきたいことがある」

と、云った。

勘十郎は、無言で、じりじりと間合を測って、迫る。

「お手前がやとわれた明日心剣こと篠原雄次郎が、十七年にわたって守って来た秘密を、お手前は、知っていた。お手前が、どうして、その秘密を知ったのか、きかせて頂こう」

「今更、そんなことをきいて、なんとする？」

「明日心剣は、わたしに、遺書をのこした。……さとられる筈もない秘密を、お目付佐野勘十郎の手に、どうして握られたか、つきとめ得ぬままに、決闘にのぞむにあたり、

もし自分が敗れた際、敵である貴台に秘密を打明ける遺書をしたためておくのも、生涯一度の強敵をかえって莫逆の友以上に親しいものにおぼえるがゆえである。そう遺書には、記されていた。……明日心剣に代って、きく義務が、わたしにはあるということだ」

「ふん――。簡単な返答をしてくれるまでだ。篠原雄次郎が、十七年前、戸田氏教の夫人を、日暮里宝林寺で抱いた時、夫人のかたわらには、つかさという老女がつき添うていた。そのつかさが、この佐野勘十郎の実姉であった、というだけの話だ」

「そうか」

「ついでに、きかせておこう。わしは、その秘密を、姉から、そっと打明けられた時、ゆくりなくも、三十余年前、近藤重蔵の部下となって、蝦夷地巡察をした時のことを、思い出した。エトロフ島北端のシャルシャムに、門扉に葵の紋を打った館があり、そのあるじが、七歳の少年で、徳川敏次郎――すなわち、西の丸の将軍家世子と同じ幼名を持っていたことを、わしは、思い出した。……わしは、ひとつの決意を持って、はるばる、蝦夷を再訪した。そうして、大納言と瓜二つの人物に会うを得た。あとは、きかせるまでもあるまい」

「判った。……お手前が、そこまで打明けたからには、エトロフ島から連れ出して、事成らずと知るや、斬り仆したあのあわれな御仁の霊に、詫びる意味でも、いさぎよく、切腹されては、如何であろう」

しかし、その忠告に対して、勘十郎が為したのは、無想正宗の生贄の一人となるための、猛然たる攻撃であった。

墓地の人

一

眠狂四郎が、江戸へ還って来た時、季節はもう梅雨に入っていた。

大納言家慶が、無事に江戸城西の丸のあるじにおさまってから、十日あまりおくれて、品川の大木戸を、ふところ手で入って来た狂四郎は、べつに、本丸老中水野忠邦邸へおもむいて、武部仙十郎に報告しようという気持もなく、また押上村の古刹竜勝寺で待っている志津に、逢いに行く気色もなく、その足を向けたのは、諏訪町角の蕎麦屋であった。

降りみ降らずみの、肌がべとつくような、いやな午後であった。

「お――、おかえりなされた！」

土竈《どがま》の前にしゃがんでいたあるじの松次郎は、紺暖簾のむこうに、その着流し姿が立つや、すばやく、それと知って、よろこびの声をあげた。

「おかいんなさいまし」

顔中に笑みをあふらせて、寄って来た松次郎に対して、狂四郎は、いつもの通り、無表情であった。

「うっとうしい天気になりましたが、ご無事で――、万事相済みましたようで……」

「二つあった瓜が、ひとつ消えただけのことだな」

――こういう言葉を、ききたくて、自分は、お戻りを待っていたのだ。

松次郎は、胸の裡で呟くと、奥へ、酒を命じた。若い板前と小女を、やとっていた。

狂四郎の前には、一年前にはじめて来た時と同じく、鯛《たい》のあらいに山葵《わさび》を利かしたのが、はこばれて来た。

松次郎は、狂四郎が、二口ばかり飲むのを待ってから、

「一昨日で、ございましたか、あのお子が――長岡様のお坊ちゃまが、駕籠でお立寄りでございました。元服なされた、凜々《りり》しいお旗本におなりになりましてね」

と、告げた。

「…………」

「長岡家を継ぐことができたゆえ、母上に会いたい、と申されましてね」

「…………」

「てまえの口から、お母様のご在処を、お教えするのは、さしでがましい、と存じまして、貴方様がお戻りになるまで、お待ち下さいますように、と申し上げておいたのでご

ざいますが――」

「…………」

狂四郎は、黙って、盃を口へはこんでいる。

「どうなさいます？」

松次郎は、返辞を待った。

狂四郎は、ちょっと間を置いてから、

「あの女は、おれの顔を見るまでは、竜勝寺を動くまい」

と、云った。

松次郎は、おどろいて、

「旦那！　まだ、竜勝寺へは、お立寄りになっていらっしゃらないので――？」

「うむ。品川から、まっすぐに、ここへ来た」

「じゃ、今宵うちに、押上へお行きなさいますか？」

「迷って居る。必ず還る、と約束はしたが――」

「それアおかえんなさらなくちゃ、いけませぬ。一日千秋で、待っておいででございましょうからね」

「会えば、また、絆らしいものができるだろう。おれは、もう、女との間の絆を切るのに、懲りている。いや、絆ができた女が、死んで行くのに、懲りている、と云いかえてもよい」

「けど、お逢いになって、貴方様のお口から、お屋敷へおもどりになるのを、おすすめなさいますのが、順当でございましょう」

「そう手際よくいかぬことは、お前も、想像つくのではないか」

狂四郎は、はじめて、表情を動かして、口辺に薄ら笑いを刷いた。

「こうしてもらおう。おれは、江戸へ還って来たが、女を連れている。お前が出かけて行って、そう告げて、長岡の屋敷へ、送りとどけてもらおう」

「いやな役目でございますね」

「おれとつきあっている限り、女に対する酷薄な仕打ちの片棒を、かつぐことになる」

松次郎は、しかたなく、引受けた。

尤も、志津を、屋敷へかえしてやるのは、決して、しぶらなければならぬことではなかった。母と子が再会できるのであった。

松次郎は、店を出て行った。

二

狂四郎は、松次郎の居間になっている二階の一間にあがって、横になると、すぐに、睡った。

――降って来たようだな。

音もないその気配で、目覚めたのは、一刻（二時間）近くも経ってからであったろうか。四畳半は、もう夕闇がこめていた。

階段に跫音がして、松次郎が、姿をみせた。

行燈にあかりを入れてから、

「お屋敷へお送りいたしました」

と、それだけ報告した。

哭《なげ》いたとも、容易に承諾しなかったとも、説明しようとしなかった。しないことが、この役目が如何にいやなものだったかを、示していた。

「これで、万事、片がついたようだな」

狂四郎は、呟いた。

呟いたとたん、ふっと、不吉な予感が、脳裡を掠めた。

不吉な予感の場合のみ、必ず的中することを知っている狂四郎は、一瞬、険しい眼眸を宙に置いた。

「どうかなさいましたか？」

「いや――」

狂四郎は、立ち上った。

「ごゆっくりなさいまし」

「用向きを、ひとつ、思い出した」

親族会議などということで、志津を長岡家から追放させぬように、母と子が同じ屋根の下ですごせるように取りはからってもらうべく、武部仙十郎にたのんでおこう、と思いついたのであった。

同じ時刻——。

本所北割下水《ほんじよきたわりげすい》の長岡家へ戻って来た志津は、なおまだ、わが子に再会を、許されていなかった。

仏間へ坐らされて、ずうっと、孤独で置きすてられていたのである。

半刻以上が過ぎていた。志津にとって、邸内は、わが家であり乍ら、まだわが家として自由に動くことは許されなかった。

黙って、坐りつづけて、待っているよりほかにすべはなかった。

ようやく、廊下に、跫音がきこえた。

志津は、入って来たのが、実父の大河内勘解由《おおこうちかげゆ》であるのをみとめて、

「お父様！」

なつかしさを、声音にこめた。

しかし、実父の表情は、異様にかたいものであった。

「志津」

大河内勘解由は、険しい語気で娘の名を呼び、

「おめおめと、当家へ、戻って参って——うつけが！」

と、叱咤した。

「お父様！」

「二度と長岡の門をくぐらねば、何処で、どのようなくらしをいたして居ろうと、知らぬふりをしてやっていたものを——このうつけが、父のわしに、処置をつけさせるとは、親不孝も、きわまる！」

娘時代、この父親から、ただの一度も、荒い声をあびせられたおぼえのない志津であった。

なかばあっけにとられ、なかば腹が立った。

「お父様！　わたくしが、わるかったのではありませぬ。あの場合は、やむを得ぬ仕儀でございました。にも拘らず、わたくしは、良人から、もう充分の責を受けましたし、また、良人が非業の横死を遂げたのは……」

「莫迦者！　わしは、そのことを申して居るのではないっ！　お前が、眠狂四郎と申す浪人者に連れ出されて、どのようなくらしをして居ったか——そのことだ！」

「………」

「お前は、眠狂四郎の情婦になり下って居ったではないか！」

志津は、はっ、と思い出した。

大晦日《おおみそか》の夜——。

狂四郎に抱かれて、三十歳という年齢で、はじめて女の悦びを知り、思いきり肌を燃え狂わせた時、外には、狂四郎を尾行して来た良人の従弟北園唐吉郎が、ひそんでいたのだ。

北園唐吉郎から、すべて報告がなされたに相違なかった。

「采女正が横死するまでの仔細は、お前にいささかの罪もなかったことは、親族一同が、みとめて、ひとしく、同情をそそいでいたところだ。しかし、眠狂四郎に連れられて、この屋敷を出て行ってからのお前の行為は、断じて許しがたい。……申さば、眠狂四郎と申す者、お前の良人の敵ではないか。その敵に、肌身を許し、情婦になり下るとは、なんたる不貞！　本来ならば、わし自身、お前のかくれ家へおもむいて、手討ちにいたしてくれねば、世間に対して、顔向けできぬ恥であるが、斯様の事態に相成った原因を顧みて、お前をふびんと思うて、知らぬふりをしてやって居ったのだ。……戻って参らねば、このまま、知らぬふりができたものを——」

「お父様！」

「戻って参った上からは、実父たる者、すてておけぬのだぞ！」

大河内勘解由の声音は、悲痛であった。

その時——。

あわただしく、廊下を駆けて来る跫音がし、それをとどめる者たちの物音が起った。

「母上を、死なせてはならぬ！」

守一の叫び声であった。

「わ、わしは、当主じゃぞ！　わしの意見もきかずに……、母上を、死なせるなど——ゆ、ゆるさぬっ！……母上っ！　母上っ！　守一が、会うて——は、はなせっ！」

あばれ、もがく少年が、多勢の手で、奥へ、つれ去られる様子が、その絶叫の遠ざかるので、判った。

大河内勘解由は、しずかに、懐剣を、志津の前に置いた。

「お前の母親の所持していたこれで、長岡采女正となった守一の母らしゅう、見事に、自決いたせ」

「………」

志津は、畳へ両手をつかえた。

泪があふれた。

眠狂四郎の使いだといって、竜勝寺へやって来た松次郎という男の言葉が、脳裡によみがえっていた。

「眠様は、若い美しい京女をつれておもどりでございました」

——ちがう！　そんな筈はない。あのお方は、お一人で、わたくしの許へ、お戻りになるのだ！　そうお約束なされたのだ！

いくたびも、そう心の裡で、くりかえしたことだったろう。

この仏間に、坐ってからも、否定しつづけていたのだ。

志津は、たとえ、それが事実であるにもせよ、もう一度、狂四郎に会いたかった。

——会いたい！

父に向って、両手をつかえ乍ら、志津は、胸中で、叫んだ。

しかし、もうそれは、絶望であった。

志津にのこされているのは、前に置かれた懐剣を把って、鞘をはらう行為だけであった。

三

次の日も、雨は、降りつづいていた。

その中で、本所北割下水の禅刹悦念寺の墓地に於て、しめやかな埋葬が為された。

旗本大番組頭六千石の大身の奥方の葬式であり乍ら、会葬者は、二十名に満たなかった。

埋葬が終って、一同が斎《とき》の膳に就くべく、本堂の方へ去っても、なお一人だけ、新墓の前に立ち残った者がいた。

その実父大河内勘解由であった。

たった一夜のうちに、この老人は、十歳も年を寄せた容子になっていた。

土饅頭《どまんじゆう》へ、うつろな視線をそそいで、微動もしなかった。

親族一同が評議の結果、志津を自決させたのではなかった。評議の座が設けられた時、勘解由は、まっさきに志津を自決させる旨を云い出して、無言の諒解を得たのであった。

もし、自分がその旨を云い出さなければ、あるいは志津を死なせずに済んだかも知れなかったのである。しかし、武家の面目として、勘解由は、志津を自害させざるを得なかった。

幼い当主は、祖父のむごい処断を悪《にく》んで、葬儀にも喪主となろうとはしなかった。守一は、おそらく、この祖父を、生涯恨みに思うに相違ない。

——志津！

勘解由は、双眼を閉じて、亡き娘の俤を思い泛べた。

「——許せ！」

はじめて、誰にもはばからず、老人は、声を出して、詫びた。

「死なせとうはなかった！　許せ！」

その時であった。

「ご老人――」

不意に、背後から声がかかって、勘解由は、とびあがるほどの衝撃を受けた。人の近づいて来る気配に、全く気がつかなかったのである。

振りかえると、異相をそなえた、黒の着流しの浪人姿が、二八蕎麦と太書きした番傘の下にあった。

――こやつが！

勘解由は、一瞬にして、娘をあの世へ追いやった元凶とさとった。

「わたしにも、詣でさせて頂きたいが――」

その申し出に対して、勘解由は、自身でも意外なくらいの憤怒を爆発させて、

「許さぬぞ！」

と、絶叫した。

狂四郎は、虚無に沈んだ面持で、

「お手前様の娘御であることは別として、この女性《にょしょう》は、最後の時に、会いたいとねがったのが、わたしかと思われるのです。……手おくれ乍ら、せめて、墓前で、そのことを詫びさせて頂けまいか」

と、云った。

それに対する返答は、老人が渾身の気合を噴かせる抜きつけの一撃であった。

狂四郎は、一歩退いただけであった。

番傘が、切られて、口をあけた。

「貴様っ！」

勘解由は、何か罵りたかったが、言葉が出ず、いたずらに肩を喘がせた。

それでも、若き日にきたえた一刀流の構えに、必死の鋭気をこめて、じりじりと迫った。

「とおっ！」

懸声もろとも、突きかけたが、瞬間、足を他家の墓石にぶちつけて、よろめいた。

その折——。

「小父上《おじ》っ！　その眠狂四郎には、それがしが、対手をいたす！」

叫びつつ、疾駆して来た者があった。

北園唐吉郎であった。

旗本随一の使い手と称された北園唐吉郎は、京へ行こうとする狂四郎を追って、忍藩城下はずれのばら原の中で、立合い、狂四郎に敗北する屈辱を蒙っていた。

いわば、これは、遺恨試合となるのであった。

「眠狂四郎っ！　志津の墓前で、尋常の勝負をいたすぞっ！」

云いざま、ぴたりと青眼につけた。

「わたしは、墓参に来たにすぎぬ」

「云うなっ！　本日は、卑劣の邪法などには、かからぬぞ！　勝負っ！」

「お主――」

狂四郎は、皮肉な冷笑をうかべた。

「志津のあとを追って、あの世へ行っても、そこには、良人がいるのだぜ。あの世でもまた、指をくわえて、眺めているだけのことになる」

「……う、うっ！」

唐吉郎は、唸り声をほとばしらせると、凄まじく、斬り込んだ。

狂四郎は、殆ど動いたともみえなかった。破れた番傘も、さしたままであった。にも拘らず、唐吉郎は、存分に袈裟がけに斬られて、たたらを踏み、刀を杖にするいとまもなく、濡れた墓地の土へ、顔からのめり込んでいた。

「ご老人――」

狂四郎は、他家の墓石に倚《よ》りかかって、喘いでいる勘解由に、声をかけた。

「娘御を死なせることはなかった。ほかに、すべはいくらもあった筈です。貴方ご自身が、その年齢ならば、武家である前に、人間であることができたのだ、と思う」

四

半刻後、狂四郎は、水野邸で、武部仙十郎の前にいた。

「上様が、是非会いたい、と仰せられて居る」

武部仙十郎は、べつに自分はそのことをつたえるだけだ、という顔つきで、云った。

「将軍家になられるような偉いお方とは、もう二度とお目にかかるのは、ご免を蒙りたい」

「どうしてじゃな？」

「法隆寺五重塔が、再建されたものか否か、というような学説を、この無学な男が、うかがっても致しかたがない」

「ははは……、上様が、お主に会いたいと仰せられているのは、礼を仰せられたいためらしいぞ」

「それなら、いよいよ、拝謁の儀は、ごかんべんを願うしかない。……ご老人から、申し上げておいて頂こう。こん後、もし貴方様に双生児がおできになっても、二人とも、江戸城にてお育てになるように、と眠狂四郎が申していたと――」

解説

佐藤賢一

柴田錬三郎の眠狂四郎シリーズは、時代小説か、それとも歴史小説か。そう問えば、大半が「時代小説に決まっている」と答えるだろう。

眠狂四郎シリーズといえば、テレビのいわゆる「時代劇」が、原作小説と同じくらい知られていて、それも答えを迷わせない理由のひとつになっているか。

しかし、である。厳しく分類するならば、眠狂四郎シリーズは歴史小説なのである。

もちろん、分類自体が無意味といわれれば、それまでの話だ。時代小説でも、歴史小説でも、面白ければどちらでもいいと打ち上げられれば、もう尤《もっとも》な話なのだ。そもそも何が違うのか、時代小説はああで、歴史小説はこうだと、確たる定義があるのかと問い詰められれば、それも実は自分なりの基準しかなかったりする。であるからには蛇足の誹《そし》りを覚悟しなければならないが、まずは両者の違いを述べておこう。

時代小説というのは、「なんとなく江戸時代」で書かれた小説のことである。人情物、捕物《とりもの》、恋愛物と何でもあるが、そのはずで、舞台が過去の日本らしきところに移されているだけで、中身は現代小説のそれと変わらないのだ。が、それなら現代小説でいいじゃないか、わざわざ時代小説にすることはないじゃないかといわれそうだ。私が思うに、これは明治維新このかた急速な西洋化を迫られた日本人の「渇き」に応えたものである。

世界と互して戦うためには避けられない。そう頭では割り切れても、西洋化、あるいは近代化された社会は、肩が凝って仕方がない。古き良き日本が恋しくて仕様がない。その渇きを潤《うるお》してくれるツールが時代小説だったのだ。それが愚かでも、遅れていても、封建的でも、理不尽であったとしても、江戸の世のことなのだから責められない。そうエクスキューズを設けながら、時代小説においては何の気が咎《とが》めることもなく、もう安心して日本的なものに浸ることができたのだ。

いってみれば、アメリカの西部劇と同じである。世界の大国、最先端の先進国となったものの、そこで求められる良識や規律といったものに、アメリカ人も息苦しさを感じた。かつてあったフロンティアの時代、荒くれた自由な時代を忘れられず、せめて娯楽のなかだけでも、そこに帰らずにはいられなかったのだ。

時代劇といえば、聞こえてくるのが演歌であり、傾ける杯は日本酒と相場が決まるが、それが西部劇ではカントリー・ウェスタンとバーボンになる。癒しを求めて行きついた三種の神器、あるいは三位一体というところか。

脱線が長くなった。時代小説について続ければ、求められたのは日本人の心を解放できる夢の舞台であり、それだけならば過去の世界が厳密に再現されている必要はない。「なんとなく江戸時代」と表現した所以《ゆえん》だが、それでも書くには膨大な知識が欠かせない。ほとんどの場合は場所も「江戸らしき大都会」なので、江戸の古地図を検《あらた》めるのが最初の作業か。さらに衣食住を調べ、風俗、習慣を調べ、警察、裁判の制度を調べ、とこなさなければ、なんとなく、らしくにもならないのだ。とはいえ、一定の約束事をクリアして、そのフォーマットさえ整えられれば、前でもいったが、あとは現代小説と変わらない。

歴史小説は違う。他の時代は無論のこと、江戸時代を書いても違う。江戸時代といえば泰平の世が、つまりは安定して変わらない世が長く続いた印象があり、そのことが時代小説を違和感なく成立させる一助にもなっている。が、よくよく考えてみれば、二百六十余年もの間、全てが不変だったわけがない。衣食住、風俗習慣、警察司法、江戸の地理から新たな普請が行われたり、個々に転居が繰り返されたり、はたまた火事で一変してしまったりで、時代ごとに異なるのだ。要するに何年何月と日付を入れたが最後で、その時点での史実を特定するという、もう一手間が加わってしまうのだ。

骨の折れる話だが、それで手に入れられる利点もある。端的にいえば、実在の人物を登場させられる。実在の人物を書くために、何年何月と日付を入れる厄介を引き受けると、そういう言い方さえできる。歴史小説といえば、まずもって織田信長、豊臣秀吉、徳川家康と出てくるように、天下国家の英雄を書くのが、王道のひとつになっている通りである。

ここで眠狂四郎シリーズであるが、その舞台は「なんとなく江戸時代」でなく、はっきりと江戸時代である。きちんと日付も挙げられる。十一代将軍徳川家斉の時代、それも本作『眠狂四郎虚無日誌』（一九六九年刊）でいえば、天保三年（一八三二年）とまで特定できる。最初の作品『眠狂四郎無頼控』（一九五八年刊）が文政十二年（一八二九年）の設定だから、三年後を描いた続編という形になり、何も曖昧なところがない。

歴史小説であるからには、実在の人物も登場する。「西の丸殿」こと後の十二代将軍徳川家慶や、その下で天保の改革を行うことになる老中水野忠邦、蝦夷《えぞ》地を探検して択捉島《えとろふとう》に標柱を建てた近藤重蔵も、実在の人物である。錚々《そうそう》たる顔ぶれといってよいが、それでも主人公は、徳川家慶でも、水野忠邦でも、近藤重蔵でもなく、あくまで眠狂四郎である。この架空の人物を書くのが眼目ならば、実在の人物などいらないのではないか、そのせいで面倒な調べが多くなるなら、かえって邪魔なのではないか。一般に考えられている通り、はじめから時代小説として書くべきではなかったのか。問いを重ねたくなってくるが、ちょっと待て。

西の丸家慶を事件の中心に据え、老中水野忠邦を出し、その側用人である武部老人に話を持ちこませ、かくて眠狂四郎が動き出す形を取ることで、その話は一気に大きくなっている。眠狂四郎は私情や私怨、あるいは痴話喧嘩《ちわげんか》のあげくに、剣を振るうわけではない。それどころか円月殺法は、政《まつりごと》を壟断《ろうだん》せんとする佐野勘十郎の野望を砕き、つまりは天下を救う。これだけの大きな構えが、実際に天下国家に関わった実在の人物を登場させることで、労せず成立してしまうのだ。しかも、大風呂敷を広げているのに、嘘《うそ》には聞こえない。近藤重蔵を出すことで、蝦夷択捉島の伏線なども、たちまち本当らしくなっている。読者にすれば、どうするんだ、どうなるんだと、ハラハラ、ドキドキ、ワクワクが増すばかりである。歴史小説の醍醐味《だいごみ》は、ここにあるのだ。

実在の人物を登場させるも、その狭間《はざま》に架空の人物、あるいは実在していても無名に近い人物を自由に泳がせ、存分に活躍させる。実際のところ、これまた歴史小説の王道のひとつである。それも日本文学における王道というより、世界文学における王道である。十九世紀前半のヨーロッパは歴史小説の時代だが、その嚆矢《こうし》となったのがウォルター・スコットの『アイヴァンホー』（一八二〇年刊）――イングランド王リチャード一世に仕える騎士ウィルフレド・オブ・アイヴァンホーが、フランス王フィリップ二世と組んで奸計《かんけい》を巡らす王弟ジョンを向こうに回しながら、冒険の旅をする物語である。

これに大いに刺激されたのが、フランスの文豪アレクサンドル・デュマだった。『三銃士』（一八四四年刊）は有名だが、これにもフランス王ルイ十三世、宰相リシュリュー枢機卿《すうききよう》、イギリス宰相バッキンガム公爵と、世界史の教科書にも載るような人物が登場する。主人公のダルタニャン、三銃士アトス、ポルトス、アラミスらは、その思惑のなかで王家の衰亡にも関わる使命を与えられるのである。

ちなみにダルタニャン物も、続編、また続編と書き継がれた。宰相マザランが出てくる『二十年後』（一八四五年）と、太陽王ルイ十四世の時代になる『ブラジュロンヌ子爵』（一八四七年）である。そのうちの後者で取り上げられたのが「鉄仮面伝説」だった。ルイ十四世の御世《みよ》に、鉄の仮面を被せられた謎の囚人がいて、各地の要塞を転々とさせられていたという伝説だが、その正体はルイ十四世の双子の弟だったとして、王を入れ替えようとする一派の暗躍を、ダルタニャンが必死に阻《はば》もうとするというのが、『ブラジュロンヌ子爵』の骨子なのだ。本作『眠狂四郎虚無日誌』における徳川家慶の設定なども、あるいは柴田錬三郎がデュマあたりから拝借してきたものではないかと、想像してみたりもしている。

いずれにせよ、眠狂四郎のキャラクターは、騎士アイヴァンホー、銃士ダルタニャンの系譜に連なる。そう断言しながら、連なるしかなかったのかと、再び問いかけたい思いがある。アイヴァンホー、ダルタニャンらと比べても、眠狂四郎のキャラクターは際立っているからだ。

父親がオランダ人、母親が幕府大目付松平主水正《もんどのしょう》の娘で、異国情緒たっぷりの、さすが貴公子然たる美男。冷徹なニヒリストで、ひどい男だというのに、やたらと女にもてる。おまけに天下無敵の剣客で、その円月殺法は如何《いか》な刺客《しかく》も破れない。これだけ際立つキャラクターがあるならば、歴史の助けなど借りず、それこそ時代小説のフレームに留まりながら、なお興趣に満ちた物語を織りなせたのではないかと考えてしまうのだ。

が、この点こそ眠狂四郎シリーズが歴史小説でなければならなかった、密かなる必然だったのかなとも思う。眠狂四郎のキャラクターは、要するに出来すぎなのだ。ほとんど現実離れしていて、こんな男がいるわけないじゃないかと、安易に時代小説に放りこめば、ファンタジーとしても成立するのが困難なのだ。これが連作にも堪《た》えるリアルな主人公として、きちんと成立しているのは、やはり歴史小説のフレームが、堅牢《けんろう》なまでに構築されているからなのだ。

家斉、家慶の時代は、いわゆる幕末の前夜である。黒船のペリーが国書を宛てたのは、晩年の家慶なのである。新時代の足音が徐々に大きくなってきた。諸外国も近づいてくる。その力を恐れながら、同時に強く惹かれずにいられない。それが当時の日本だった。かねて通商してきたオランダを窓口とする蘭学、そのひとつである医学が興隆したことは、日本史の教科書にも書かれている。オランダ商館長が江戸にまで参府、将軍家斉に拝謁を果たしたのが明和八年（一七七一年）、同年に人体解剖を試みた杉田玄白が、前野良沢と『解体新書』を翻訳したのが安永三年（一七七四年）、両者の弟子である大槻玄沢が芝蘭堂を開いたのが天明六年（一七八六年）、寛政六年（一七九四年）にはオランダ商館長と会談を果たし、それから「オランダ正月」なるものが毎年催されるようになる。それは史実として、オランダ人が江戸まで来る時代だったのだ。

眠狂四郎の生い立ちも成立する。寛政十年（一七九八年）に来日したオランダ人医師ジュアン・ヘルナンドは江戸に招かれ、前野良沢ら蘭医に新しい医術を教える。しかしキリスト教の布教を目論《もくろ》むと疑われ、大目付松平主水正に拷問を加えられ、あげく踏み絵を容《い》れさせられる。「ころび伴天連《バテレン》」となったジュアン・ヘルナンドは、復讐に松平の娘を犯し、寛政十二年（一八〇〇年）になって子が産まれた。男児だったが、その不幸な境涯ゆえにニヒリストにならざるをえず——といったように、いかにも蓋然性高く作りこまれているのだ。

歴史が嘘でないかぎり、眠狂四郎のキャラクターも嘘にはみえなくなる。それが際立てば際立つほど、突飛にみえない工夫が欠かせないのであり、かくて柴田錬三郎は眠狂四郎シリーズを歴史小説として書いた。そう書かれざるをえなかった眠狂四郎が、他の歴史とも噛み合う、それこそ天下の歴史とも噛み合うことに成功し、大興奮の物語を織りなしたがゆえに、『眠狂四郎虚無日誌』は後期の傑作の名をほしいままにしているのだといえる。

最後に、もうひとつ歴史小説の強みをいえば、最初から古いために容易に古びないことがある。本作『眠狂四郎虚無日誌』にせよ一九六九年の作品だが、今回の文庫化にあたって読み返し、ちょっと驚いてしまうほど、古い感じがしない。五十年以上も前に書かれた作品とは、まったく思われないのである。まさに不朽の名作——お勧めである。

（さとう・けんいち　作家）

本作品には、一部不適切と思われる表現や用語が含まれておりますが、故人である作家独自の世界観や作品が発表された時代性を重視し、原文のままといたしました。これらの表現にみられるような差別や偏見が過去にあったことを真摯に受け止め、今日そして未来における人権問題を考える一助としたいと存じます。

（集英社　文庫編集部）

本書は、一九六九年十一月に新潮社より単行本として刊行され、一九七九年九月に新潮文庫として文庫化されました。

初出　「週刊新潮」一九六九年一月四日号〜一九六九年七月五日号

柴田錬三郎の本

新篇 眠狂四郎 京洛勝負帖

御所が金のために姫を売った!? ひそかに姫を取り戻すべく、狂四郎は動きはじめる。中・短篇八作品に加えて、創作秘話を綴ったエッセイ三篇も収録。

集英社文庫

柴田錬三郎の本

眠狂四郎 異端状

異人の占星術師に導かれ、眠狂四郎は清国へ。隠密との闘い、嵐、海賊……。南支那海での危機を描くシリーズ最終作にして最高傑作（解説／伊集院静）。

集英社文庫

柴田錬三郎の本

眠狂四郎
殺法帖（上）（下）

佐渡金銀山の不正を探っていた隠密が次々と姿を消した。狂四郎は少林寺拳法の使い手・陳孫らの助けを借りつつ真相に迫る。原点にして至高の時代活劇。

集英社文庫

眠狂四郎虚無日誌《ねむりきょうしろうきょむにっし》 下《げ》

2020年6月25日　第1刷　　定価はカバーに表示してあります。

著　者　柴田錬三郎《しばたれんざぶろう》

発行者　徳永　真

発行所　株式会社 集英社
東京都千代田区一ツ橋2-5-10　〒101-8050
電話　【編集部】03-3230-6095
【読者係】03-3230-6080
【販売部】03-3230-6393(書店専用)

印　刷　大日本印刷株式会社

製　本　大日本印刷株式会社

フォーマットデザイン　アリヤマデザインストア　　マークデザイン　居山浩二

ISBN978-4-08-744129-1 C0193